Der Geist vom Ruthardthaus

Geister-Roman

AF145119

Der Geist vom Ruthardthaus

Geister-Roman

Gerdi M. Büttner

TWENTYSIX – Der Self-Publishing-Verlag
Eine Kooperation zwischen der Verlagsgruppe Random
House und Books on Demand

© 2016 Büttner, Gerdi M.

Herstellung und Verlag:
BoD – Books on Demand, Norderstedt.

ISBN: 9783740707804

Prolog

Wo befand er sich und was war geschehen? Um ihn herum nur Finsternis, kein Laut drang an seine Ohren. Nichts, außer seinem eigenen keuchenden Atem. Es fiel ihm schwer, genügend Luft in seine Lungen zu bekommen. Ein dicker Knebel in seinem Mund verhinderte es.

Als er ihn bewusst wahrnahm, versuchte er, ihn auszustoßen, doch erfolglos. Man hatte ihm zusätzlich ein breites Tuch über das gesamte Gesicht gebunden, das seine verzweifelten Versuche zum Scheitern verurteilte.

Ich werde sterben, kam ihm in den Sinn. Hier, aus diesem engen, dunklen Gefängnis würde er sich nicht befreien können. Mit der Erkenntnis kam die Panik. Nein, er wollte noch nicht sterben, nicht so... unwürdig.

Mit letzter Kraft bäumte er sich auf, zerrte an den Fesseln, die seine Hände auf seinem Rücken hielten. Auch seine Beine waren an den Knöcheln zusammengebunden. Seine Bezwinger wollten wohl ganz sicher sein, dass er sich nicht selbst befreite.

Die Anstrengung bewirkte nichts, außer, dass das wütende Stechen in seinem Kopf noch schlimmer wurde. Sein Hinterkopf tat entsetzlich weh, der Schmerz trieb ihm die Tränen in die Augen. Trotz der undurchdringlichen Dunkelheit, die ihn umgab, sah er blutrote Kreise vor seinen Augen tanzen.

Jemand hatte ihm von hinten auf den Kopf geschlagen. Daran konnte er sich noch erinnern. Er hatte die schleichenden Schritte vernommen, die sich ihm genähert hatten und wollte sich umdrehen, doch seine Reaktion kam zu spät. Ein brutaler Hieb setzte seinem Bewusstsein ein abruptes Ende. Was danach geschah, wieviel Zeit inzwischen vergangen war, er wusste es nicht.

Eine Last auf seiner Brust wurde ihm erst jetzt bewusst. Etwas großes schweres lag auf ihm. Er konzentrierte sich darauf und erkannte einen Körper, leblos und steif.

Kein Mensch, dafür war der Körper zu klein. Sein Hund, fuhr es ihm durch den Kopf. Sie hatten seinen Hund getötet und seinen Körper einfach auf ihn geworfen. Sie sollten hier gemeinsam verrotten.

In ohnmächtiger Verzweiflung krampfte er die gebundenen Hände zu Fäusten, wand sich in seinem Gefängnis. Unter ihm knirschte es wie morsches Holz. Er meinte, dürre Äste zu fühlen, die unter seinem Gewicht knackten. Hatte man ihn auf einen Scheiterhaufen gelegt? Wollte man ihn verbrennen, sobald er tot war? Oder vielleicht sogar bei lebendigem Leibe?

Die Gedanken an seinen bevorstehenden Tod peinigten ihn. Sein Herz raste in seiner Brust und sein Kopf drohte zu zerspringen. Er bekam kaum noch Luft. War das schon das Ende?

Seine Gedanken begannen sich zu verwirren, eine erneute Ohnmacht drohte ihn mit sich zu reißen. Verzweifelt kämpfte er dagegen an. Er musste wach bleiben, eine Möglichkeit zu seiner Befreiung ersinnen. Doch die dunklen Wogen überschwemmten erneut sein Gehirn.

Plötzlich war es gleißend hell um ihn. Der Schmerz und die Angst wichen von ihm. Erstaunt riss er die Augen auf. Ein Gesicht beugte sich über ihn, lächelte ihm zu. Ein vertrautes, geliebtes Gesicht. Christina.

Wo kam sie her? Sie war doch tot. Er hatte sich so nach ihr gesehnt, gedacht, er sähe sie nie wieder. Jetzt reichte sie ihm ihre Hand, forderte ihn stumm auf, mit ihr zu kommen. Der Gedanke, ihr zu folgen war verlockend. Er wusste, an ihrer Seite würde er glücklich sein. Kein Schmerz mehr, kein Leid, nur Friede.

Aber nein. Wenn er ihr folgte, so würde ihrer beider Tod auf ewig ungesühnt bleiben. Sein Widersacher, der alles so sorgfältig geplant hatte, würde den Sieg davontragen. Das durfte nicht sein, er konnte es nicht zulassen. Er musste hierbleiben, musste versuchen, den wahren Mörder zu entlarven.

Entschieden schüttelte er den Kopf und sah, wie Christinas Lächeln traurig wurde. Es zerriss ihm fast das Herz.

„Ich werde nachkommen. Wenn ich deinen und meinen Mörder gefunden habe. Erst dann bin ich frei."

Sie schaute ihn traurig an und ihr Gesicht begann sich aufzulösen wie ein Nebel. Mit ihrem Verschwinden kam die Dunkelheit zurück und hüllte ihn ein.

Kapitel 1: Ein interessanter Job

Die Fahrt durch den Spessart hätte ein Genuss sein können. Im strahlenden Frühlingssonnenschein ragten rechts und links der Straße dunkle, hohe Tannen über Laubbäumen auf, deren junge Blätter zartgrün leuchteten. Die Wegstrecke führte über einen Bergkamm und vor ihnen erstreckte sich die idyllische Landschaft. Vogelgezwitscher drang durch die offenen Seitenscheiben ins Wageninnere.

Wie gesagt, die Fahrt wäre herrlich gewesen, würde ihr Begleiter nicht ständig auf sie einreden. Angela schickte einen entnervten Blick zu ihrem Verlobten hin, bevor sie sich wieder auf die gewundene Straße konzentrierte.

„Bitte Thomas. Ich dachte, wir wären uns einig. Du weißt, wie wichtig mir meine Arbeit ist. Sie macht mir Spaß, füllt mich aus. Ich denke nicht daran, sie aufzugeben, nur weil du möchtest, dass ich nach unserer Heirat zu Hause bleibe. Heim und Herd sind nichts für mich, da langweile ich mich zu Tode. Ja, wenn wir irgendwann Kinder hätten, aber die willst du ja auch nicht."

Nicht zum ersten Mal fragte sie sich, ob es nicht ein großer Fehler gewesen war, Thomas' Antrag anzunehmen. Sie hatten so wenige Gemeinsamkeiten, ihre Ehe würde wahrscheinlich in öder Langeweile ersticken. Thomas war ein kühler Geschäftsmann, den nur seine Karriere interessierte. Sie hingegen war naturverbunden und liebte es, unter netten Menschen zu sein. Und sie liebte ihre Arbeit als Restauratorin. Alte Bücher waren ihr Spezialgebiet und sie befand sich auf dem Weg zu einem Kunden, dessen Bibliothek wahre Schätze beherbergte. Den einmaligen Kunstwerken drohte jedoch Verfall, weshalb er sie um einen Termin gebeten hatte.

Thomas war mitgekommen, weil er ihr schon lange einen freien Tag versprochen hatte. Es fiel ihm immer sehr schwer, sich von seiner Arbeit loszureißen. An einen gemeinsamen Urlaub war gar nicht zu denken, niemals könnte er sein Büro für längere Zeit verlassen. So hatte er ihr versprochen, wenigstens hin und wieder einen Ausflug mit ihr zu unternehmen.

Angela wünschte sich mittlerweile, er wäre zu Hause geblieben. Schon seit sie losgefahren waren, nervte er sie mit seinem Lieblingsthema. Da sie es satt hatte, machte sie das Radio an und stellte es so laut, dass seine Antwort in der Musik unterging. Beleidigt hielt er endlich den Mund und schaute aus dem Seitenfenster.

Schweigend fuhren sie weiter, jeder in seine eigenen Gedanken versunken. Langsam lichtete sich der Wald, machte Wiesen und Feldern Platz. Die Straße führte nun am Main entlang. Sie passierten mehrere große und kleine Ortschaften bis endlich der Ortsname Rothenfels auf einem Straßenschild anzeigte, dass sie bald da waren.

Ihr Ziel, das Ruthardthaus lag abseits des kleinen Städtchens hinter alten Bäumen versteckt auf einem Hügel hoch über dem Main. Ein gepflasterter Weg, der dringend ausgebessert gehörte, führte darauf zu.

„Bist du dir sicher, der Hausherr kann deine Arbeit überhaupt bezahlen?" knurrte Thomas mit einem skeptischen Blick auf das alte Gebäude. „Vielleicht sollte er mit dem Geld lieber den alten Kasten modernisieren, als wurmstichige Bücher restaurieren zu lassen, die sowieso keinen Menschen interessieren."

Angela ignorierte seine bissige Bemerkung, mit der er ihr sagen wollte, wie wenig er von ihrer Arbeit hielt. Ihr Bedarf an Streit war für heute gedeckt. Sie hielt ihr Auto vor der hohen, schmiedeeisernen Einfahrt an und stieg aus, um nach einer Klingel zu suchen. In einen Pfeiler eingelassen, fand sie eine moderne Sprechanlage. *Dr. Oliver Ruthardt* stand auf dem Namensschild und darunter *Tierarzt/Pferdeklinik*. Sie drückte den Schalter und wartete.

Schon nach wenigen Sekunden fragte eine Männerstimme, was sie wolle.

„Mein Name ist Angela Berger, Dr. Ruthardt erwartet mich."

Das Tor schwang auf und sie fuhr über den gepflasterten Weg bis zum Parkplatz vor dem Haus. Sie stiegen beide aus und musterten kurz das Anwesen, das inmitten eines großen, parkähnlichen Geländes lag.

Angela gefiel das Ruthardthaus, das schon einige hundert Jahre alt sein musste, auf Anhieb. Es wirkte etwas düster, wie es so im Schatten uralter Eichen stand. Aber es strahlte Würde und Stärke aus. Ein wuchtiger Vorbau überragte das hintere Hausteil um ein Stockwerk, verlieh ihm fast das Aussehen eines mächtigen Turmes. Seine obere Fassade wurde durch kunstvolles Fachwerk besonders hervorgehoben. Seine vier Ecken, ebenso wie die Ecken des mit Schiefer gedeckten Daches waren mit Wasserspeiern besetzt, die wie grimmige Wächter in die Tiefe starrten.

„Ein grässlicher alter Kasten", murmelte Thomas neben ihr. „Hoffentlich bekommst du keine Alpträume, solange du hier wohnen wirst. Sicher ist es innen noch gruseliger als von außen. Willst du dir nicht lieber ein Zimmer in Rothenfels nehmen? Dort gibt es bestimmt ein Gasthaus."

„Also mir gefällt das Haus", erwiderte sie, verwundert über seine Meinung. „Ich finde es strahlt ...Seele aus. Es muss eine Freude sein, hier zu wohnen."

Thomas wollte etwas Abfälliges sagen, unterließ es aber, da jetzt die schwere Holztür geöffnet wurde und ein Mann heraustrat. Er musterte die Besucher kurz und bat sie dann herein.

„Dr. Ruthardt ist leider momentan nicht abkömmlich, ein Notfall in der Klinik... Er hat mich gebeten, Ihnen die Bibliothek zu zeigen. Mein Name ist Peter Steinau, ich bin der Verwalter von Haus und Hof. Man kann auch sagen, das Mädchen für alles, wenn Sie so wollen." Er lachte über seinen Scherz und ging vor ihnen die Treppe hinauf.

Angela schaute sich neugierig um, während sie die breite Treppe emporstiegen. Das Innere des Hauses passte genau zu seinem Äußeren. Alles schien so belassen worden zu sein, wie es von Anfang an war.

Die Treppenstufen und das massive, kunstvoll geschnitzte Geländer bestanden aus dunkel gebeiztem Holz. An der Wand hingen alte Gemälde, die Jagdszenen oder Stillleben darstellten. Die Treppe führte zu einer Galerie, die rund um das obere Stockwerk lief. Etliche Türen gingen davon ab, die alle offen standen.

„Das ist der öffentliche Teil von Ruthardthaus", erklärte Peter Steinau. „Er kann besichtigt werden. Nach Voranmeldung führe ich hier Schulklassen oder Touristengruppen hindurch. Hier oben befindet sich auch die Bibliothek."

Er steuerte eine der Türen an und lud sie mit einer Handbewegung ein, einzutreten. Angela war sofort begeistert von dem Raum. Er roch intensiv nach alten Büchern, was Thomas zum angewiderten Kräuseln der Nase veranlasste. Angela hingegen sog tief den vertrauten Geruch ein. Sie fühlte sich hier auf Anhieb wohl.

In Bücherregalen, die bis zur Decke reichten, standen hunderte von uralten Büchern. Dazwischen lockerten Skulpturen die strengen Reihen ein wenig auf. Eine Wand war Gemälden aller Größen und Stilrichtungen vorbehalten. Das einzige, was sie verband, war, dass sie allesamt schön anzusehen waren und in wertvollen Rahmen steckten. Derjenige, der sie zusammengetragen hatte, hatte anscheinend nur Wert auf ihr Aussehen und ihre Wirkung auf den Betrachter gelegt. Er muss ein Genussmensch gewesen sein, ging es Angela durch den Kopf.

Vor einem hohen Fenster mit vielen kleinen Butzenscheiben stand ein Globus. Er war ebenfalls sehr alt und sorgfältig mit der Hand bemalt und beschriftet. Er ruhte in einem hölzernen Drehgestell, das mit Schnitzereien verziert war.

„Hier in diesem Schrank befinden sich die Bücher, um die es geht. Sie sind sehr alt und wertvoll, allesamt mit der Hand geschrieben und illustriert. Sie stammen aus der hiesigen Klosterkirche und wurden dem Ruthardthaus vermacht, ...wahrscheinlich, weil es den Nonnen zu kostspielig war, sie restaurieren zu lassen."

Den letzten Satz murmelte der Verwalter nur leise vor sich hin. Angela konnte ihn trotzdem hören und lächelte.

„Na, so teuer ist meine Arbeit nun auch wieder nicht. Und solch wertvolle Bücher sind eine Bereicherung für jede Sammlung. Manches Museum würde sie mit Kusshand annehmen."

Sie vertiefte sich in die Prüfung der Bücher, während Thomas sich mit einem Glas Wein, das ihm der Verwalter anbot in einen Lesesessel setzte.

Die edlen Werke waren nicht so sehr beschädigt, wie sie angenommen hatte. In zwei, höchstens drei Wochen wäre sie vermutlich mit der Restauration fertig. Das erklärte sie nun Peter Steinau und der nickte. „Das wird den Doktor freuen, er hatte befürchtet, die Bücher wären stärker beschädigt und die Arbeit daran würde mehrere Wochen in Anspruch nehmen. Wann werden sie beginnen?"

„Falls es dem Doktor passt, werde ich gleich am Montag anfangen. Ich bringe meine benötigten Utensilien mit und werde einzig einen Arbeitstisch von Ihnen brauchen. Der günstigste Platz dafür wird am Fenster sein, dort habe ich das beste Licht."

Der Verwalter versprach, dafür zu sorgen und meinte, seine Frau würde das Gästezimmer herrichten. Dann begleitete er die Besucher wieder hinunter.

Im Vorbeigehen fiel Angela ein Bildnis ins Auge, das wohl einen Urahn des jetzigen Hausherrn darstellte. Es war fast lebensgroß und zeigte einen stolz blickenden jungen Mann mit schwarzen, schulterlangen Haaren und ausdrucksvollen, dunklen Augen. Neben ihm stand ein großer, weißer Hund mit kräftigem Körperbau. Das Bild wirkte so lebensecht, dass Angela meinte, Mann und Hund würden sie mit ihren Blicken verfolgen. Ja, sie glaubte sogar zu sehen, dass die dunklen Augen ihr kurz zublinzelten.

Kopfschüttelnd lief sie hinter Thomas und Steinau die Treppe hinab und verabschiedete sich kurz darauf von dem Verwalter. Doch auf der Heimfahrt gingen ihr die dunklen

Augen einfach nicht aus dem Sinn. Sie hatten etwas faszinierendes, fast magisches an sich gehabt.

Pünktlich um neun am Montagmorgen stand Angela wieder vorm Ruthardthaus. Das Tor stand offen, da vor ihr ein Auto mit Pferdeanhänger das Grundstück befahren hatte. Pferdeklinik, fiel ihr wieder ein. Dr. Ruthardt betrieb ja eine Pferdeklinik auf dem Gelände. Wie sie erfahren hatte, war er auf die Behandlung von Pferden spezialisiert.

Als sie dem Pferdetransporter nachblickte, entdeckte sie ein flaches, langgestrecktes Gebäude, das ziemlich nüchtern wirkte. Das war sicher die Klinik. Zwei Männer standen davor, die anscheinend das Pferd ausladen wollten. Da sie in einem von ihnen den Verwalter Peter Steinau erkannte, stellte sie ihr Auto auf dem Parkplatz ab und schlenderte in Richtung der Klinik.

Aus dem Hänger wurde ein Pferd geführt, das stark humpelte. Ein Hinterbein zog es hoch, sorgsam darauf bedacht, nicht damit aufzutreten. Kein Wunder, dachte Angela voller Mitleid. Vom Huf bis zur Beuge war das Bein fast aufs doppelte seines normalen Umfanges angeschwollen. Das arme Tier musste große Schmerzen haben. Peter Steinau führte das Pferd jetzt zu dem anderen wartenden Mann, der es intensiv begutachtete. Das musste der Tierarzt, Dr. Ruthardt sein. Angela kannte ihn nicht persönlich, sie hatte nur einmal kurz mit ihm telefoniert.

Interessiert trat sie ein wenig näher zu den drei Männern. Der Tierarzt erklärte dem Besitzer gerade etwas und der nickte bekümmert. Dann reichte er den anderen Männern die Hand, klopfte seinem Pferd nochmals den Hals, stieg ins Auto und fuhr davon. Angela erschrak, als etwas Feuchtes ihre Hand streifte. Sie blickte herab und sah einen weißen Hund neben sich stehen, der hechelnd und wild mit dem Schwanz wedelnd zu ihr aufblickte. Kleine braune und schwarze Flecke im Gesicht, sowie ein braun geschecktes linkes Ohr gaben dem Tier ein lustiges Aussehen.

„Lara, verschreck die Dame nicht, sie wird noch gebraucht", rief der Tierarzt und kam auf Angela zu. „Keine Angst, sie tut nichts, muss nur immer jeden beschnüffeln, der ihr fremd ist", beruhigte der Tierarzt und reichte ihr die Hand.

„Sie sind Frau Berger nehme ich an. Leider hatte ich neulich keine Zeit, sie zu begrüßen. Kranke Tiere halten sich selten an reguläre Sprechzeiten. Aber heute habe ich ein wenig Zeit für Sie."

„Müssen Sie nicht sofort das arme Pferd behandeln? Es scheint zu leiden..."

Er lächelte ihr beruhigend zu. „Keine Sorge, für das Pferd wird alles getan. Ich habe bereits die notwendigen Untersuchungen angeordnet. Danach bekommt es eine Spritze, die seine Schmerzen mindert. Ich werde in der nächsten halben Stunde nicht gebraucht und kann ihnen ihren neuen Wirkungskreis und ihr Zimmer zeigen. Ich hoffe, sie fühlen sich wohl bei uns. Manchen erscheint das Haus sehr düster oder sogar bedrohlich."

„Oh nein", versicherte sie ihm, während er ihre Reisetasche und den Koffer mit ihren Utensilien aus dem Kofferraum ihres Autos hob. „Mir hat es sofort gefallen. Ich mag so alte Häuser. Sie strahlen etwas aus, was man nur schwer beschreiben kann. Jedenfalls bin ich mir sicher, dass ich mich hier wohl fühlen werde."

Er schaute sie ein wenig skeptisch an, sagte jedoch nichts, sondern ging vor ihr her zum Haus. Eine Frau öffnete ihnen und er stellte sie gegenseitig vor. „Das ist Frau Berger, Inge. Sie wird in den nächsten Tagen hier wohnen. Aber du weißt ja Bescheid. Und das ist Inge Steinau, die gute Fee von Ruthardthaus. Ohne sie ginge es hier drunter und drüber.

Die Frau lachte geschmeichelt, dann sagte sie, das Gästezimmer wäre hergerichtet. Wenn noch etwas benötigt würde, solle man ihr Bescheid geben.

„Mittagessen ist um zwölf hier in der Küche!" rief sie ihnen noch hinterher.

„Inge und Peter sind für alles rund ums Haus zuständig",

erklärte Dr. Ruthardt, während sie die beiden Treppen meisterten, die ins Dachgeschoß führten. „Wenn ich die beiden nicht hätte, könnte ich das Haus nicht in diesem Zustand halten. Sie sorgen dafür, dass es hier an nichts fehlt."

„Wohnen die Beiden ebenfalls hier im Haus?" wollte Angela wissen, doch er schüttelte den Kopf.

„Sie haben eine kleine Wohnung neben der Tierklinik. Peter ist auch für die Ställe zuständig. Außerdem hilft er mir in der Klinik. Ich weiß gar nicht, was ich ohne ihn täte. Er ist sozusagen der Mann für alle Fälle."

Sie lachte. „Ja, so ähnlich hat er es mir auch erklärt."

Im ersten Stock angelangt, kamen sie an dem Bild vorbei, dass ihr so ins Auge gefallen war. Jetzt sah sie, es war das erste von mindestens fünf Bildern, die den ganzen Gang entlang aufgehängt waren.

„Die Ahnengalerie", erklärte der Doktor als er ihren interessierten Blick bemerkte. „Hier hängen all meine Vorfahren einträchtig vereint. Das war früher nicht so gewesen, glaubt man der Familienchronik. Manche waren sich spinnefeind. Wenn sie es hören möchten, erzähle ich ihnen am Abend ein paar der wilden Geschichten."

Das wollte Angela unbedingt und sie nickte erfreut. Besonders über den Mann mit dem Hund wollte sie mehr wissen. Als sie nun vor dem Bild stehenblieb, um es näher zu betrachten, fiel ihr plötzlich die große Ähnlichkeit des Mannes auf dem Bild mit ihrem Gastgeber auf. Die beiden hätten Zwillinge sein können.

„Die Familienähnlichkeit hat sich anscheinend über die Jahrhunderte erhalten", bemerkte sie verblüfft. „Wenn man von den langen Haaren und den altmodischen Kleidern absieht, meint man, es wäre Ihr Gesicht, das da von der Leinwand schaut. Sogar die weißen Hunde sind fast identisch."

Er lachte, aber es klang ein wenig gequält. „Ja, leider ist die Ähnlichkeit zwischen uns wirklich nicht zu leugnen. Dabei bin ich gar nicht stolz darauf. Das ist Caspar, Mathias von Ruthardt der zweite. Und der Hund war Meta, eine weiße

15

Bullenbeißer Hündin. Caspar ist ein Vorfahr väterlicherseits, mein Ur- Urgroßvater um genau zu sein. Er war jedoch auch das schwarze Schaf der Familie. Seine Geschichte ist besonders interessant und keinesfalls rühmlich. Sie wird Ihnen gefallen."

Er nahm die Tasche wieder auf, die er abgesetzt hatte, während sie das Bild betrachteten. Den Koffer ließ er stehen, er wollte ihn später in die Bibliothek tragen. Dann ging er voraus ins nächste Stockwerk, in dem sich die bewohnten Zimmer befanden.

Das Gästezimmer lag etwas abseits der Räume, die der Hausherr sein eigen nannte. Er öffnete ihr die Türe und ließ sie eintreten.

„Ich fürchte, es ist sehr altmodisch eingerichtet. In ganz Ruthardthaus sind noch überwiegend die Originalmöbel zu finden. Das ganze Gebäude steht unter Denkmalschutz, auch die Einrichtung der meisten Zimmer. Mir gefällt es, - vielleicht, weil ich es nicht anders gewohnt bin. Aber viele Gäste bleiben hier nicht über Nacht. Die meisten finden das Haus zu gruselig."

Er schaute sie offen an. „Falls es Ihnen nicht zusagt, so quartiere ich Sie im Gasthof ein. Ich möchte nicht, dass sie hier des Nachts Alpträume bekommen."

Angela schaute sich kurz in dem Zimmer um und war entzückt. Die Einrichtung war tatsächlich uralt, aber wunderschön. Es schien das Zimmer einer Frau gewesen zu sein. Um das Himmelbett waren helle Seidenvorhänge drapiert und überall lagen Spitzendeckchen auf den zierlichen Möbeln. Das ganze Zimmer blitzte vor Sauberkeit und es roch dezent nach Veilchen und Lavendel.

„Oh, es ist wunderschön", sagte sie ehrlich. „Hier werde ich ganz bestimmt sehr gut schlafen."

Der Doktor lächelte erfreut und stellte die Reisetasche ab. Dann ging er auf eine fast unsichtbare Tapetentüre zu und öffnete sie. „Hier befindet sich das Bad. Keine Angst, es ist nicht so antiquiert wie es aussieht.

Die sanitären Einrichtungen im Haus sind ziemlich modern. Ich habe auch eine Heizung legen lassen, damit es warm ist. Ein bisschen Bequemlichkeit ist schließlich unerlässlich, auch in einem denkmalgeschützten Haus."

Er deute auf eine Türe, die in einen weiteren Raum führte. „Hier befindet sich das Herrenzimmer. Früher hatten Eheleute getrennte Schlafzimmer, wenn es der Platz zuließ. Das heutige Bad war einstmals das Ankleidezimmer der Herrschaften. Es ist zwar niemand hier, außer Ihnen, aber Sie können die Badezimmertüre verriegeln."

„Ach, ich bin nicht ängstlich. Wer soll schon hier hereinkommen? Höchstens ein Geist."

Sein Gesicht verfinsterte sich für einen Moment, oder kam es ihr nur so vor? Dann lachte er leise und meinte: „Gegen einen Geist gibt es leider keine Schlösser. Er kann durch sämtliche Wände gehen, wenn er das möchte."

Mit knappem Kopfnicken verabschiedete er sich. „Meine Arbeit ruft. Und Sie wollen sich sicher häuslich einrichten. Ich trage Ihren Koffer in die Bibliothek. Wir sehen uns später beim Mittagessen. Punkt zwölf, denken Sie daran. Inge wird ungehalten, wenn das Essen kalt wird."

Mit schnellen Schritten verließ er das Gästezimmer und sie hörte ihn die Stufen hinabpoltern. Es hatte fast den Anschein, als wolle er flüchten. Sie runzelte die Stirn, als sie ihre Reistasche öffnete, um die mitgebrachten Kleidungsstücke im Schrank zu verstauen. Hatte seine Stimme nicht seltsam abweisend geklungen, als er von einem Geist sprach?

„Angie, du bildest dir da etwas ein", schalt sie sich selbst. „Du wirst doch nicht ernsthaft beginnen, an Geister zu glauben".

Wenig später hatte sie alles verstaut und ging die Treppe hinab, um die benötigten Utensilien für ihre Arbeit in der Bibliothek vorzubereiten. Wieder kam sie an dem Bildnis vorbei und blieb abermals stehen um es zu betrachten. Caspar, dachte sie und lächelte leise in sich hinein.

Der kleine Zeichentrickgeist aus dem gleichnamigen Film fiel ihr ein. Sie hatte die anrührende Geschichte einmal im Fernsehen gesehen.

Ganz sicher war dieser Caspar von dem Bild kein Geist, er war ja auch kein kleiner Junge mehr. So geheimnisvoll, wie der Hausherr getan hatte, war er wahrscheinlich ein böser Junge, - oder Mann gewesen. Das schwarze Schaf der Familie...

Dabei sah er sehr gut aus. Groß, schlank, mit langen, schwarzen Haaren und dunklen Augen. Auf dem Bild blickte er gar nicht böse, eher freundlich, sogar glücklich, - oder auch unbeschwert. Kaum zu glauben, dass er zu einer Missetat fähig gewesen sein sollte. Sie war schon richtig neugierig auf seine Geschichte. Was mochte er bloß angestellt haben? Wieder fiel ihr die große Ähnlichkeit mit seinem Nachfahr auf. Wirklich unglaublich...

Sie gestand sich ein, dass dieser Dr. Ruthardt, Oliver, sie ebenfalls sehr beeindruckte. Ein ausgesprochen attraktiver Mann. Und er schien sehr nett zu sein. Irgendwie ein bisschen altmodisch in seiner galanten Art, - oder machte das nur das alte Haus, in dem er lebte?

Auf jeden Fall war er ganz anders als der nüchtern denkende Thomas. Sie seufzte unbewusst auf, als sie an ihren Verlobten dachte. Erst gestern hatten sie sich wieder stundenlang gezankt, dann war er verärgert heimgefahren. Erneut überlegte sie, ob die Verlobung nicht ein großer Fehler gewesen war. Nun, vielleicht konnte sie während ihrer Zeit hier in Ruhe darüber nachdenken.

Die Bibliothekstür stand einladend offen, energischen Schrittes ging sie hinein, um mit ihrer Arbeit zu beginnen.

Das zuschlagen der Haustür, das gedämpft zu ihr klang, ließ sie aufblicken. Mein Gott, schon gleich zwölf. Die Zeit war wie im Flug verronnen. Sie legte das Federmesser weg, mit dem sie gerade vorsichtig eine Buchseite bearbeitet hatte und erhob sich um nach unten zu eilen. Stimmengemurmel wies ihr den Weg und als sie die große, geräumige Küche betrat, schauten ihr fünf Augenpaare entgegen. Anscheinend war es hier üblich, dass alle zusammen zu Mittag aßen. Dr. Ruthardt erhob sich und deutete einladend auf einen Stuhl. Dann stellte er ihr die beiden jungen Männer vor, die sie noch nicht gesehen hatte. Jochen und Uwe, die beiden Pferdepfleger, die in der Klinik arbeiteten. Peter Steinau saß ebenfalls am Tisch, seine Frau erhob sich jetzt um das Essen zu servieren. Sie winkte ab, als Angela ihr behilflich sein wollte.

Das Essen schmeckte ausgezeichnet und bald waren sie in ein angeregtes Gespräch vertieft. Alle seine Mitarbeiter nannten Dr. Ruthardt beim Vornamen und er sie ebenso.

„Wir sind hier fast wie eine kleine Familie", erklärte er ihr lächelnd, als sie ein wenig erstaunt blickte. „Ich mag nicht gerne Förmlichkeiten. Nennen Sie mich bitte auch einfach Oliver. Dr. Ruthardt klingt so distanziert."

„Dann müssen sie mich Angela nennen, oder Angie, das ist kürzer." Kurz dachte sie daran, wie Thomas diese Abkürzung ihres Namens hasste. Er verwendete sie nie. Dr. Ruthardt, nein, Oliver schien er jedoch zu gefallen.

„Angie gefällt mir sehr gut", bestätigte er lächelnd. „Der Name passt zu Ihnen."

Nach dem Essen wollte sie sich gleich wieder an die Arbeit machen, doch er hielt sie auf. „Machen Sie einen Verdauungsspaziergang mit mir. Es ist ein wundervoller Tag und ich könnte ihnen das Gelände zeigen, das zum Haus gehört. Ihre Arbeit läuft Ihnen nicht weg."

Sie war einverstanden und folgte ihm hinaus. Er hatte Recht, es war wirklich ein wunderschöner Tag. Die Sonne strahlte fast sommerlich warm und die Luft roch herrlich nach Blüten und Bäumen. Tief sog sie die Luft ein.

Er lächelte, als er es sah. „Solch eine gute Luft gibt es in Frankfurt sicher nicht, nicht wahr. Wie können Sie es in solch einer großen Stadt bloß aushalten? Ich hasse es, dort hinzufahren und bin jedes Mal froh, wenn ich wieder zu Hause bin."

„Mir gefällt es dort auch nicht besonders", meinte sie achsel-zuckend. „Aber im Laufe der Jahre habe ich mich daran gewöhnt."

Sie deutete auf den weißen Hund, der nicht von Olivers Seite wich. „Welche Rasse ist das? Ich kenne mich mit Hunden nicht besonders gut aus, aber sie kommt mir irgendwie be-kannt vor."

„Lara ist ein weißer Boxer. Bis vor einigen Jahren sah man sie nur sehr selten, aber nicht etwa, weil nicht genügend davon geboren wurden. Ich schätze, in jedem zweiten oder dritten Wurf ist mindestens ein weißer Welpe. Aber da es eine sogenannte Fehlfarbe ist, wurden sie gleich nach der Geburt umgebracht."

„Wie schrecklich!" meinte sie ehrlich entsetzt. „Warum tut man so etwas? Es sind doch ganz entzückende Tiere."

„Ja, das finde ich auch, deshalb habe ich sie mir ausgesucht. Ein Züchter aus dem Ort brachte mir seine Boxerhündin, da sie einen Kaiserschnitt benötigte. Als ich ihm den Wurf präsentierte, verlangte er, ich solle diese weiße Hündin töten. Ich habe ihm angeboten, sie statt einer Bezahlung für meine Dienste zu nehmen. Er war einverstanden und hat sie groß-gezogen. Lara ist ein prächtiges Boxermädchen geworden, sie steht ihren farbigen Artgenossen in nichts nach."

„Ich finde sie ganz entzückend. Mit dem braunen Ohr und den vielen Punkten ist sie eine richtige Schönheit."

Fast konnte man meinen, Lara wüsste, das von ihr ge-sprochen wurde. Sie kam heran und stupste Angies Hand mit der Schnauze an. Dann machte sie ein paar übermütige Sprünge und jagte in Richtung der Pferdeklinik davon. Die beiden Menschen folgten ihr lachend.

Das ist mein Wirkungskreis", erläuterte Oliver, als sie ein-getreten waren. Hier behandle ich hauptsächlich Großtiere, meist Pferde. In Rothenfels betreibe ich noch eine Kleintier-praxis."

„Dann sind Sie ja mehr als ausgelastet." Angela war beein-druckt. „Sicher haben Sie nur wenig Freizeit."

Er zuckte lächelnd die Schulter. „Ach, das ist Gewohnheitssache. Meine Arbeit ist gleichzeitig mein Hobby. Es klingt vielleicht abgedroschen, aber für mich gibt es nichts schöneres, als kranken Tieren zu helfen."

Sie fand das gar nicht abgedroschen und sagte es ihm auch. Dann fügte sie verschmitzt hinzu. „Wenn Sie so viel arbeiten, verdienen Sie bestimmt auch eine Menge Geld."

„Schön wär's", brummte er gutmütig. „Aber auf dem Land verdient ein Tierarzt nicht halb so viel, wie in der Stadt. Und der alte Kasten", er deutete zurück nach Ruthardthaus, „verschlingt Unsummen. Dauernd ist was zu reparieren. Wenn nicht Peter so geschickt wäre, und ich jedes Mal einen Handwerker bezahlen müsste, wäre ich schon ruiniert."

Er führte sie durch die Klinik und die anschließenden Ställe, plaudernd und erklärend. An die Ställe schlossen sich Koppeln an, auf denen Pferde weideten. Nach den Koppeln kam ein kleiner Park, der einen etwas verwilderten Eindruck machte.

„Ich komme einfach nicht dazu, hier gründlich durchzuforsten", meinte er mit entschuldigender Miene. „Und eine Gärtnerkolonne ist mir momentan zu teuer. Aber irgendwann in nächster Zeit soll der Park hergerichtet werden. Ich stehe mit allen möglichen Ämtern in Verbindung, in der Hoffnung auf einen Zuschuss."

„Das Grundstück ist wirklich riesig. Das hätte ich gar nicht gedacht. Und es scheint noch weiterzugehen. Was ist das für ein kleines Gebäude da hinten? Es sieht wie eine Kapelle aus." Angela deutete auf zwei spitze Türmchen, die über dichten Zweigen hervorlugten.

„Die Familienkapelle", bestätigte ihr Begleiter. „Darunter befindet sich eine Gruft und dahinter ein kleiner Friedhof. Es ist ein wenig düster und unheimlich dort. Wollen Sie es trotzdem sehen? Wenn nicht, gehen wir wieder zurück."

Ein seltsames Frösteln zog über Angies Haut als sie die Kapelle betrachtete und eine innere Stimme riet ihr, umzukehren. Aber dann siegte ihre Neugier. Und schließlich war

Oliver ja bei ihr. Sie wollte sich nicht vor ihm lächerlich machen mit ihrem plötzlichen Anflug von Angst. Deshalb schüttelte sie tapfer den Kopf, griff aber spontan nach seinem Arm.

„Ich würde es sehr gerne sehen." Neckend fügte sie hinzu: „Falls Sie nicht selbst Angst haben."

„Es sind doch meine Vorfahren, die dort ruhen", meinte er und tätschelte ihre Hand. „Die werden mir schon nichts tun. Und Ihnen auch nicht, also kommen Sie."

Wie beruhigend warm seine Hand auf ihrer lag. Der Schauer, der sie jetzt durchfuhr, war ein wohliger. Nein, in seiner Begleitung hatte sie keine Angst. Vertrauensvoll folgte sie ihm den schmalen Weg entlang.

Kapitel 2: Gespenstergeschichten

Die Kapelle besaß eine so ehrwürdige, geheimnisvolle Ausstrahlung, dass Angie bei ihrem Anblick erschauerte. Unwillkürlich drückte sie Olivers Arm fester, an den sie sich noch immer klammerte. Er spürte ihre plötzliche Unsicherheit und schaute auf sie herab. „Möchten Sie doch lieber umkehren?" fragte er sie noch einmal.

Sie schüttelte den Kopf und lenkte ihre Schritte entschlossen zu dem, von Unkraut überwucherten Pfad, der zu der kleinen Kirche führte. Die schwere Holztür mit den eingelassenen Eisenstäben in einer rautenförmigen Fensterluke war abgeschlossen. Olivers Hand tastete einen Spalt im Mauerwerk über der Türe ab, dann hielt er einen großen, rostigen Schlüssel in der Hand.

„Eigentlich ist es nicht nötig, abzuschließen. Bisher ist noch niemand in unser Gelände eingedrungen. Aber Peter, der ab und zu hier nach dem Rechten sieht meint, sicher ist sicher. Es gibt ja immer wieder Verrückte oder Spinner, die in Kapellen oder Grüfte einbrechen."

Es gab ein knarrendes Geräusch, als sich der Schlüssel im Schloss drehte, dann schwang die Tür nach innen. Eine Staubwolke wirbelte in dem Lichtstrahl auf, der ins Innere der Kapelle fiel. Oliver trat vor ihr ein und langte nach einer batteriebetriebenen Lampe, die griffbereit neben der Türe hing. Ein milchiger Lichtstrahl erhellte den Raum notdürftig. „Es ist hier ziemlich staubig, fürchte ich. Wird Zeit, dass mal wieder gründlich saubergemacht wird. Inge weigert sich jedoch, hier alleine herzugehen und von den anderen hat kaum einer Zeit, sie zu begleiten. Da es nicht wichtig ist, wird die Reinigung der Kapelle immer wieder verschoben." Angela schaute sich interessiert in dem kleinen Raum um. Es war eine sehr schöne kleine Kirche, fand sie. Der Altar aus weißem Marmor war mit einem schweren Tuch aus Brokat bedeckt. Darauf standen Kerzen und eine Vase mit längst vertrockneten Blumen. Ein großes Kreuz, das unter seiner Staubschicht golden schimmerte, stand auf einem Sockel. Wände und Decke waren mit christlichen Motiven bemalt und mit Fresken verziert. Rechts des Hauptaltares gab es einen kleineren, auf dem eine Marienstatue stand. In der linken Ecke befanden sich ein Beichtstuhl und daneben ein Taufbecken. Je drei Bankreihen säumten den Mittelgang.

„Wunderschön", flüsterte Angie leise, trotzdem hallte ihre Stimme wie ein wisperndes Raunen nach.

„Die Kapelle wurde früher hauptsächlich von meinen weiblichen Vorfahren täglich besucht. Und jeden Sonntag kam der Kaplan aus dem Dorf um die heilige Messe zu lesen und den Leuten die Beichte abzunehmen. Es fanden sogar Hochzeiten und Taufen hier statt. Und natürlich wurden auch Messen für die Toten der Familie gelesen. Der Eingang zur Gruft befindet sich übrigens hinter dem Altar. Eine Treppe führt dort in die Tiefe. Wollen wir hinuntersteigen?"

Zuerst zauderte Angela, doch dann gab sie sich einen Ruck. Was war schon dabei? Schließlich war sie noch nie besonders ängstlich gewesen. Und Oliver war ja bei ihr. Ihr kam kurz in den Sinn, wie sehr sie diesem Mann schon vertraute. Dabei kannte sie ihn doch erst seit ein paar Stunden.

„Als Kinder sind Peter und ich oft hier gewesen", erzählte ihr Begleiter im Plauderstil, während sie den Altar umrundeten und im Schein der Lampe die düstere Treppe hinab stiegen. „Dabei versuchten wir, uns mit gruseligen Geschichten gegenseitig Angst einzujagen. Wer zuerst hinaus rannte, hatte verloren. Meist wetteten wir um ein Eis oder eine Tafel Schokolade."

„Und wer gewann öfter?" fragte sie und spürte, wie eine Gänsehaut ihren Rücken herunter lief.

Er lachte. „Meist Peter, er war einfach der bessere Geschichtenerzähler. Ich fürchtete mich oft halb zu Tode und konnte danach noch nächtelang nicht schlafen." „Na, hoffentlich erzählen Sie mir jetzt keine dieser Geschichten.

Es sei denn, sie wollen, dass ich ihnen kreischend in die Arme hüpfe."

„Das wäre einen Versuch wert", meinte er und lachte abermals leise, wurde aber schnell wieder ernst. „Keine Angst, ich werde kein Sterbenswörtchen verlauten lassen. Am Ende bekomme ich es ebenfalls mit der Angst und springe Ihnen in die Arme."

Auch keine schlechte Idee, fuhr es Angie durch den Kopf und sie wunderte sich über sich selbst. Dieser junge Tierarzt brachte es tatsächlich fertig, sie zu verwirren. Sie war froh, dass er in dem diffusen Lampenschein die Röte nicht sehen konnte, die ihr ins Gesicht stieg.

„Hier liegen sie, meine blaublütigen Vorfahren", sagte er, nun wieder ernst und hob die Lampe etwas an. Sie beleuchtete zwei Sarkophage aus dunklem, polierten Stein, die nebeneinander standen. Auf den Deckeln waren die Körper der beiden Menschen nachgebildet, die darin ruhten. Es handelte sich um einen Mann und eine Frau. Sicher die Erbauer von Ruthardthaus, vermutete Angela.

In den Wänden ringsum waren Grabnischen eingelassen. Sie schienen alle belegt, die Namen und Daten waren in die Platten eingraviert, mit denen sie verschlossen waren. Angie zählte sechs Kammern.

„Wer hier keinen Platz mehr bekommen hatte, liegt draußen auf dem angrenzenden Friedhof. Allerdings wurde dort schon seit fast hundert Jahren niemand mehr beerdigt. Beerdigungen auf Privatgelände sind heutzutage nicht mehr zugelassen."

Angela fühlte Beklommenheit in sich aufsteigen, angesichts der vielen Grabstätten. Lag er auch hier? kam ihr plötzlich in den Sinn und sie sah sich suchend um. Aber sie konnte den Namen Caspar Matthias, Graf zu Ruthardt nirgendwo entdecken.

„Ihre Vorfahren waren alle adelig", stellte sie fest. „Aber Sie tragen keinen Titel. Wie kommt das?"

Er zwinkerte ihr verschwörerisch zu. „Ich finde, es klingt sehr hochtrabend, mich Dr. Oliver, Graf zu Ruthardt nennen. Nein, im Ernst, welcher Bauer ruft nach einem Tierarzt mit Adelstitel, damit der seiner Kuh in den Hintern langt um den verstopften Darm auszuräumen? Und reiche Damen mit neurotischen Königspudeln gibt es in der Umgebung nicht so viele dass ich von deren Behandlung leben könnte. Heutzutage ist ein Adelstitel nichts mehr wert, und das zu Recht finde ich. Ich verdiene mein Geld wie jeder andere auch. Deshalb unterschreibe ich auch nur auf behördlichen Schriftstücken mit meinem kompletten Namen."

Angie musste über seine humorvolle Erklärung lachen. Doch insgeheim imponierte ihr seine Bescheidenheit. Wieder einmal fiel ihr Thomas ein. Besäße er solch einen Titel, er würde überall den Grafen heraushängen lassen.

„Dieser Caspar, - das schwarze Schaf der Familie, wie sie sagten, er ist nicht hier begraben. Hat er so etwas Schlimmes angestellt, dass er sogar aus der Familiengruft verbannt wurde? Oder liegt er auf dem Friedhof draußen?"

Er schüttelte lächelnd den Kopf über ihr offensichtliches Interesse an Caspar. „Unser Familienschurke scheint Sie ja ganz besonders beeindruckt zu haben. Nein, er liegt weder hier in der Gruft, noch oben auf dem Friedhof. Vielleicht wäre er wegen seiner Missetat sowieso nicht hier beerdigt worden, aber das werden wir wohl nie erfahren. Er ist spurlos verschwunden, nur wenige Tage nachdem er seine schwangere Frau erdrosselt hat."

„Er ist ein Mörder?" Angela musste zugeben, dass sie das aus der Fassung brachte. Solch eine gemeine Tat hätte sie ihm nicht zugetraut, sie hätte eher gedacht, er wäre vielleicht mit dem Familienvermögen durchgebrannt, - oder hätte die Dienstmädchen geschwängert. Aber ein Mord an seiner Frau und seinem ungeborenen Kind...

„Ganz geklärt wurde die Geschichte nie", lenkte Oliver ein. „Er hat die Tat bis zu seinem Verschwinden auch vehement abgestritten, sich zum Zeichen seiner Unschuld sogar freiwillig in den Kerker werfen lassen. Aber daraus ist er in der Nacht entflohen und nie mehr aufgetaucht. Aber kommen Sie, wir sollten wieder nach oben gehen. Die Batterie der Lampe ist nicht mehr allzu zuverlässig. Ich möchte nur ungern plötzlich hier unten im Dunkeln stehen." Wie zur Bestätigung seiner Worte, wurde der Schein der Lampe merklich trüber.

Angela bekam einen Schreck und wandte sich sofort zur Treppe um. Nicht um alles in der Welt, wollte sie sich im Finstern zum Aufgang tasten müssen. Sie rannte fast die Treppe hinauf und blieb erst stehen, als sie vor der Kapelle in die wärmenden Sonnenstrahlen trat. Sie drehte sich um und hielt nach dem Tierarzt Ausschau. Er kam wesentlich gemächlicher durch die Bankreihen geschritten und machte die Lampe aus um sie wieder an den Haken zu hängen.

Er schien ein wenig amüsiert über ihre plötzliche Eile. „Na, so schnell hätten Sie nun auch nicht rennen brauchen. Meines Wissens gibt es keine Geister in der Gruft. Sie sind ja ganz außer Atem. Kommen Sie, wir gehen zurück. Mir scheint, Ihr Bedarf an Grusel ist für heute gedeckt."

Nachdem sie wieder auf dem Hauptweg waren, entschuldigte er sich: „Es tut mir leid, wenn ich Sie erschreckt habe, das war keineswegs meine Absicht. Ich denke oft nicht daran, wie ...ungewöhnlich Haus und Gelände auf Besucher wirken. Da ich hier aufgewachsen bin, kommt es mir wie das Normalste der Welt vor."

Sie sah ihn ihrerseits entschuldigend an. „Eigentlich gibt es auch nichts, was erschreckend ist. Ich mag alte Häuser und war auch schon hin und wieder in einer Gruft. Doch der Gedanke, dort unten im Dunkeln zu stehen, hat mir Angst gemacht."

„Wo ist eigentlich Ihr Hund?" fragte sie, nachdem sie einige Minuten schweigend nebeneinander hergegangen waren.

„Er ist doch vorhin noch bei uns gewesen."

„Lara betritt nie die Kapelle. Ich habe keine Ahnung warum, aber sobald wir hier in die Nähe kommen, dreht sie um.

Sicher ist sie bei den Pferden oder in der Klinik. Sie wird uns hören und zu uns kommen."

So war es auch. Wie ein weißer Blitz kam die Boxerhündin aus dem Stall gerast, als sie den kurzen Pfiff ihres Herrn vernahm. Schwanzwedelnd sprang sie an ihnen hoch und begleitete sie dann zum Haus zurück.

„Wir sehen uns beim Abendessen", verabschiedete sich Oliver vor der Türe. „Falls Sie danach nichts Besseres vorhaben, erzähle ich Ihnen gerne die Geschichte von Caspar."

Sie nickte erfreut und machte sich auf den Weg nach oben, während er zur Klinik zurückging. Vor der Bibliothek blieb sie abermals vor dem Bildnis stehen, betrachtete das Gesicht, das freundlich auf sie hernieder sah. Konnte es wirklich sein, das dieser Mann ein elender Meuchelmörder war? Sie wollte es einfach nicht glauben.

Die dunklen Augen schienen sich in ihre eigenen zu bohren und fast meinte sie, das Gesicht des Mannes nähme einen traurigen Ausdruck an. Schnell wandte sie den Blick ab und ging in die Bibliothek. Das fehlte noch, dass sie Halluzinationen bekam oder begann, Gespenster zu sehen. Sie stürzte sich in ihre Arbeit und war bald so darin vertieft, dass sie Caspar darüber vergaß.

Das Abendessen verlief ähnlich wie das Mittagessen, nur waren Uwe und Jochen nicht dabei, sie hatten Feierabend und waren bereits gegangen. Oliver erzählte Peter und seiner Frau von ihrem Besuch der Familienkapelle. Danach schwelgten die beiden Männer eine Weile in Kindheits- und Jugenderinnerungen. Sie waren zusammen aufgewachsen und fast gleichaltrig. Peters Eltern oblag damals ebenfalls die Verwaltung des Hauses und er war wie selbstverständlich in ihre Fußstapfen getreten.

Allerdings konnten er und seine Frau von dem geringen Gehalt, das ihnen der Hausherr zahlen konnte nicht besonders gut leben. Deshalb durften sie mietfrei in dem kleinen Haus neben der Tierklinik wohnen und Peter züchtete nebenher Schafe, Hühner und Kaninchen, deren Produkte er verkaufte. Zum Ruthardthaus gehörten noch einige Hektar Wiesen, die ihm als Weide und zum Heumachen diente.

Nachdem sie eine Weile erzählt hatten, gingen die Steinaus zu ihrer Wohnung hinüber. Oliver bat Angela mit hinauf in seine eigene Wohnung und führte sie in sein Wohnzimmer. Es war überraschend modern eingerichtet, stellte sie leicht verwundert fest. Er bemerkte ihren erstaunten Gesichtsausdruck und lachte: „Nachdem das restliche Haus ein wahres Museum ist, wollte ich in meinen eigenen Räumen nicht auch noch antiquierte Möbel. Irgendwo hört die Nostalgie auf."

Angela konnte ihm gut nachfühlen und versicherte, dass sie seine Wohnung sehr gemütlich fände, was auch der Wahrheit entsprach. Nachdem sie beide in bequeme Sessel gesunken waren, mit einem Glas Wein und Knabbereien versorgt, begann er ihr die Geschichte Caspars zu erzählen.

Caspar Matthias der II. Graf zu Ruthardt wurde Anno 1847 geboren. Er sollte nicht der einzige Nachkomme der Familie bleiben, hatte noch fünf jüngere Brüder. Als Kind und junger Mann war er bei seiner Familie und im Bekanntenkreis wegen seiner freundlichen, hilfsbereiten Art geschätzt und beliebt gewesen.

Im Alter von einundzwanzig Jahren heiratete er Christina, eine junge Adelige aus bestem Hause. Die beiden waren sich von ihren Vätern schon im zarten Kindesalter versprochen worden, was damals in diesen Kreisen durchaus üblich war. Christina, eine zarte Schönheit von gerade einmal sechzehn Jahren fand schnell Gefallen an dem großen, gutaussehenden Caspar. Und er war bald hingerissen von seiner wunderschönen Frau und liebte sie abgöttisch, wie man erzählte.

Ein knappes Jahr nach der Hochzeit gebar Christina eine Tochter. Clara war der ganze Stolz ihrer Eltern.

Doch dann gab es Zwietracht zwischen den Eheleuten. Der Grund waren anonyme Liebesbriefe und Berge von roten Rosen, die fast täglich vor der Tür von Ruthardthaus lagen. Von wem sie stammten, wer sie dort abgelegt hatte, blieb ein Rätsel.

Christina beteuerte, niemanden zu kennen, und schon gar keinen anderen Mann zu lieben, als ihren eigenen Gatten. Und Caspar glaubte ihr schließlich. Er ließ fortan sein Haus Tag und Nacht bewachen. Wie erwartet, hörte die Flut der Briefe und Rosen auf.

Dann wurde Christina erneut schwanger. Wie Caspar hoffte sie auf einen Erben und beide konnten die Geburt des Kindes kaum erwarten.

Eines Tages brachte ein Bote einen Brief, der an Caspar adressiert war. In ihm gestand ein Unbekannter, der wahre Vater des ungeborenen Kindes zu sein. Christina, bereits im siebenten Monat, beschwor immer wieder ihre Unschuld. Die Verdächtigung setzte ihr so zu, dass sie vorzeitig Wehen bekam und fortan das Bett nicht mehr verlassen durfte.

Caspar versicherte seinerseits, ihr zu glauben und kümmerte sich rührend um seine Frau. Sein Vertrauen führte dazu, dass sie ruhiger wurde und die Wehen nachließen, das Kind wurde nicht vorzeitig geboren. Doch Christina musste nach wie vor das Bett hüten.

Dann brachte ein Bote eine neue Nachricht, über deren Inhalt Caspar jedoch Stillschweigen bewahrte. Die Bediensteten des Hauses sagten später jedoch aus, dass er darüber sehr erzürnt gewesen sei. Ja, er wäre so wütend gewesen, wie sie ihn noch niemals zuvor gesehen hätten. Und am nächsten Morgen fand man Christina tot in ihrem Bett. Sie war mit bloßen Händen erwürgt worden.

Caspar zeigte sich untröstlich über den Verlust und betrauerte Christina sehr. Doch seine im Haus lebenden Verwandten beobachteten ihn misstrauisch. Es war ganz offensichtlich, sie hielten ihn für den Mörder.

Auch der Kriminalinspektor, der extra aus Würzburg ange-reist kam, um den Mordfall zu untersuchen, war von seiner Schuld überzeugt. Er nahm Caspar fest und warf ihn erst einmal in das Verlies im Keller von Ruthardthaus. Der ließ es willenlos geschehen. Der Wächter erzählte am nächsten Tag, er hätte die halbe Nacht das untröstliche Schluchzen des Gefangenen gehört.

Doch am nächsten Morgen, als Caspar zum erneuten Verhör vorgeführt werden sollte, war er aus seiner Zelle verschwunden. Niemand konnte sich erklären, wie das geschehen konnte. Jeder Zentimeter der Kerkerzelle wurde abgesucht, doch es gab keine geheime Türe. Und der Wächter, ein Polizist, der mit dem Inspektor aus Würzburg gekommen war, versicherte glaubhaft, den Gefangenen nicht freigelassen zu haben.

Caspar blieb spurlos verschwunden und mit ihm verschwand seine geliebte Bulldogge Meta, die ihm nie von der Seite wich...

„Das ist die Geschichte von Caspar", endete Oliver und reckte seine langen Glieder. „Niemand weiß, was mit ihm geschehen ist oder wo seine Gebeine ruhen. Er verschwand, als ob es ihn nie gegeben hätte."

Angela drehte nachdenklich ihr Weinglas zwischen den Fingern. Man sah ihr an, wie die Erzählung sie berührte. Endlich schüttelte sie den Kopf. „Ich kann nicht glauben, dass er sie wirklich umgebracht hat. Er liebte sie doch und vertraute ihr. Mein Gefühl sagt mir, er war es nicht gewesen."

Oliver lachte leise, weil sie sich so ereiferte. „Caspar wird sich über Ihr Urteil sicher sehr freuen."

Dann verbesserte er sich schnell. „Ich meinte, er würde sich sicher über das Vertrauen freuen, das Sie ihm entgegenbringen. Wenn er es hören könnte."

Sie schaute ihn verwirrt an. Sah er plötzlich nicht richtig verlegen aus? So, als hätte er soeben etwas Falsches gesagt? Gedankenverloren wie sie war, hatte sie ihm gar nicht richtig zugehört.

Er griff nach der Flasche und schenkte ihr noch einen Schluck nach, obwohl ihr Glas noch gar nicht leer war. Dann meinte er betont unbekümmert. „Sie sagten heute Mittag, wir besäßen große Ähnlichkeit, Caspar und ich. Mir selbst ist das eigentlich noch nie so gravierend vorgekommen. Ich meine eher, unsere Ähnlichkeit wäre eher oberflächlicher Natur. Was mir allerdings auffiel, ist eine nicht zu leugnende Ähnlichkeit zwischen Ihnen und Christina. Sie ist mir sofort ins Auge gestochen."

Jetzt war es an Angie, verwirrt zu schauen. „Ich? Mit Christina? Aber wie soll das sein können? Bis heute wusste ich nicht einmal, dass es sie gab."

„Trotzdem", beharrte er und erhob sich. Er griff nach ihrem Arm und zog sie ebenfalls hoch. „Kommen Sie mit, ich werde es Ihnen beweisen."

Gemeinsam gingen sie ein Stockwerk tiefer und er führte sie an Caspars Bild vorbei zum nächsten in der Ahnengalerie. Eine Frau war darauf zu sehen, die in einem Lehnstuhl saß und ein Baby auf dem Schoß hielt. Sie erinnerte sich, das Bild bereits gesehen zu haben, hatte ihm aber keine besondere Aufmerksamkeit geschenkt. Jetzt betrachtete sie es genauer und schüttelte den Kopf.

„Nein, ich sehe ihr kein bisschen ähnlich. Das bilden Sie sich nur ein."

Oliver ließ sich jedoch nicht beirren. „Schauen Sie genau hin", ermunterte er sie und deutete auf das Gesicht Christinas. „Dieselben rotgoldenen Haare, die hohe Stirn, die gleichen grünen Augen. Selbst die Gesichtsform ist identisch - und erst der Mund, der gleiche liebreizende Schwung der Lippen..."

Er verstummte plötzlich und schaute sie ein wenig verlegen grinsend an. „Ich komme ins Schwärmen", entschuldigte er sich. „Aber sie war wirklich eine bezaubernd schöne Frau, genau wie Sie."

Angie bemerkte, wie ihr ein Hauch von Röte ins Gesicht stieg. Aber sie freute sich über sein Kompliment. Er fand sie also attraktiv. Sie musste zugeben, dass es ihr gefiel, ihm zu gefallen. Schließlich war er ebenfalls ein Bild von einem Mann. Und wirklich sehr, sehr nett...

Sie nahm sich zusammen und richtete ihren Blick erneut fest auf Christinas Bildnis. Sah sie ihr tatsächlich so ähnlich?

„Denken Sie sich die hochgesteckte Frisur weg und stattdessen Ihren frechen Schnitt, dann ist die Ähnlichkeit unleugbar." Er ließ sich nicht davon abbringen und jetzt sah sie es selbst. Verwirrt starrte sie ihn an. Konnte das noch ein Zufall sein? Aber das musste es ja wohl, es gab ganz sicher keine plausible Erklärung dafür.

„Ich glaube, ich werde zu Bett gehen", sagte sie und fühlte sich plötzlich sehr müde. „Ich habe ein wenig Kopfschmerzen. Vielen Dank für den unterhaltsamen Abend. Wir sehen uns sicher morgen beim Frühstück."

Sie wünschte ihm noch eine gute Nacht und eilte dann die Treppe hinauf als wäre sie auf der Flucht. Oben mäßigte sie ihren Schritt und begab sich langsamer zu ihrem Zimmer. Was sollte er bloß von ihr denken, fragte sie sich ärgerlich. Sie benahm sich albern wie ein Teenager. Aber sie musste sich eingestehen, dass er mehr Eindruck auf sie machte, als ihr lieb war.

Sie wollte gerade die Türe schließen, da hörte sie seine murmelnde Stimme. Mit wem sprach er? Es war doch niemand da. Lauschend hielt sie den Kopf schief und spähte über das Geländer.

Oliver stand vor Caspars Bild und schaute ihm scheinbar direkt ins Gesicht. Sie konnte nicht verstehen, was er sagte, meinte nur seinen letzten Satz zu verstehen, den er mit deutlich erhobener Stimme sagte: „Ich warne dich, lass sie in Ruhe alter Freund!"

Er wandte sich von dem Bild ab und schickte sich an, ebenfalls die Treppe heraufzusteigen. Eilig drückte Angie die Türe ins Schloss und drehte möglichst leise den Schlüssel herum.

Um sich abzulenken, griff sie nach dem Roman, den sie sich als leichte Bettlektüre mitgenommen hatte. Vor dem Einschlafen liebte sie es, abenteuerliche Liebesgeschichten zu lesen. Dabei konnte sie immer herrlich abschalten. Doch heute Abend wollte es nicht funktionieren. Immer wieder kehrten ihre Gedanken zu Oliver zurück.

Vergeblich versuchte sie vor sich selbst zu leugnen, wie attraktiv sie ihn fand. Und er war so ganz anders als Thomas. Sie konnte nicht verhindern, dass sie beide Männer in Gedanken verglich. Thomas schnitt dabei schlecht ab.

Zwar war Thomas ein durchaus sehenswertes Exemplar seiner Gattung, blond, gebräunt, mit durchtrainierter Figur und gut geschnittenen Zügen. Und er war sehr erfolgreich in seinem Beruf. Die teure Wohnung, die er sein eigen nannte und der sportliche Flitzer, den er fuhr, machten ihn für die Damenwelt zusätzlich interessant.

Bis vor kurzem hatte sie gedacht, er wäre ihr Mann fürs Leben. Aber heute? Wollte sie wirklich so einen Karrieretypen, dem seine Zukunft als aufstrebender Jungunternehmer mehr am Herzen lag, als das Glück an der Seite seiner Verlobten? In letzter Zeit hatten sie mehr gestritten, als sich verstanden.

Oliver war das genaue Gegenteil. Zumindest was den Charakter betraf. Vom Aussehen her konnte er Thomas jederzeit das Wasser reichen. Doch seine männliche Schönheit schien ihm gar nicht bewusst zu sein. Für seine Größe von mindestens einsneunzig bewegte er sich mit natürlicher, unbewusster Geschmeidigkeit. Und seine Bräune war echt, entstanden durch viel Bewegung in freier Natur. Die Kleidung, die er trug war eher zweckmäßig, als der neuesten Mode entsprechend. Das gleiche traf auf sein Auto, einen robusten Geländewagen zu. Doch am besten an ihm gefiel ihr seine ruhige, humorvolle Art. Der Blick seiner dunklen Augen sandte Wärme und Vertrauen aus. Sie wusste instinktiv, auf ihn konnte man sich hundertprozentig verlassen. Er liebte Tiere und bestimmt auch Kinder.

Und ganz sicher würde er seiner Frau niemals verbieten, ihrer geliebten Arbeit nachzugehen...

Angie, jetzt nimm dich aber zusammen, schalt sie sich selbst als ihr bewusst wurde, welche Gedanken ihr durch den Kopf gingen. Du kennst diesen Mann erst wenige Stunden und denkst schon darüber nach, welch einen Ehemann er wohl abgeben würde. Vergiss nicht, du bist immer noch verlobt.

Mit einem leisen Seufzer legte sie das Buch zur Seite und streckte sich, um die Nachttischlampe auszuknipsen. Wohlig kuschelte sie sich in die duftige Bettwäsche. Lavendel, erschnupperte sie, - der Duft sollte angeblich angenehme Träume bescheren.

Nun, dagegen hatte sie nichts einzuwenden. Sie schloss die Lider und war nicht erstaunt, als nach kurzer Zeit vor ihrem inneren Auge ein Gesicht erschien. Ein männlich markantes Gesicht, mit dunklen Augen und umrahmt von fast schwarzem Haar...

Das Gesicht beugte sich näher zu ihr und hauchte ihr einen Kuss auf die Stirn. Sein langes Haar kitzelte dabei ihre Wangen. Die freundlichen dunklen Augen schauten tief in die ihren, sein Mund sprach lächelnd: „Schlaf gut, meine liebste Christina. Und achte mir gut auf meinen kleinen Prinzen."

Seine Hand strich zärtlich über ihren stark gewölbten Leib, verharrte kurz, als sie eine Bewegung des ungeborenen Kindes wahrnahm. Dann erhob er sich und ging zur Verbindungstüre, die sein Zimmer von ihrem trennte. Er drehte sich nochmals zu ihr um und meinte fürsorglich: „Falls du etwas brauchst, so rufe mich einfach. Ich bin immer für dich da."

Sie schaute ihm nach, bis sich die Türe hinter ihm schloss. Dann griff sie neben sich und drehte den Docht der Lampe herunter, so dass sie erlosch. Zufrieden ließ sie sich in die frisch aufgeschüttelten Kissen sinken. Sie war glücklich.

Glücklich einen so liebevollen Gatten zu haben. Er hatte keine Sekunde an ihr gezweifelt, als sie ihm schwor, nie einen anderen als ihn geliebt zu haben. Und er hatte ihr versprochen, den gemeinen Denunzianten zu finden und zur Rede zu stellen, der ihr gemeinsames Glück bedrohte.

Caspar, dachte sie zärtlich und legte ihre Hand auf ihren Leib, dorthin, wo sie sein Kind spürte. Sie liebte ihn so sehr... Mit einem Lächeln auf den Lippen schlief sie ein.

Sie spürte die Bewegung nur im Unterbewusstsein und riss die Augen auf. Eine bedrohliche, dunkle Silhouette hob sich vor dem hohen Fenster ab, durch das ein blasser Mond seinen milden Schein sandte.

„Caspar?" fragte sie leise und lächelte dann. „Du hast mich erschreckt, mein Liebster."

Die dunkle Silhouette kam schweigend näher, Hände streckten sich nach ihr aus und umfingen ihren Hals. Sie wollte schreien, doch die Hände drückten unbarmherzig zu. Nur ein ersticktes Röcheln entrang sich ihrem Mund. Aus vor Entsetzen weit geöffneten Augen starrte sie ihren Mörder an. Sein Gesicht blieb reglos und kalt, als er noch stärker zudrückte. Er ließ noch nicht einmal locker, als er das vernehmliche Knacken hörte mit dem ihr Kehlkopfes brach. Erst als ihr Körper erschlaffte, ließ er sie los. Wie eine Puppe fiel sie in die Kissen zurück.

Voller Kälte starrten dunkle Augen auf den leblosen Körper, blieben auf dem gewölbten Leib haften, in dem das Ungeborene mit dem Tode rang.

„Stirb du Bastard!" flüsterte der Mann voll unterdrückter Wut. „Du wirst mir nicht mehr meine Pläne durchkreuzen."

Nachdem sie sicher war, ganze Arbeit geleistet zu haben, ging die dunkle Gestalt auf die Verbindungstüre zu und verschwand dahinter wie ein Schatten.

Angela erwachte mit einem erstickten Schrei und fuhr im Bett hoch. Ihre Hände fuhren an den Hals, an dem sie noch den unbarmherzigen Druck zu spüren meinte. Keuchend ging ihr Atem, sie fürchtete noch immer, ersticken zu müssen.

Es dauerte eine ganze Weile, bis sie sich soweit beruhigt hatte, dass sie in der Lage war, das Licht anzuknipsen. Gehetzt schaute sie sich im Zimmer um. Aber es hatte sich natürlich nichts verändert, alles war, wie es sein sollte.

Ein Alptraum hatte sie heimgesucht. Nur ein schlimmer Traum...

Kein Wunder, dachte sie bei sich. Nach all den Schauergeschichten, die sie heute gehört hatte. Dennoch, der Traum war so real gewesen. Sie hatte sich als Christina gesehen, hatte aus deren Augen ihren Mörder erblickt. Sie konnte sogar noch die Bewegungen des Kindes fühlen, wie es in ihrem Leib gestrampelt hatte. Unwillkürlich fasste sie sich an den Bauch. Doch der war flach, kein Kind - natürlich nicht...

Stirnrunzelnd setzte sie sich im Bett auf, umfasste ihre Knie mit den Armen. Sich unbewusst vor- und zurückwiegend, starrte sie sinnend vor sich hin. Noch niemals hatte sie so intensiv geträumt. Abermals tastete sie ihren Hals ab. Er schmerzte, so als wäre er ihr wirklich zugedrückt worden.

„Du hast dich verkrampft, Angie", versuchte sie sich selbst zu beruhigen. Doch ihre Stimmbänder waren kaum in der Lage, die Worte hervorzubringen. Ihr Hals fühlte sich wund an. Was sie veranlasste aus dem Bett zu steigen und sich vor den Spiegel zu stellen. Aber es war nichts zu sehen.

„Na, siehst du. Es war bloß ein dummer Traum. Du benimmst dich hysterisch, Angie. Wie eine hysterische alte Ziege." Wie passend, dass sie sich im Hause eines Tierarztes befand, kam ihr in den Sinn und sie musste lachen. Kopfschüttelnd warf sie ihrem Spiegelbild einen tadelnden Blick zu und ging dann zum Bett zurück. Nur einen kurzen Moment überlegte sie, ob sie das Licht anlassen sollte, machte es dann aber aus. Der Traum würde ganz sicher nicht zurückkommen. Leise gähnend schloss sie die Augen und fiel kurz darauf erneut in tiefen Schlaf.

Kapitel 3: Der Geist der Vergangenheit

Trotz des Alptraumes erwachte Angela am Morgen frisch und ausgeruht. Nach einer belebenden Dusche fühlte sie sich voller Tatendrang. Auf der Treppe hörte sie schon das Klappern von Geschirr und roch den verführerischen Duft frisch gebrühten Kaffees.

Oliver schaute ihr lächelnd entgegen. Er stand mit Peter vor einem Wandbrett auf dem der Tagesplan befestigt war. Jetzt setzten sich die beiden Männer an den Tisch wo Inge gerade die Kaffeetassen füllte.

„Na, haben Sie gut geschlafen?" fragte sie, während sie einen Korb mit Brötchen und eine Wurstplatte auf den Tisch stellte.

„Ja danke, ausgezeichnet", behauptete Angie munter und setzte sich an ihren Platz. „Ich habe gar nicht geahnt, wie bequem so ein altes Himmelbett sein kann."

„Wahrscheinlich wäre es nur halb so bequem, wenn auch noch die alten, klumpigen Rosshaarunterlagen drin lägen", meinte Oliver lächelnd. „Ich habe sie gegen moderne Federkernmatratzen ausgetauscht."

„Ah, deshalb. Und ich dachte schon, früher hätte es den gleichen Komfort gegeben, wie heute.", sie lachte und griff herzhaft zu. Sie frühstückten gemeinsam und unterhielten sich dabei lebhaft. Nach dem Frühstück gingen die Männer aus dem Haus, Inge widmete sich der Küche und Angela ging in die Bibliothek, wo ihre Arbeit auf sie wartete.

Heute vermied sie es absichtlich, sich das Bild des Grafen zu betrachten. Der Traum war ihr noch in lebhafter Erinnerung. Konnte sie sich so in Caspars freundlichem Gesicht getäuscht haben? War er wirklich ein gemeiner Mörder?

Auch während sie konzentriert arbeitete, ging ihr der Traum nicht aus dem Kopf. Immer wieder versuchte sie, sich selbst einzureden, dass es doch nur ein dummer Alptraum gewesen war. Sicher hatte er mit der Realität überhaupt nichts zu tun. Niemand konnte sagen, was sich damals tatsächlich abgespielt hatte. Endlich gelang es ihr abzuschalten und ihre Gedanken voll und ganz auf das Buch zu richten, das sie gerade bearbeitete.

Zum Mittagessen war sie mit Inge alleine. Eine komplizierte Operation hielt alle Männer in der Klinik auf.

„Das kommt oft vor", erklärte Inge gleichmütig, während sie die fertigen Speisen in Schüsseln lud und wegstellte. „Ich versuche immer so zu kochen, dass das Essen später leicht aufgewärmt werden kann."

Erst beim Abendessen traf Angie wieder auf Oliver. Er sah erschöpft aus und sie meinte, einen ärgerlichen Zug um seine Lippen zu sehen. „Ist die Operation nicht gelungen?" fragte sie leise.

Er zuckte entnervt mit den Schultern. „Ich kann es noch nicht sagen. Das Pferd ist noch nicht wieder aufgewacht, was ein schlechtes Zeichen ist. Möglich, dass ich nochmals operieren muss. Oder aber es stirbt..." Mit müder Handbewegung wischte er sich über die Augen.

Mitfühlend sah sie ihn an. Dass er so mit seinen tierischen Patienten litt, machte ihn ihr noch sympathischer. Wieder verglich sie ihn im Geiste mit Thomas. Würde er sich wegen eines Tieres Gedanken machen? Aber sie tat ihm vielleicht unrecht. Thomas war ein Stadtmensch, er hatte nie mit Tieren zu tun gehabt.

Sie schrak zusammen, als Oliver mit der Hand auf den Tisch schlug. Er entschuldigte sich jedoch sofort für seinen Ausbruch. „Tut mir leid, Angie. Aber ich bin so wütend auf den Besitzer des Pferdes. Er wusste, wie krank das Tier ist, hat aber erst versucht, es selbst zu kurieren. Dagegen ist zwar nichts einzuwenden, aber wenn man nicht bald den gewünschten Erfolg erzielt, sollte man doch möglichst schnell einen Tierarzt konsultieren. Der Kerl hat aber solange gewartet, bis das Pferd sich nicht mehr auf den Beinen halten konnte. Es muss fürchterlich gelitten haben. Eigentlich hätte ich es gleich einschläfern sollen... Vielleicht muss ich es auch noch tun. Auf jeden Fall steht mir eine lange Nacht bevor."

Er erhob sich schwerfällig und wünschte ihr eine gute Nacht.

„Falls sie möchten, können Sie gerne in meiner Wohnung fernsehen, die Türe ist offen", sagte er im Hinausgehen noch zu ihr. „Im Gästezimmer gibt es leider kein Fernsehgerät. Aber das haben sie sicher schon gemerkt."

Sie bedankte sich, wusste aber noch nicht, ob sie sein Angebot annehmen würde. Nach dem vielen Sitzen war ihr eher nach einem Spaziergang zumute. Sie entschloss sich, gleich zu gehen, solange es noch hell genug war. Da sie sich in der Umgebung nicht auskannte, wollte sie sich nicht im Dunkeln verirren.

Sie beschloss, innerhalb des eingezäunten Geländes zu bleiben. Wenn sie die Wege kreuz und quer lief, so bekam sie auch genug Bewegung. Und wenn es nicht reichte, würde sie eben noch eine Runde drehen.

Sie war erst wenige Minuten unterwegs, da hörte sie leise, schnelle Schritte hinter sich. Als sie sich umdrehte erkannte sie Olivers weißen Hund. Lara, erinnerte sie sich und rief die Hündin leise beim Namen. Freudig kam sie zu ihr und ließ sich ausgiebig streicheln. Dabei schwang ihr langer Schwanz so enthusiastisch hin und her, dass sie ihn sich in die eigenen Flanken schlug. Auch Angela bekam ihn zu spüren, sie war erstaunt, welche Kraft das Tier darin hatte und wie weh es tat, als er gegen ihre Beine schlug.

„Boxerschwänze müssten eigentlich unter das Waffengesetz fallen", hörte sie eine vertraute Stimme und Oliver trat zu ihr und lachte leise. „Ich habe schon überall blaue Flecke, nur von Laras wedelnder Rute. Mittlerweile kann ich besser verstehen, warum man den Boxern früher die Schwänze abgeschnitten hat." Er schaute zum Himmel auf, wo die Sonne bereits matter wurde und sich anschickte, hinter dem nahen Wald zu verschwinden. „Wollten Sie bei dem herrlichen Wetter auch nicht in der Stube sitzen."

Es war keine Frage, sondern eine Feststellung. Beiläufig fuhr er fort. „Ich nutze ebenfalls gerne jede freie Minute, um mir die Beine zu vertreten."

„Wie geht es dem Pferd?" fragte sie. „Ist es inzwischen aufgewacht?"

„Es steht, ja, ist aber noch sehr wackelig. Peter ist jetzt bei ihm und passt auf. Er gibt mir Bescheid, sollte er meine Hilfe brauchen." Dabei klopfte er auf seine Brusttasche, aus der ein Handy hervorlugte.

„Laufen Sie noch ein Stück mit uns?" fragte er sie. „Lara braucht noch etwas Bewegung, sie ist heute den ganzen Tag nicht raus gekommen." Er griff in seine Jackentasche und zog einen Ball heraus, den er über die Wiese schleuderte. Begeistert hetzte die Hündin hinterher und suchte im Gras eifrig nach dem Spielzeug. Dann brachte sie es zurück und warf es ihrem Herrn vor die Füße. Die braunen Augen bettelten, das Spiel zu wiederholen und Oliver tat ihr den Gefallen.

„Wollen Sie heute den Friedhof besichtigen?" fragte er wenig später und deutete voraus, wo die kleine Kapelle stand. „Es ist noch hell genug, die Inschriften der alten Grabsteine zu lesen. Und der Friedhof ist längst nicht so gruselig wie die Gruft. Ich besuche ihn eigentlich ganz gerne, es ist so friedlich dort."

Angela war einverstanden, nicht zuletzt, weil sie ihm nicht ängstlich erscheinen wollte. Der Friedhof lag hinter der Kirche und war mit Eisenstäben umzäunt, die zum größten Teil schon verrottet waren. Ein Tor gab es nicht mehr, es war längst vom Rost zerfressen und deshalb ganz entfernt worden.

Von den meisten Gräbern zeugten nur noch die Grabsteine, die Stätten selber waren längst von Unkraut, Büschen oder sogar Bäumen überwuchert.

„Wir sorgen nur dafür, dass die Steine nicht ganz unter der Vegetation verschwinden, den Rest zu pflegen, würde zu viel Zeit beanspruchen und auch enorme Kosten verursachen.

Zwei-, dreimal im Jahr bringt ein Bauer seine Ziegenherde hierher, die Tiere fressen bis auf die Bäume alles kurz und klein. Auf diese Weise bleiben wenigstens die Gedenksteine frei."

Angela musste lachen, als sie sich vorstellte, wie Ziegen über den Friedhof herfielen. Die Methode war zwar ein bisschen pietätlos, aber sicher sehr effektiv, - und vor allem kostenlos. Langsam schritten sie zwischen den einzelnen Gräbern hindurch und lasen die zum Teil uralten Inschriften. Außer Mitgliedern der Familie Ruthardt lagen hier auch noch etliche Bedienstete begraben, die sich wahrscheinlich durch besondere Treue ausgezeichnet hatten. Oliver erklärte ihr, wie die einzelnen Menschen miteinander verbunden gewesen waren. Er kannte sich erstaunlich gut in der Geschichte seiner Vorfahren aus, wenn man bedachte, dass einige davon schon vor mehr als zweihundert Jahren gelebt hatten.

Ein besonders schöner Grabstein fesselte Angelas Aufmerksamkeit. Eigentlich war es kein Stein, sondern die Skulptur eines knienden Engels in wallenden Gewändern, der wie schützend seine Flügel über das Grab breitete. Er bestand aus fast reinem weißem Marmor, auf dem sich jetzt die letzten Strahlen der untergehenden Sonne brachen und ihn in rotgoldenes Licht tauchten.

Angie war von dem Anblick seltsam berührt. Sie wusste zweifelsfrei, dass dies der Grabstein von Christina war. Die Inschrift auf den aufgeschlagenen Seiten eines steinernen Buches, das vor dem Engel lag bestätigte ihre Vermutung.

Christina zu Ruthardt, stand da in geschwungener Schrift, darunter die Daten ihrer Geburt und ihres Todestages. Sie war nur zweiundzwanzig Jahre alt geworden.

„Ein wunderschönes Grabmal", flüsterte Angela ergriffen. „Wer hat es in Auftrag gegeben?"

„Das war Caspar. Er hatte es noch am selben Tag bestellt, als ihre Leiche gefunden wurde. Allerdings konnte er es nicht mehr vollendet sehen. Als der Steinmetz es aufstellte, war er bereits spurlos verschwunden."

Konnte Caspar wirklich so kaltschnäuzig gewesen sein, einen solchen Gedenkstein für die Frau anfertigen zu lassen, die er kaltblütig erwürgt hatte?

Für Angela war das einfach undenkbar. Wieder sah sie seine sanften, dunklen Augen vor sich, so wie in der letzten Nacht im Traum. Es hatte so viel Zärtlichkeit und Liebe darin gelegen. Doch dann hatten sich seine Hände um ihren Hals gelegt und unbarmherzig zugedrückt...

Ein Schauer durchlief sie und fast war ihr, als sähe sie Caspar hinter einem der anderen Grabsteine stehen. Doch als sie genauer hinsah, war es nur ein Wechselspiel aus Licht und Schatten, das zwischen den Bäumen geisterte.

Sie fröstelte plötzlich und Oliver bemerkte es. „Sie frieren ja. Kommen Sie, wir gehen zurück, bevor sie sich erkälten. Sobald die Sonne verschwindet, ist es noch empfindlich kühl."

Sie begleitete ihn bis zur Pferdeklinik, aus der ein unruhiges Stampfen und schrilles Wiehern zu hören war. Alarmiert riss Oliver die Türe auf und eilte einen breiten Gang entlang. Angela überlegte einen Moment, ob sie zum Haus zurückgehen sollte, doch dann siegte ihre Neugier und sie folgte ihm schnell.

Die Geräusche kamen aus einer geräumigen Box, deren Wände mit dicken Polstern versehen waren. Auch der Boden bestand aus einem gummiartigen Material, das wohl Stürze abmildern sollte. Wie sinnvoll diese Maßnahme war, wurde Angela bewusst, als sie sah, wie ein braunes Pferd torkelnd zu Boden fiel. Der schwere Körper schlug hart auf, wäre der Boden aus Stein gewesen, hätte sich das Tier sicher verletzt.

„Er wurde plötzlich unruhig, ich konnte ihn nicht mehr halten. Und dann fiel er wie ein gefällter Baum um." Peter, der noch den Strick in den Händen hielt, der am Kopfzeug des Pferdes angebracht war, brachte sich rasch außer Reichweite der um sich schlagenden Hufe. Oliver kniete sich von hinten auf den Hals des Pferdes und drückte es so zu Boden. Beruhigend redete er auf das zitternde, schweißnasse Tier ein, das jetzt laut stöhnte.

„Ich fürchte, es hat keinen Sinn mehr", murmelte der Tierarzt nach einer kurzen Untersuchung und schaute zu Peter hoch. „Der Gaul quält sich furchtbar, ich denke, es ist das Beste, ihn zu erlösen. Machst du die Injektion fertig?"

Peter nickte und verließ die Box, während Oliver bei dem Pferd blieb und weiterhin leise auf es einsprach.

Er schien Angela vergessen zu haben und auch Peter achtete nicht auf sie, als er mit einer riesigen Spritze zurückkam. Er reichte sie dem Tierarzt, der sie an der wild pochenden Halsschlagader des Pferdes ansetzte und hineinstieß. Langsam drückte er den Kolben herunter, bis die Kanüle leer war.

Das Pferd wurde nun schnell ruhiger und atmete langsamer, es schien einzuschlafen. Nachdem sich Oliver versichert hatte, dass es fest schlief, gab er ihm eine zweite Injektion. Nach einer kurzen Weile ging ein Beben durch den mächtigen Pferdeleib, das Tier schien sich zu strecken und atmete wieder lauter und schneller. Dann lag es plötzlich still, kein Laut war mehr zu hören.

Oliver erhob sich langsam und griff nach einem Stethoskop um nochmals das Herz abzuhören. Als er es auf den Leib des Pferdes drückte, entwich ein letztes, langgezogenes Stöhnen der Pferdekehle.

„Du hast es geschafft, mein Guter", murmelte Oliver leise und tätschelte den Hals des toten Tieres. „Hoffentlich findest du in deinem nächsten Leben einen besseren Herrn."

Erst jetzt bemerkte er Angela, die mit vor den Mund gepressten Fäusten unter der Stalltüre stand. „Angie!" stieß er erschrocken hervor. „An Sie habe ich gar nicht mehr gedacht. Das war kein schöner Anblick für Sie, bitte entschuldigen Sie meine Unaufmerksamkeit."

„Nein, nein", wehrte sie ab und schluckte den Klos hinunter, der ihr im Halse hing. „Es ist meine eigene Schuld, ich war neugierig und bin Ihnen einfach gefolgt. Das arme Tier, ist es... tot?"

Er nickte bekümmert und nahm sie am Arm um sie hinauszuführen. „So ist es besser für ihn, er hat sehr gelitten. Ich habe ihm schon vor der Operation kaum eine Chance ausgerechnet. Aber sein Besitzer hat darauf bestanden. Hätte er sich lieber vorher ordentlich um sein Tier gekümmert."

„Wird er ihnen keine Schwierigkeiten machen, weil sie es eingeschläfert haben, ohne ihn zu fragen?"

Oliver zuckte nachlässig mit der Schulter.

„Kann schon sein, aber mir ist nicht bange davor. Ich habe ihm gleich gesagt, dass Pferd sei kaum mehr zu retten. Aber was ist mit Ihnen? Ich hoffe, es belastet Sie nicht gar zu sehr, was Sie gesehen haben. Soll ich Ihnen ein Mittel zur Beruhigung geben?"

Als sie ihn aus großen Augen anschaute, meinte er lächelnd.

„Keines für Tiere, keine Sorge. Ich habe auch Baldriantropfen im Haus, völlig harmlos aber trotzdem wirksam. Oder trinken Sie einen Kräutertee. Inge schwört auf ihre Kräuter, sie sammelt sie selbst und stellt sie individuell zusammen. Meist schmeckt der Tee sogar recht gut."

Angela nickte ergeben. „Also gut, ein Tee kann nicht schaden. Was geschieht jetzt mit dem Pferd?"

„Peter ruft zuerst den Besitzer und danach den Abdecker an. Der wird den Kadaver morgen abholen. Aber das sollten Sie lieber nicht ansehen, es ist kein schöner Anblick. Kommen Sie, bevor ich Sie in Inges Hände gebe, zeige ich Ihnen etwas, das Sie hoffentlich auf andere Gedanken bringt."

Er führte sie um die Tierklinik herum, zu den Ställen, die etwas davon entfernt lagen. „Das ist mein eigener Pferdestall. Ich habe ihn erst vor zwei Jahren aufstellen lassen. Treten Sie ein." Er hielt ihr die Türe auf und knipste einen Lichtschalter an, da es schon fast dunkel war. In drei geräumigen Boxen standen drei kohlschwarze Pferde, die ihnen neugierig entgegen blickten. Nein, vier, erkannte Angie jetzt, neben einer Stute stand ein winziges Fohlen.

„Das ist Luna, ganze fünf Tage alt und der Stolz ihrer Mama

Dunja. Der schwarze Teufel da hinten ist Wotan und daneben steht Sonja. Es sind alles Friesenpferde."

Angela war sofort entzückt von der kleinen Luna. Zutraulich kam das Stutfohlen zu ihrer ausgestreckten Hand und schnupperte daran. Oliver kraulte den Kopf ihrer Mutter, die sich zwischen ihr Fohlen und die fremde Frau drängte. Er gab ihr lachend einen Klaps auf den Hals. „Sie tut deiner Tochter nichts, Dunja, sei ein gutes Mädchen."

Er nahm eine Möhre aus einem Korb und reichte sie Angela mit der Aufforderung, sie der Stute zu geben. „Die Liebe geht auch bei Pferden durch den Magen, mit einem kleinen Leckerbissen lässt sich jedes Pferd bestechen."

Sofort machte Dunja den Hals lang um die Möhre zu ergattern. Sie hatte nun nichts mehr dagegen, dass Angela ihr den Kopf streichelte. Oliver gab auch den anderen beiden Pferden eine Möhre, die futterneidisch über ihre Gatter schauten.

„Können Sie reiten?" fragte er. „Wenn Sie möchten, können wir morgen einen Ausflug zu Pferd machen. Wotan muss unbedingt raus, er bekommt sonst noch einen Stallkoller. Und Sonja würde ein Ausritt auch gut tun."

Angela überlegte einen Moment, dann nickte sie begeistert. „Früher, als Kind bin ich oft geritten, ich besaß sogar ein eigenes Pony. Dann sind wir in die Stadt gezogen und meine Eltern haben es verkauft. Ich habe ihm lange nachgetrauert. Allerdings weiß ich nicht, ob ich noch reiten kann, es ist schon lange her."

„Mit dem Reiten ist es wie mit dem Radfahren oder Schwimmen, einmal erlernt, vergisst man nie mehr wie es geht. Und Sonja hat einen ausgezeichneten Gang, Sie werden sich bestimmt schnell an sie gewöhnen. Also abgemacht? Falls morgen kein Notfall reinkommt, reiten wir gleich nach dem Frühstück los. Ihre Bücher laufen ihnen ja nicht weg."

Als Angela später im Bett lag, ließ sie den Tag nochmals an sich vorüberziehen. Sie dachte darüber nach, wie nahe Tod und Leben doch beieinander lagen. Und hier im Ruthardt-haus wurde das ganz besonders deutlich. Zuerst die Mord-geschichte um Caspar und seine Frau, die ihr sonderbar nahe ging. Und heute das sterbende Pferd und das neugeborene Fohlen. Das Leben kam ihr hier viel intensiver vor, noch nie hatte sie so viel darüber nachgedacht, wie in den letzten zwei Tagen.

Sie überlegte, ob sie Thomas anrufen und ihm berichten sollte, was sie hier erlebte. Doch dann besann sie sich anders. Er würde sie nicht verstehen und sie stattdessen nerven, wie lange sie noch bleiben wolle. Es würde wahrscheinlich bloß wieder zum Streit zwischen ihnen kommen. Deshalb legte sie den Telefonhörer, den sie schon in der Hand hielt wieder auf und knipste das Licht aus. Ohne Thomas' nörgelnde Stimme in ihrer Erinnerung konnte sie gewiss besser einschlafen.

Erschrocken fuhr sie hoch, als sie eine leichte Berührung spürte. Es war nicht sehr dunkel im Zimmer, da sie den Vorhang nicht zugezogen hatte und matter Mondschein durchs Fenster fiel. Neben ihrem Bett stand eine große, dunkle Gestalt. Oliver, dachte sie erleichtert als sie die mittlerweile vertrauten Züge erkannte. Doch mit der Erkenntnis kam der Schrecken; was machte er mitten in der Nacht in ihrem Zimmer? Mit einem Ruck setzte sie sich im Bett auf und starrte ihn an.

Doch nein, das war nicht Oliver. Der Mann vor ihr sah ihm zwar sehr ähnlich, aber er war nicht Oliver. Lange schwarze Haare hingen diesem Mann bis auf die Schultern. Und seine Kleidung war sonderbar. Kniehosen aus schwarzem Samt, darunter lugten feine seidene Strümpfe hervor. Und das weiße Hemd war mit üppigen Spitzen besetzt. Darüber trug er eine Weste aus glänzendem grauem Stoff. Die Krönung seines Aufzuges bildete ein weiter schwarzer Umhang, der in eleganten Falten bis fast auf seine Schuhspitzen fiel. Dieser Umhang wurde durch eine Brosche gehalten, die sicher ein kleines Vermögen gekostet hatte.

Caspar, das konnte nur Caspar sein, schoss es Angela durch den Kopf. Sie träumte schon wieder. Aber komisch, seit wann konnte man träumen, dass man träumte? Verwundert schüttelte sie den Kopf und kicherte dann in sich hinein.

Die Gestalt vor ihr rührte sich nicht, starrte sie nur stumm an. Schließlich wurde es ihr zu bunt.

„Geh weg", murmelte sie und rieb sich über die Augen.

„Ich will nicht schon wieder von dir träumen."

„Ihr träumt nicht... Angela. Darf ich Angela zu Euch sagen? Es ist ein schöner Name. Er erinnert mich an Engel, an den Engel, der meine Christina jetzt ist. Ihr seht Ihr sehr ähnlich, wisst Ihr das? Seit ich Euch das erste Mal sah, lässt mir Euer Anblick keine Ruhe mehr."

Angie saß wie erstarrt und riss furchtsam die Augen auf. Es ist ein Traum sagte sie sich, es muss ein Traum sein. Wie sonst konnte es sein, dass Caspar vor ihr stand, zu ihr sprach? Der Mann war seit über Hundertzwanzig Jahren tot.

Wie seltsam gestelzt er sprach, sie fühlte sich in einen Film versetzt, der in früheren Zeiten spielte. Oder hatte sie einen ähnlichen Redestil, wie den seinen etwa in einem der Bücher gelesen, die sie restaurierte? Sie konnte sich gar nicht daran erinnern.

„Darf ich mich Euch vorstellen", unterbrach er jetzt ihre Grübelei. „Mein Name ist Caspar Matthias der zweite Graf zu Ruthardt. Da ich weiß, dass man heutzutage locker miteinander umgeht, bitte ich Euch, mich einfach Caspar zu nennen. Auch Oliver nennt mich so."

„Oliver? Er kennt Sie...? Ich meine, er weiß, dass sie in seinem Haus herumspuken und nennt sie sogar beim Namen?" Oh Gott, ich muss verrückt sein. Ich spreche mit meinen Traumgestalten, als wenn sie Wirklichkeit wären. Vielleicht war es ja der Kräutertee, den mir Inge zusammengestellt hat. Kann man von Tee Alpträume bekommen? Ihre Gedanken überschlugen sich in ihrem Kopf. Warum erwachte sie nicht endlich? Oder war sie tatsächlich wach und Caspar war ein Geist? Der Geist vom Ruthardthaus?

Bei dem Gedanken entrang sich ihr ein schrilles Lachen.

Caspar starrte sie verwirrt und fragend an.

„Warum lacht Ihr, obwohl ich Angst in Euren Augen sehen kann? Fürchtet Ihr Euch vor mir? Das müsst Ihr nicht, ich will Euch gewiss keinen Schaden zufügen."

„Sie haben doch auch Ihre Frau umgebracht", stieß Angie hervor und schlug ob ihrer unbedachten Worte, die Hand vor den Mund. Verunsichert erklärte sie eilig: „Das wurde mir wenigstens erzählt."

Er seufzte bekümmert auf und schüttelte leicht den Kopf. „Wer hat Euch das erzählt? Etwa Oliver? Wie kann ich je meine Unschuld beweisen, wenn nicht einmal meine eigenen Nachkommen mir Glauben schenken. Er müsste es eigentlich besser wissen, wir haben schon so oft darüber gesprochen."

Die Neugier siegte allmählich über Angelas Angst vor dem Geist. Oliver wusste also, dass Caspar im Hause herumspukte. Er unterhielt sich sogar mit ihm. Jetzt fiel ihr auch wieder ein, wie er vor dem Bild gestanden und mit ihm gesprochen hatte. Es war keine Einbildung gewesen, wie sie vermutet hatte. Aber warum verheimlichte er ihr das?

Doch dann sagte sie sich, dass sie ihn vermutlich für verrückt gehalten hätte, hätte er von einer Spukgestalt im Ruthardthaus erzählt. Bislang war es ihr nie in den Sinn gekommen, an Geister zu glauben. Selbst jetzt war sie noch immer nicht überzeugt, ob sie nicht doch schlief und träumte. Ja, ganz sicher würde sie bald erwachen und über diesen Traum lachen.

Caspar setzte sich ans Fußende ihres Bettes, ganz an den Rand um ihr ja nicht zu nahe zu kommen. Verwundert bemerkte sie, wie die Matratze unter seinem Gewicht nachgab. War er etwa doch kein Geist? Geister wogen doch sicher nichts, sie waren ja nur Trugbilder. Entsetzt fuhr sie zurück.

War das vielleicht doch Oliver, der sich als Caspar verkleidet hatte? Befand sie sich am Ende in der Gewalt eines wahnsinnigen Psychopathen, der sich einbildete sein mörderischer Urahn zu sein? War er gekommen, sie ebenfalls zu ermorden? Weil sie Christina angeblich so ähnlich sah.

Caspars resignierte Stimme unterbrach ihre panischen Gedanken. Er klang so traurig, dass ihre Ängste wieder schwanden. „Ich habe meine geliebte Christina nicht ermordet. Sie trug mein Kind unter dem Herzen. Nie hätte ich es fertiggebracht, den beiden etwas anzutun."

„Aber wieso sind Sie dann geflohen und nie mehr aufgetaucht? War das nicht das Eingeständnis Ihrer Schuld?"

Er seufzte erneut auf und sank leicht in sich zusammen. Das Bett reagierte auf die Bewegung mit leisem Knarren. Angies Ängste verstärkten sich wieder als sie es wahrnahm. Zweifellos besaß er das Gewicht eines Menschen.

„Ich bin nicht geflohen, ich wurde aus dem Kerker entführt und dann ermordet. Seither friste ich mein Dasein als ruheloser Geist. Ich lebe nicht mehr und kann auch nicht wirklich sterben. Es ist ein elendes Schicksal."

Angela wagte es und streckte die Hand nach ihm aus. Ihre zitternden Fingerspitzen berührten leicht seinen Arm. Sie fühlte Stoff und ganz deutlich einen Muskel, der sich unter ihrer Berührung anspannte. Eilig zog sie die Hand zurück. „Sie sind kein Geist! Geister kann man nicht anfassen. Sie fühlen sich an wie ein Mensch."

Er lächelte matt. „Ich kann mich für kurze Zeit materialisieren, wenn es nötig ist. Und heute, bei unserer ersten Begegnung fand ich es für nötig. Ich wollte Euch nicht noch mehr erschrecken. Die meisten Leute reagieren geschockt, wenn ihnen ein Geist begegnet."

„Wenn mitten in der Nacht ein fremder Mann im Zimmer steht ist das auch nicht gerade beruhigend. Was hätten Sie getan, falls ich um Hilfe geschrien hätte? Dr. Ruthardt schläft nur zwei Zimmer weiter, er wäre mir sicher sofort zu Hilfe geeilt. Ich überlege auch jetzt noch, ob ich ihn nicht rufen soll."

Caspar winkte geringschätzig ab. „Oliver wird mir nichts tun, schließlich bin ich sein Urahn. Außerdem bin ich ein Geist, was soll man mir antun können? Ich bin bereits tot."

„Im Moment kommen Sie mir sehr lebendig vor. Wie lange hält dieser... Zustand an?" Angela war nun so fasziniert von dem, was sie sah und hörte, dass sie gar nicht mehr überlegte, ob sie etwa doch träumte. Ihre Angst war gänzlich ihrer Neugier gewichen.

Bereitwillig begann Caspar zu erklären: „Ich kann diesen Zustand, wie Ihr es nennt, nicht allzu lange aufrechterhalten. Eine Stunde vielleicht, oder auch weniger, ich weiß es nicht genau. Ich besitze leider kein Zeitgefühl mehr. Vielleicht ist das aber gut so, denn sonst wäre ich sicher schon verrückt geworden. Auf jeden Fall kostet es mich viel Energie, mich zu materialisieren, deshalb tue ich es nicht sehr oft. Seit ich es das letzte Mal getan habe, sind sehr viele Jahre vergangen. Euch wollte ich mich jedoch nicht als durchscheinendes Geisterwesen präsentieren. Ich dachte mir, es würde Euch zu sehr erschrecken. Doch lange kann ich diesen Körper nicht mehr bilden, es kostet mich zu viel Kraft."

Wie zur Bekräftigung seiner Worte, begann er sich langsam aufzulösen. Auch der Druck auf die Matratze ließ merklich nach. Voller Staunen bemerkte Angela, wie seine Gestalt weniger wurde. Es gab keinen passenden Ausdruck für das, was vor ihren Augen geschah. Nach kurzer Zeit war aus dem großen, kräftigen Mann ein durchsichtiges Bild geworden, ähnlich einem Film, der auf einem ungeeigneten Hintergrund abgespielt wurde. Sie konnte durch Caspar hindurch schwach die Umrisse der Möbel erkennen.

Einzig seine Stimme schien durch seine Verwandlung nicht beeinträchtigt. Sie erklang genauso wohltönend wie zuvor neben ihr. „Ich hoffe, dieser Anblick, den ich nun biete ist nicht gar zu schlimm für Euch, ich selbst kann mich leider nicht sehen."

„Nun, Sie sehen ... durchsichtig aus, aber ansonsten genau wie zuvor. Strengt es sie so ebenfalls an?"

„Nein, kaum. Dennoch bleibe ich im Allgemeinen völlig unsichtbar, höchstens Oliver zeige ich mich einmal. Weder Inge noch Peter oder einer der Gehilfen haben mich je zu Gesicht bekommen. Oliver will nicht, dass ich mich jemandem zeige. Er meint, ich würde die Leute vergraulen."

„Wieso tun Sie es dann bei mir?"

Caspar stand nun endgültig vom Bettrand auf und lief, - oder besser gesagt, schwebte unruhig hin und her. Dann blieb er vor ihr stehen und sah sie erwartungsvoll an. „Ich hoffte, Ihr würdet mir vielleicht helfen, mein Schicksal aufzuklären. Fragt mich nicht, warum ich ausgerechnet in Euch meine Erlösung sehe. Aber schon als Ihr das erste Mal hier wart, wusste ich, Ihr seid der Mensch, auf den ich so lange gewartet habe."

„Aber wie stellen Sie sich das vor?" Angela zuckte hilflos mit den Schultern und sah fragend zu ihm auf. „Ich habe keinerlei Erfahrung in Sachen Geisterbeschwörung. Ich fürchte, ich bin dafür völlig ungeeignet. Was ist mit Oliver, kann er Ihnen nicht helfen? Er ist doch Ihr Verwandter und zudem bestens mit Ihrer Geschichte vertraut."

Bekümmert schüttelte Caspar den Kopf. „Oliver ist ein vielbeschäftigter Mann und hat außerdem genügend eigene Sorgen. Ich fürchte, dass er mir meine Version der Geschichte nie richtig geglaubt hat. Doch auf Euch wird er hören, das weiß ich. Wenn Ihr ihm Beweise meiner Unschuld vorlegt, so wird er Euch glauben. Und mir helfen, endlich Erlösung zu finden."

„Aber wo soll ich diese Beweise herbringen? Ich weiß nur das, was Oliver und Sie selbst mir erzählt haben..."

„Ich hoffe sehr, die Lösung aller Rätsel steht in der Familienchronik aufgeschrieben. Ihr werdet Sie in der Bibliothek finden. Lest sie gründlich durch, auch das, was zwischen den Zeilen steht. Vielleicht steht das Geheimnis meines Todes dort irgendwo verzeichnet. Helft mir mein Schicksal zu enträtseln, ich bitte Euch..."

Angela wusste nicht, warum sie es tat. Aber sie nickte und versprach fast feierlich: „Ich werde versuchen, Ihnen zu helfen."

Caspars Züge wurden durch ein hoffnungsvolles Leuchten erhellt. Er nickte ihr nochmals zu und war dann plötzlich verschwunden. Sie schaute noch eine Weile auf den Fleck, an dem er soeben noch sichtbar gewesen war. Erneut beschlichen sie Zweifel. Träumte sie vielleicht doch? Jetzt, wo der Geist verschwunden war, konnte sie nicht mehr so recht glauben, dass er überhaupt hier gewesen war.

Sie legte sich langsam in die Kissen zurück, da bemerkte sie die Umrisse eines kleinen Gegenstandes auf dem Nachttisch. Zögernd griff sie danach und hielt ein Schmuckstück in den Händen. Schnell knipste sie die Lampe an, um es zu betrachten. Es handelte sich um ein zierliches, goldenes Medaillon in Herzform. Es war geöffnet und in seinem inneren befanden sich zwei Miniaturen. Sie stellten Christina und Caspar dar.

Kapitel 4: Ausritt mit Oliver

Oliver führte die Pferde aus dem Stall und schlang die Zügel um einen Holm. Dann begann er mit bedächtigen Handgriffen, zuerst die Stute zu satteln. Angela trat neben ihn. „Lassen Sie es mich versuchen, ich bin neugierig, ob ich es noch kann."

Er nickte und trat lächelnd zur Seite um seinem Hengst den Sattel aufzulegen. „Probieren Sie es aus, ich werde dann schauen, ob sie den Gurt fest genug angezogen haben. Nicht dass sie mir plötzlich samt Sattel vom Pferd rutschen."

Er war jedoch zufrieden mit ihrem Werk und grinste anerkennend. „Wusste ich's doch. Den Umgang mit Pferden vergisst man nicht so leicht. Soll ich Ihnen hinaufhelfen oder schaffen Sie es alleine? Eine Friesenstute ist ein bisschen größer als ein Pony."

Das wurde Angie auch bewusst, als sie ihren Fuß in den Steigbügel stellte und sich am Sattel festklammerte um sich hochzuziehen. Sie war dankbar, als Oliver sie kurzerhand um die Taille packte und hochhob. Er reichte ihr die Zügel und schwang sich dann geschmeidig auf den großen Hengst, der lebhaft tänzelte. Sie kam nicht umhin, ihn und das Pferd zu bewundern. Die beiden schienen füreinander geschaffen.

Auch Oliver musterte heimlich seine junge Begleiterin. Was er sah, gefiel ihm ausnehmend gut. In Ermangelung einer Reithose trug sie eine, nicht allzu enge Jeans, die ihre langen Beine und den Po vorteilhaft zur Geltung brachte. Er musste sich zwingen, nicht zu intensiv auf diese weiblichen Attribute zu starren. Eine sportliche Baumwollbluse und ein leichter Blouson machten ihre Garderobe komplett.

Unbewusst seufzte er auf. Angela Berger war eine Frau, in die er sich verlieben könnte. Aber leider war sie ja schon vergeben. Obwohl er ihren Verlobten nicht kannte, empfand er spontane Eifersucht auf diesen Mann. Dann nahm er sich zusammen und ritt an. Es hätte sicher sowieso nicht gutgetan zwischen ihnen. Keine seiner bisherigen Freundinnen hatte es lange mit ihm ausgehalten. Welche Frau mochte schon auf Dauer den Mann mit kranken Tieren teilen. An seinem Beruf waren schon zwei Beziehungen gescheitert.

Er ahnte nicht, dass sich Angelas Gedanken ebenfalls um ihn drehten. Wieder einmal verglich sie ihn mit Thomas. Darüber vergaß sie fast Caspar, über den sie sich unbedingt mit Oliver unterhalten wollte. Am liebsten hätte sie ihn schon beim Frühstück damit überfallen, tat es aber aus Rücksicht auf Peter und Inge nicht. Der Geist hatte ihr ja erklärt, dass die beiden nichts von ihm wussten und sie wollte sie nicht verunsichern. Auf dem Sattelplatz gab es auch keine passende Gelegenheit und nun, während sie neben ihm her ritt, musste sie sich zu sehr auf das Pferd konzentrieren. Die Stute passte sich jedoch willig Zügelführung und Schenkeldruck an. Als sie das Gelände um Ruthardthaus verlassen hatten und einen Feldweg entlang ritten, entspannte sich Angie merklich. Sie begann, den Ritt zu genießen. Oliver hielt ein gemächliches Tempo und blickte alle paar Minuten zu ihr hin ob sie Schwierigkeiten hatte. Er sprach kaum ein Wort, doch sie empfand sein Schweigen keineswegs als belastend. Er gab ihr ein inneres Gefühl von Ruhe und Geborgenheit, das sie so bei Thomas noch nie empfunden hatte. Mit Oliver an ihrer Seite fühlte sie sich eins mit der Natur, es schien ihr, als wären sie beide dafür bestimmt. Mit Thomas kam sie höchstens einmal am Sonntagnachmittag in den Palmengarten. Und selbst da telefonierte er ständig oder sprach über seine Geschäfte.

Ich vergleiche die beiden schon wieder, gestand sie sich frustriert ein. Und Thomas kommt immer schlechter dabei weg. Wenn das so weitergeht, werde ich bald kein gutes Haar mehr an ihm finden. Gedankenverloren schüttelte sie den Kopf und seufzte leise.

„Was ist, haben Sie ein Problem mit Sonja?“ Oliver kam sofort nahe an sie heran und blickte besorgt zu ihr herüber. Verlegen wandte sie den Blick auf den Hals des Pferdes und zauste leicht die dichte, schwarze Mähne.

„Nein, es ist alles in Ordnung. Ich habe nur darüber nachgedacht, welch ein herrlicher Tag heute ist. Wie geschaffen für einen Ausflug zu Pferd. Es gefällt mir sehr. Wo reiten wir eigentlich hin, haben Sie ein bestimmtes Ziel?"

„Ich dachte mir, wir reiten durch den Wald in Richtung Lohr. Auf dem Weg dorthin gibt es einen netten kleinen Gasthof. Das Essen ist ausgezeichnet. Allerdings sind wir frühestens in zwei Stunden dort. Falls Ihnen der Weg zu weit erscheint, müssen Sie es mir sagen. Dann reiten wir eine kürzere Strecke."

„Nun, wenn wir ein Stück galoppieren, sind wir sicher eher dort. Ich würde gerne ausprobieren, ob ich es noch kann."

Er nickte ihr lächelnd zu. „Gern, wenn Sie es wünschen. Etwas weiter vorne wird der Weg breiter, da können wir die Pferde tüchtig ausgreifen lassen. Es wird ihnen guttun. Aber sagen Sie mir rechtzeitig Bescheid, wenn es zu beschwerlich für Sie wird. Sonja rennt Wotan solange hinterher, bis er anhält. Wenn Sie nicht mehr können, rufen Sie, nicht dass sie mir vom Pferd stürzen."

„Was ist mit Lara? Kann sie mit den Pferden mithalten?" Angie schaute sich nach der Hündin um, die ein Stück zurückgeblieben war und am Wegrand schnüffelte.

„Keine Sorge, sie verliert unsere Spur nicht und kommt uns nach. Falls sie müde wird, nehme ich sie auf dem Heimweg zu mir aufs Pferd. Daran ist sie seit ihren Welpentagen gewöhnt. Manchmal hängt sie wie ein Sack vor mir über dem Sattel und schläft. Aber meist macht ihr die Wegstrecke nichts aus." Nach ein paar Minuten wurde der Weg breiter und Oliver trieb Wotan zum Galopp an. Wie er gesagt hatte, rannte ihm Sonja sogleich hinterher. Sie schien die Frau auf ihrem Rücken vergessen zu haben und trachtete nur danach, den Hengst nicht zu verlieren. Aus Rücksicht auf Angie ließ Oliver Wotan bald langsamer werden. Daraufhin verlangsamte auch die Stute prompt das Tempo und sie galoppierten jetzt gemächlicher.

Angela passte sich schnell den fließenden Bewegungen des Pferdes an. Sie genoss den Ritt sehr und fühlte sich frei und glücklich dabei. So etwas Schönes hatte sie schon lange nicht mehr erlebt. Als Oliver auf einer kleinen Lichtung anhielt, erwachte sie aus ihrer verzauberten Stimmung. Er schwang sich vom Rücken des Hengstes und trat neben sie.

„Hier können wir eine Weile Rast machen um die Pferde grasen zu lassen. Ich habe eine Decke mitgenommen, wir können es uns derweil dort im Schatten unter dem Baum gemütlich machen. Falls Sie etwas trinken möchten, ich habe eine Flasche Apfelsaft dabei."

Sie war einverstanden, der Ritt hatte sie durstig gemacht. Während er die Decke unter dem Baum ausbreitete, stieg sie ab, dehnte und streckte sich. Oliver lockerte den Pferden die Sattelgurte und nahm ihnen die Trensen aus dem Maul, damit sie besser grasen konnten. Bevor er sie mit einem Klaps entließ, holte er eine Flasche und zwei Becher aus seiner Satteltasche und setzte sich dann neben Angie nieder. Schweigend schenkte er ein und reichte ihr einen Becher.

Über die Wiese kam Lara wie ein weißer, langgestreckter Strich auf sie zu gefegt und warf sich hechelnd neben ihnen ins Gras. Die Hündin hatte den Anschluss wiedergefunden und rekelte sich jetzt zufrieden zwischen den hohen Halmen. Dabei stieß sie grunzende Laute aus. Dann sprang sie auf, schüttelte sich und trottete in Richtung eines kleinen Baches davon um zu trinken.

Angie sah ihr lachend hinterher. „Sie ist einfach ein entzückendes Boxermädchen."

„Das finde ich auch. Es wäre wirklich schade, wenn sie bloß wegen ihrer Fellfarbe getötet worden wäre. Sie ist ein prächtiger Hund."

Grübelnd sah ihn Angela an. „Sie besitzen lauter ungewöhnliche Tiere, einen weißen Boxer und schwarze Pferde. Die sehen mit diesen langen Haaren an den Fesseln und ihren langen Mähnen und Schweifen ganz anders aus als andere Pferde. Irgendwie rassiger und wilder."

Das traf vor allem für den Hengst zu. Seine lange, gewellte Mähne reichte bis weit unter seinen muskulösen Hals. Oliver erklärte ihr bereitwillig. „Die üppigen Mähnen und Schweife sind ein besonderes Merkmal der Friesen. Die Tiere sind noch jung, ihr Behang wird vermutlich noch länger. Es ist eine ganz schöne Arbeit, sie zu pflegen, manchmal ärgere ich mich, dass ich mir die Pferde aufhalsen ließ. Sie stammen von einem kleinen Wanderzirkus, der seine Leute mit ihnen in den Straßen der Städte betteln schickte. Sicher kennen Sie das auch, da steht ein armselig wirkender Mann mit einer Büchse, neben sich ein ebenso armseliges Tier. Von seinem Rücken hängt ein Schild: Zirkustiere in Not. Wer kann schon daran vorbeigehen? Doch meistens kommt das erbettelte Geld den Viechern nicht mal zugute. So war es auch bei den drei Friesen. Sie sahen erbärmlich aus, als sie vom Veterinäramt zu mir gebracht wurden. Ich sollte beurteilen, ob sie gesund gepflegt, oder zum Schlachter gebracht werden sollten. Ich wollte wenigstens versuchen, sie zu behandeln. Sie waren zu jung zum Sterben. Und schließlich sind sie bei mir hängengeblieben. Die Zirkusleute haben angesichts der hohen Behandlungskosten und der strengen Auflagen der Behörden beschlossen, sich schleunigst ohne ihre Tiere aus dem Staub zu machen."

„Sie haben eben ein gutes Herz. So etwas findet man heutzutage selten."

Er lachte amüsiert und meinte ironisch: „Ich glaube eher, ich lasse mich zu sehr ausnutzen. Aber ich kann nun einmal nicht über meinen Schatten springen. Wenn jemand mich um Hilfe bittet, so gewähre ich sie ihm. Egal ob Mensch oder Tier..."

„... oder einem Geist", vollendete Angela schnell seinen Satz. Sie fand, das war endlich der Augenblick, auf den sie gewartet hatte. Sie würde ihn mit ihrem Wissen um Caspar konfrontieren. Gespannt schaute sie ihm ins Gesicht. Wie würde er reagieren?

Er sah sie einen Moment stumm an, dann klappte er den Mund zu. „Sie wissen...? Er hat Sie also doch aufgesucht,

dieser elende Kerl. Obwohl ich es ihm ausdrücklich untersagt habe. Ich hätte es mir denken können..."

Skeptisch musterte er sie, wie sie auf einen Geist als Mit-
bewohner reagierte. Sie nahm es erstaunlich gelassen, stellte
er fest. Diese junge Frau erstaunte und faszinierte ihn immer
mehr.

„Hat er Sie erschreckt? Ganz sicher hat er das, wer erschrickt
nicht, wenn ein Geist vor ihm erscheint."

„Oh, er hat sich mir nicht als Geist gezeigt. Er stand vor mir,
aus Fleisch und Blut, - zumindest wirkte er sehr ...wirklich.
Ich dachte zuerst, Sie wären es." Verlegen senkte sie den
Blick zu Boden, weil sie merkte, wie sie errötete. Doch
Oliver schien es gar nicht zu bemerken.

„Er hat sich materialisiert? Das ist bemerkenswert. Es kostet
ihn enorme Energie, es zu tun. Vermutlich braucht er einige
Tage, um sich wieder zu erholen. Deshalb habe ich ihn heute
Morgen nicht gesehen..."

„Caspar hat mich gebeten, ihm bei der Erforschung seines
Schicksals behilflich zu sein. Er schwor mir, nicht der
Mörder seiner Frau zu sein, sondern selbst umgebracht
worden zu sein. Und er verriet mir, dass er sich schon
ausführlich mit Ihnen darüber unterhalten habe. Warum
glauben Sie ihm eigentlich nicht?"

Oliver seufzte auf und lehnte sich auf einen Ellenbogen
zurück. Offen sah er ihr ins Gesicht. „Ich glaube ihm schon.
Aber ich sehe mich außerstande, ihm zu helfen. Das ist alles
schon so lange her, wie soll man die tatsächlichen Geschehnisse heute noch nachvollziehen können?"

„Sie glauben ihm? Aber zu mir haben Sie gesagt, er wäre das
schwarze Schaf der Familie, - ein gemeiner Mörder."

„Nun, ich binde eigentlich niemandem auf die Nase, dass ich
mit einem Geist Kontakt pflege. Da säße ich wahrscheinlich
bald in Lohr, dort gibt es ein Nervenkrankenhaus, das auf
solche Fälle spezialisiert ist. Deshalb erzähle ich immer die
Geschichte so, wie sie in der Familienchronik geschrieben
steht."

„Aber Caspar meint, dass vielleicht dort die Erklärung der wahren Begebenheiten verzeichnet steht. Er bat mich, die Chronik genau zu studieren. Doch das haben Sie selbst doch sicher schon getan."

„Oh nein, Gott behüte. Sie kennen die Chronik der Familie Ruthardt nicht. Sie besteht aus mehreren handgeschriebenen Büchern. Gerade zu der Zeit, um die es geht, müssen meine Vorfahren von einer wahren Schreibwut besessen gewesen sein. Da waren gleich zwei oder drei Verfasser am Werk. Sie haben zwei dicke Bücher in einer fast unleserlichen Schrift vollgekritzelt. Und dann noch die damalige Ausdrucksweise und die verzwickte Rechtschreibung... Nein, so sehr ich Caspar helfen möchte, aber das kann ich mir beim besten Willen nicht antun. Außerdem habe ich einfach nicht die Zeit dafür."

„Ich könnte es zumindest versuchen", erbot sich Angie. Die Arbeit reizte sie, zudem war sie sehr neugierig auf die Chronik dieses ungewöhnlichen Geschlechts. Schnell fügte sie hinzu: „Selbstverständlich werde ich es in meiner freien Zeit tun. Sie müssen nicht befürchten, dass ich Ihnen eine Rechnung darüber stelle."

Er lachte. „Sie meinen, wegen meines chronisch leeren Geldbeutels? Damit wäre es wahrscheinlich vorbei, sollten Sie Caspars tragisches Geschick aufklären können. Zumindest wenn ich seinen Beteuerungen Glauben schenken kann. Denn er nahm nicht nur seinen Hund mit in sein unbekanntes Grab, sondern auch das Wissen und den Schlüssel, die zum Familienschatz führen. Irgendwo in den Mauern von Ruthardthaus liegt angeblich ein riesiges Vermögen versteckt."

Nun war es an Angela, sprachlos zu schauen. Doch Oliver schien es ernst zu meinen. Etwas bitter meinte er: „Bislang hat mir Caspar nicht erzählt, wo dieses Versteck liegt. Er meint, ohne den passenden Schlüssel käme ich sowieso nicht heran. Nun, er kennt offensichtlich die heutigen Möglichkeiten nicht. Ich kenne jemanden, der würde sich nicht scheuen, das Haus wegen des Schatzes niederzureißen und es notfalls per Hand Stein für Stein abzutragen."

Jetzt wurde Angelas Neugier noch mehr geweckt. Wer war dieser jemand? Oliver schien nicht gut auf ihn zu sprechen zu sein. Seine grimmige Miene bewies es. Caspars Andeutung fiel ihr ein, er hatte von Problemen gesprochen, mit denen Oliver sich trug. Doch dessen abweisender Blick sagte ihr, dass er nicht darüber sprechen wollte. Und seine Worte gaben ihr eine zusätzliche Bestätigung.

„Tut mir leid, Angela. Aber ich möchte Ihnen und mir den Tag nicht verderben. Deshalb lassen Sie uns von etwas anderem reden. Wenn Sie wollen erzähle ich Ihnen die vollständige Geschichte ein andermal, aber nicht heute. Und wenn Sie die Chronik durchackern wollen, ich habe nichts dagegen. Ich denke auch, ich werde das Geld für Ihre Arbeit irgendwie noch zusammenkratzen können. Jedenfalls bestehe ich darauf, Sie dafür zu bezahlen."

Er machte eine abwehrende Handbewegung, als sie widersprechen wollte.

„Nein, das geht schon in Ordnung. Aber wie steht es mit Ihrer Zeit? vielleicht haben Sie ja andere Pläne. Ich vermute, diese Angelegenheit würde sie ein paar Wochen beanspruchen. Ich habe selbstverständlich gegen Ihren weiteren Verbleib auf Ruthardthaus nichts einzuwenden, aber wie steht es mit Ihrem Verlobten? Kann der Sie so lange entbehren?"

Erneut seufzte Angie auf. „Ach Thomas ist so mit seiner Arbeit beschäftigt, dem fällt vermutlich gar nicht auf, wenn ich länger weg bin. Und einen neuen Auftrag habe ich momentan nicht in Aussicht, ich kann mir meine Zeit also nach eigenem Gutdünken einteilen."

„Fein, dann sind Sie von mir weiterhin engagiert. Aber ich glaube nicht, dass Ihr Verlobter Sie nicht vermisst. Ich, an seiner Stelle würde nicht so lange auf Sie verzichten wollen. Laden Sie ihn doch ein, das Wochenende auf Ruthardthaus zu verbringen. Das Gästezimmer neben dem Ihren steht leer, er kann es gerne benutzen. Schließlich möchte ich nicht, dass sie sich einsam fühlen."

Wie könnte ich mich in deiner Nähe einsam fühlen, dachte Angela und war erschrocken über ihre Gedanken. Was war bloß an diesem Mann, das sie so anzog? In seiner Gegenwart konnte sie Thomas glatt vergessen. Sie hoffte, ihre Stimme klang nicht so verlegen, wie sie sich fühlte, als sie antwortete:

„Danke. Ich werde ihm gleich heute Abend Ihre Einladung mitteilen. Dann kann er sich ja aussuchen, welches Wochenende er sich freimachen kann. Er ist immer so beschäftigt..., ein echter Workaholic."

Sie redeten noch eine Weile über die Vor- und Nachteile ihrer Berufe, dann erhob sich Oliver und streckte ihr die Hand hin, um ihr aufzuhelfen. Dazu beugte er sich ein wenig nach vorne, was Lara, die neben Angie auf der Decke saß, wohl als Aufforderung zum Spiel auffasste. Freudig sprang sie an ihrem Herrn hoch und brachte ihn mit ihrem unvermuteten Anprall aus dem Gleichgewicht. Angie, die gerade im Begriff war, sich mit seiner Hilfe hochzuziehen, zog Oliver stattdessen zu sich herunter und gemeinsam fielen sie auf die Decke. Geistesgegenwärtig streckte Oliver die Arme vor, so kam er nicht mit seinem ganzen Gewicht auf Angela zu liegen. Verdutzt schaute er in ihr Gesicht, das genau unter seinem war. Sie blickte ihn kein bisschen erschrocken an, im Gegenteil, sie lächelte ihn sogar an. Im nächsten Moment trafen sich ihre Lippen zu einem leidenschaftlichen Kuss.

Oliver besann sich zuerst wieder und hob den Kopf ein wenig an. Leicht verwirrt starrte er ihr noch einen Moment in die Augen, dann erhob er sich schnell.

„Entschuldigung", murmelte er ein wenig zerknirscht und reichte ihr erneut die Hand. „Ich weiß gar nicht, was in mich gefahren ist..."

Er erwartete, dass sie böse reagierte, sah sich aber getäuscht. Sie schien noch nicht einmal verlegen zu sein. Unbefangen griff sie nach seiner Hand und er zog sie hoch.

„Am besten, wir vergessen ganz einfach diesen unbedachten Moment", sagte sie lächelnd als sie in sein verlegenes Gesicht blickte. „Es ist ja nichts Schlimmes geschehen." Er nickte und drehte sich um, um die Pferde zu holen.

Auf dem weiteren Weg bemühten sich beide, so zu tun, als sei nichts geschehen. Eine Weile ritten sie schweigend hintereinander her. Doch weder Angie noch Oliver konnten die Verzauberung, die sie für einen Moment mitgerissen hatte, vergessen.

„Da vorne ist der Gasthof", brach Oliver schließlich das Schweigen und deutete nach vorne, wo zwischen Obstbäumen ein Haus auszumachen war. „Hoffentlich haben Sie tüchtigen Hunger. Der Wirt ist ein kräftiger Kerl und er meint wohl, jeder äße so viel wie er. Die Portionen sind dementsprechend üppig."

Sie suchten sich einen Platz unter schattigen Bäumen im Biergarten aus und bestellten. Das Essen, das aufgetragen wurde schmeckte Angela vorzüglich. Wie Oliver schon sagte, waren es riesige Portionen, die der Wirt ihnen vorsetzte, um sie einigermaßen zu bewältigen, ließ Angie ein Großteil davon in Laras stets hungrigem Schlund verschwinden. Oliver drückte lächelnd ein Auge zu und meinte, der Hund hätte sich die zusätzlichen Kalorien bestimmt bereits abgelaufen.

Auf dem Heimritt unterhielten sie sich bereits wieder recht unbefangen, keiner von ihnen erwähnte noch einmal den Kuss auf der Lichtung. Das Medaillon, das Caspar auf den Nachttisch gelegt hatte, fiel Angie wieder ein und sie zeigte es Oliver. Er schürzte erstaunt die Lippen als er es sah.

„Das ist wirklich seltsam. Es gab zwei davon, eines trug Caspar, das andere Christina auf ihren Portraits sind die Medaillons deutlich zu erkennen. Wo kommt es plötzlich her?"

„Ich weiß nicht, es lag auf dem Nachttisch, nachdem Caspar verschwunden war. Deshalb vermutete ich, er hätte es mitgebracht. Es scheint mir sehr wertvoll, was soll ich nun damit tun?"

Oliver reichte es ihr zurück. „Vermutlich soll es ein Geschenk an Sie sein, also behalten Sie es ruhig. Vielleicht erzählt Caspar ja einmal, woher er es hat. Aus dem Geisterreich kann es jedenfalls nicht stammen, wie er mir einmal erklärte, ist es ihm nicht möglich, materielle Dinge von dort mitzubringen."

Im heimischen Stall angekommen, bestand Angela darauf, ihre Stute selbst abzusatteln, zu striegeln und zu füttern. Der junge Tierarzt freute sich über ihren Eifer und ließ sie gewähren. Danach verabschiedete er sich von ihr, er wollte noch in der Klinik nach dem Rechten sehen.

Angela begab sich gleich in ihr Zimmer. Heute musste sie endlich Thomas anrufen. Wenn sie sich noch einen Abend nicht bei ihm meldete, würde das wieder nervenaufreibende Streitgespräche zwischen ihnen heraufbeschwören. Bei der Gelegenheit wollte sie ihm gleich Olivers Vorschlag unterbreiten. Doch wenn sie ehrlich zu sich selbst war, freute sie sich kein bisschen auf Thomas' Besuch.

Doch der schien von der Einladung ganz begeistert und versprach, schon dieses Wochenende zu kommen. Dann erzählte er ihr noch eine ganze Weile über seine Geschäfte. Wie immer fiel ihm gar nicht auf, dass er sie nicht zu Wort kommen ließ. Es genügte ihm vollauf, zu wissen, dass sie ihm zuhörte.

Zum Glück sieht er nicht, wie mich sein Geschäftsalltag ermüdet, dachte sie und gähnte hinter vorgehaltener Hand. Endlich schien Thomas nichts mehr einzufallen. Nach einem knappen „Also bis zum Wochenende", schickte er noch ein schmatzendes Kussgeräusch durch den Hörer und legte dann auf.

Seufzend ließ Angie den Hörer auf die Gabel sinken. Sie war noch nicht einmal dazu gekommen, Thomas von ihrer Absicht zu erzählen, ein paar Wochen länger auf

Ruthardthaus zu bleiben. Aber es langte noch, wenn er es am Wochenende erfuhr. Sicher würde er nicht begeistert sein und sie umstimmen wollen. Sie fühlte sich plötzlich erschöpft und gähnte nochmals herzhaft. Ich werde früh schlafen gehen, beschloss sie und begann sich auszukleiden. In dieser Nacht schlief sie tief und fest. Sie wurde weder durch einen Alptraum, noch durch Caspars Erscheinen gestört. Vielleicht, vermutete sie, war er durch seine Materialisierung tatsächlich zu erschöpft um herumspuken zu können. Am nächsten Morgen erwachte sie frisch, munter und voller Tatendrang. Sie konnte es kaum erwarten, sich die alten Familienchroniken vorzunehmen.

Kapitel 5: Ein nerviges Wochenende

Auf den, in feines Kalbsleder gebundenen alten Chroniken prangte das eingeprägte Familienwappen derer zu Ruthardt. Angies Augen überprüften routiniert den Zustand der Werke, suchten nach Anzeichen etwaigen Verfalls. Aber sie konnte nichts entdecken, die wertvollen Bücher befanden sich bestens in Schuss.

Neugierig schlug sie den ersten der drei Bände auf, konzentrierte sich voll und ganz auf die mit einer Feder geschriebenen alten Schriftzeichen. Es dauerte eine Weile, bis sie die einzelnen Buchstaben zuordnen konnte. Der Schreiber hatte über einen sehr eigenwilligen Schriftstil verfügt. Nachdem sie sich die Besonderheiten eingeprägt hatte, fiel es ihr nicht mehr allzu schwer, das Geschriebene zu entziffern.

Schnell stellte sie fest, das mit dem Schreiben der Chronik lange vor Caspars Zeit begonnen wurde. Sie musste so alt wie das Haus selbst sein, wahrscheinlich sogar noch älter, denn es wurde über Besonderheiten beim Erbauen von Ruthardthaus berichtet. Es stand sogar geschrieben, dass in das Fundament eine lebende Katze eingemauert worden war. Altem Aberglaube zufolge sollte das die Erdgeister besänftigen und die Arbeiter vor Unfällen schützen. Der Tod des armen Tieres hatte jedoch nichts genützt, drei Maurer waren von einer einstürzenden Wand erschlagen worden und ein Mann beim Decken des Daches abgestürzt.

Das Haus wurde im Mai 1698 fertiggestellt und im August des gleichen Jahres bezogen. Der damalige Graf hieß Franz Ferdinand, seine Gattin Eleonore. Sie schien spanischer Herkunft gewesen zu sein. Vielleicht, so überlegte Angie, hatte diese Eleonore Caspar und auch Oliver die schwarzen Haare und dunklen Augen vererbt.

Eleonore brachte neun Kinder zur Welt, drei Jungen und sechs Töchter. Doch nur ihr jüngster Sohn und vier Mädchen erreichten das Erwachsenenalter.

Angie klappte nachdenklich das Buch zu. Sie stellte es sich schrecklich vor, so vielen Kindern ins Grab blicken zu müssen. Aber zu jenen Zeiten war eine hohe Kindersterblichkeit an der Tagesordnung. Da nützte es auch nichts, einen hochherrschaftlichen Titel zu tragen. Gegen viele, heute harmlose Krankheiten gab es keine Medizin. Wohl um wenigstens einen Nachfolger großzubringen, schafften sich die Menschen viele Kinder an.

Sie widmete sich wieder ihrer Arbeit. So interessant die Chronik auch war, sie würde deren Studium in die Abendstunden verlegen. Zumindest, bis sie mit ihrer offiziellen Arbeit fertig war wollte sie die Geschichte derer zu Ruthardt in ihrer Freizeit lesen.

In den folgenden Tagen bekam sie Oliver nur selten zu Gesicht. Wenn sie zum Frühstück kam, war er oft schon in der Klinik, des Mittags blieb er in seiner Praxis und abends schaute er meist abermals in der Klinik vorbei. Sie fragte sich, ob sein Alltag tatsächlich so ausgefüllt war, oder ob er ihr bewusst aus dem Weg ging. Er ging ihr nicht aus dem Sinn und je mehr er sich von ihr fernhielt, desto öfter dachte sie an ihn. War ihm der Kuss im Nachhinein wirklich so peinlich? Sie selbst hatte ihn als durchaus angenehm empfunden. Und eigentlich hätte sie gegen eine Fortsetzung nichts einzuwenden gehabt. Wie immer, wenn ihr Olivers Kuss einfiel, schweiften ihre Gedanken auch zu Thomas. Nach seinen Küssen sehnte sie sich nicht. Oder besser gesagt, nicht mehr. Voller Unbehagen dachte sie an das Wochenende, das unaufhaltsam näher rückte. Sie ahnte, es würde ihre Nerven strapazieren. Auch Caspar war ihr bislang nicht mehr erschienen. Ihre Nachtruhe wurde weder durch ihn noch durch böse Träume beeinträchtigt. Sie fragte sich, ob er noch immer nicht wieder genügend Kraft besaß. Oder hatte er es sich etwa anders überlegt und verzichtete auf ihre Nachforschungen? Sie würde sie jedenfalls nicht aufgeben, dazu interessierte sie die Geschichte der Familie mittlerweile viel zu sehr.

Inzwischen fühlte sie sich in Ruthardthaus rundum wohl. Der Gedanke, es in nicht allzu ferner Zeit für immer zu verlassen, bereitete ihr seltsames Unbehagen. Ihre kleine Wohnung, die sie doch so sehr liebte, vermisste sie kein bisschen. Und Thomas ebenso wenig...

„Willkommen im Ruthardthaus, Herr Bayer. Ich hoffe, Sie verbringen hier eine angenehme Zeit." Oliver streckte Thomas die Hand entgegen und lächelte ihn freundlich an. „Ihre Verlobte hat mir erzählt, Sie hätten viel Arbeit und würden sich nur selten ein freies Wochenende gönnen. Hoffentlich wird Ihnen bei uns nicht zu langweilig."

„Na ja, wenn man ein eigenes Geschäft hat, bleibt einem nichts anderes übrig, als auch die Wochenenden zu nutzen. Die Konkurrenz schläft nicht. Aber das wissen Sie sicher auch."

Thomas betrachtete den Tierarzt mit gemischten Gefühlen. Er hatte nicht geahnt, wie attraktiv der Arbeitgeber seiner Verlobten aussah. Und wie jung er war. Ganz selbstverständlich hatte er angenommen, in solch einem alten Haus würde ein alter Mann wohnen. Außerdem war er der Annahme gewesen, dass er Frau und Kinder hätte. Stattdessen lebte dieser Kerl hier ganz alleine. Hatte Angie darüber Bescheid gewusst und ihm absichtlich nichts davon erzählt? Misstrauisch blickte er zu ihr hin.

Auch Angela fühlte sich seltsam betreten. Warum fiel ihr ausgerechnet jetzt wieder Olivers Kuss ein? Sie fühlte unter Thomas' prüfendem Blick eine verräterische Röte in ihre Wangen steigen. Rasch antwortete sie an Stelle des Tierarztes:

„Dr. Ruthardt arbeitet mindestens ebenso viel wie du, Thomas. Ich bekomme ihn nur selten zu Gesicht, er ist meist in seiner Klinik oder Praxis beschäftigt. Wir haben uns die ganze Woche kaum einmal gesehen. Komm, ich zeige dir dein Zimmer, es liegt genau neben meinem."

„Sie müssen sich das Bad teilen", erläuterte Oliver in

entschuldigenden Ton, während er vor ihnen her die Treppe hinaufging. „Aber da sie verlobt sind, ist das ja sicher kein Problem. Leider gibt es nur zwei kleine Einzelzimmer. Für ein großes Gästezimmer sind die Räume zu klein."

„Ach, das macht doch nichts", versicherte Angie eilig. Sie fühlte sich unbehaglich bei dem Gedanken, mit Thomas ein Zimmer zu teilen. Irgendwie war ihr unangenehm, dass Oliver vermutete, sie wolle während der Nacht mit ihrem Verlobten zusammen sein. Eigentlich war sie sogar froh darüber, dass das Bett in ihrem Zimmer zu klein für zwei Personen war. Sie hoffte, das im Herrenzimmer wäre auch nicht breiter.

Nein, erkannte sie kurz darauf erleichtert. Das Herrenzimmer war ähnlich dem ihren eingerichtet, nur war das Mobiliar eindeutig für einen Mann angefertigt. Dunkles Holz herrschte vor, alles wirkte maskuliner. Ein Blick in Thomas Gesicht sagte ihr, dass es ihm nicht sonderlich gefiel, doch er äußerte sich nicht.

Der Tierarzt deutete auf die Zwischentüre, die in das gemeinsame Bad führte. „Angie wird Ihnen sicher alles zeigen. Ich muss nochmals in die Klinik, ein Bauer aus dem Dorf hat mir seine trächtige Kuh gebracht. Sie bekommt Zwillinge und es ist mir lieber, wenn die Geburt hier stattfindet. Ein eventueller Not-Kaiserschnitt in einem Stall ist nicht so sehr nach meinem Geschmack. Wir sehen uns bestimmt heute Abend. Bis dahin..." Er verschwand ziemlich eilig und Angie blickte ihm verwundert hinterher. Spürte er die unterschwellige Spannung, die zwischen ihr und Thomas herrschte?

„Angie? Du bist in der kurzen Zeit schon ziemlich vertraut mit diesem Viehdoktor. Außerdem kommt es mir vor, als würdest du dich nicht allzu sehr über mein Kommen freuen. Gibt es zwischen euch etwas, von dem ich wissen sollte?"

„Rede kein dummes Zeug, Thomas. Wir nennen uns der Einfachheit halber beim Vornamen, das ist doch nicht schlimm. Wie ich dir sagte, sehen wir uns kaum.

Und schließlich hat er dich hierher eingeladen, weil er nicht möchte, dass wir längere Zeit getrennt sind. Das ist doch nett von ihm."

Er brummte etwas Unverständliches und warf seine Reisetasche auf den Stuhl neben dem Schrank. Dann ließ er sich aufs Bett fallen und klopfte neben sich. „Wenn er die nächsten Stunden nicht hier ist, dann können wir ja tun, was uns beliebt. Komm her zu mir, ich habe dich vermisst. In diesem uralten Zimmer ist sicher schon lange nichts Aufregendes mehr geschehen. Der Gedanke, es hier mit dir zu treiben, gefällt mir..."

„Jetzt, am helllichten Tag? Ich weiß nicht... Am Ende kommt jemand hoch um nach dem Rechten zu sehen. Es wäre mehr als peinlich, wenn wir erwischt würden. Schließlich muss ich hier noch einige Zeit arbeiten."

Angie versuchte ihrer Stimme einen scherzhaft tadelnden Klang zu verleihen. Die Aussicht, mit Thomas auf diesem Bett zu liegen und sich zu lieben stieß sie ab. Und das lag nicht nur daran, dass tatsächlich jemand heraufkommen konnte. Um ihn auf andere Gedanken zu bringen fasste sie nach seiner Hand und zog ihn hoch.

„Komm, mach dich ein wenig frisch und zieh dich um, dann zeige ich dir Haus und Gelände. Für das andere haben wir ja noch die ganze Nacht."

Murrend erhob er sich, zog aber gehorsam sein Jackett und das Hemd aus. Sie nahm ihm beides ab und hängte es auf Kleiderbügel. Dann reichte sie ihm T-Shirt und Jeans aus seiner Reisetasche. Während er im Bad verschwand, räumte sie seine restlichen Sachen aus und verstaute alles im Schrank. Den Beutel mit dem Waschzeug brachte sie ins Bad und stellte ihn auf eine Ablage.

Er schaute sie durch den Spiegel hindurch an und drehte sich dann zu ihr um. Ehe sie sich versah, hielt er sie im Arm und küsste sie fordernd. Dann schob er sie ein Stück von sich, ließ sie aber nicht los. „Du solltest nicht mehr allzu lange hier bleiben. Irgendwie gefällt es mir ganz und gar nicht, dass du für diesen Mann arbeitest. Du gehörst zu mir, es wird Zeit, dass du mich heiratest. Als meine Frau hast du es nicht nötig, zu arbeiten. Ich verdiene mehr als genug..."

„Aber darum geht es doch gar nicht. Mir gefällt meine Arbeit, ich möchte sie auch weiterhin tun. Wie oft soll ich dir das noch erklären? Was, um Himmels Willen soll ich den ganzen Tag treiben? Du bist im Büro und ich langweile mich zu Hause zu Tode."

Frustration stieg in Angela hoch. Thomas war kaum hier und schon ging die alte, leidige Geschichte wieder los. Das konnte ja ein heiteres Wochenende werden. Sie biss sich auf die Unterlippe, nagte leicht daran. Noch immer meinte sie seine harten Lippen, seine fordernde Zunge zu spüren. Wie viel anders war da Olivers Kuss gewesen, zärtlich und vielversprechend...

Schnell schob sie die aufkeimende Sehnsucht nach ihm von sich. Was war bloß mit ihr los? Sie hatte Thomas seit einigen Tagen nicht mehr gesehen und nun, da er sie in den Armen hielt, sehnte sie sich nach einem Mann den sie kaum kannte. Verwirrt seufzte sie auf, fing sich aber sogleich wieder.

„Bitte, lass uns von etwas anderem reden. Wir wollen uns nicht das Wochenende verderben."

Er ging darauf ein und ließ sich von ihr durchs Haus führen. Sie zeigte ihm alle Sehenswürdigkeiten von Ruthardthaus, doch besonders konnte sie ihn nicht beeindrucken. Für ihn war das alles alter Kram. Als sie am Ende der Führung in der Ahnengalerie vor Caspars Bildnis standen, kam es Angie so vor, als sähe der heute sonderbar schlechtgelaunt auf sie herab.

„Gibt es denn unten im Ort ein gutes Lokal oder vielleicht eine Disko, die wir besuchen könnten? Mir scheint, in diesem Kaff werden abends die Gehsteige hochgeklappt."

Thomas schaute betont gelangweilt zu Oliver hin. Der ließ sich jedoch nicht provozieren sondern blickte seinerseits Angie an. „Oh. man kann auch hier auf dem Land allerlei unternehmen. Was wäre denn nach Ihrem Geschmack? Bevorzugen Sie Kino oder möchten Sie tanzen? Sie müssen mir nur sagen, wonach Ihnen der Sinn steht."

Angela stand der Sinn vor allem nach einem friedlichen Wochenende. Die unterschwellige Rivalität zwischen ihren beiden Tischnachbarn war fast körperlich zu spüren. Das lag vor allem an Thomas, der nicht in der Lage schien, seine aufkeimende Eifersucht zu unterdrücken. Dabei hatten weder sie noch Oliver ihm dazu Anlass gegeben. Im Gegenteil, der junge Tierarzt bemühte sich redlich, ein unverfängliches Gespräch zu führen. Geduldig hatte er Thomas' langatmigen Ausführungen über dessen Geschäfte gelauscht und hier und da ein paar interessierte Fragen gestellt.

Angie, der die Geltungssucht ihres Verlobten nicht fremd war, hatte sich mit Kommentaren zurückgehalten. Stattdessen beobachtete sie die beiden Männer intensiv und zog wieder einmal Vergleiche zwischen ihnen. Das fiel ihr heute besonders leicht, da sie ja beide zum Greifen nahe neben ihr saßen. Sie kam nicht umhin, Olivers Geduld zu bewundern. Ihn schien nichts was Thomas sagte, zu ärgern oder aufzuregen. Auch jetzt war er die Ruhe in Person. Noch immer ruhten seine Augen fragend auf Angie.

„Also ich würde am liebsten hier bleiben. Aber da ich Thomas Leidenschaft für Discos kenne, würde ich so etwas vorschlagen. In der Nähe gibt es doch sicher solch eine Lokalität, oder? Und Sie begleiten uns doch? ich bestehe darauf."

Sie sah Oliver an, dass er lieber ablehnen wollte. Aber dann gab er sich einen inneren Ruck und zuckte die Achseln. „Dann fahre ich, da können Sie etwas Trinken, wenn Sie möchten. Obwohl wir hier auf dem Lande sind, ist die Polizei nicht untätig. Und nachts kontrollieren sie besonders gerne."

„Sie trinken wohl nichts?" fragte Thomas und es klang ein wenig abfällig. „Sie scheinen ja ein recht tugendsames Exemplar unserer Gattung zu sein. Kein Alkohol, keine

Zigaretten, es scheint noch nicht einmal eine Frau in Ihrem Leben zu geben..." Provozierend starrte er Oliver an.

Doch wenn er meinte, ihn reizen zu können, so sah er sich getäuscht. Der junge Tierarzt lachte nur und meinte gutmütig. „Tja, ich fürchte, ich bin wirklich ein ziemlich langweiliger Mensch. Meine Interessen drehen sich hauptsächlich um Tiere und ihre Krankheiten. Deshalb können Sie auch unbesorgt sein, Ihre Verlobte ist hier auf Ruthardthaus bestens aufgehoben."

Es war schon fast vier Uhr morgens, als Angie endlich in ihr Bett kam. Die Disco, in die Oliver sie geführt hatte, konnte mit jedem In-Schuppen Frankfurts mithalten. Das hatte Thomas zuerst sichtlich verärgert, doch dann beschloss er, sich zu amüsieren. Er trank zu viel und schleppte bald jede Frau, die es sich gefallen ließ über die Tanzfläche. Angie und Oliver blieben am Tisch zurück und unterhielten sich, so gut es die laute Musik zuließ.

Erst als Thomas ein Streit mit dem eifersüchtigen Freund seiner Tanzpartnerin drohte, stand Oliver auf, nahm ihn energisch am Arm und führte ihn nach draußen. Dort bugsierte er ihn auf den Rücksitz und bat Angie, bei ihm zu warten. Dann ging er ins Lokal zurück um die Zeche zu bezahlen.

Auf dem Heimweg waren sie alle schweigsam. Thomas döste vor sich hin und Angie war sein Verhalten vom Abend so peinlich, dass sie kaum ein Wort sprach. Oliver steuerte das Auto ebenfalls schweigend durch die Nacht.

Zuhause angekommen, packte er den Betrunkenen unter dem Arm und schleppte ihn die Treppen hinauf. Erst als Thomas mit ausgebreiteten Armen auf seinem Bett lag, und Angie sich davon überzeugt hatte, dass er sich nicht übergeben würde, drehte sie sich zu Oliver um.

Entschuldigend meinte sie kleinlaut: „Normalerweise trinkt er nicht so viel, ich verstehe gar nicht, was heute in ihn gefahren ist. Mir ist das alles so peinlich..."

Oliver lächelte sie an. „Machen Sie sich keine Gedanken. Männer benehmen sich manchmal komisch, warum soll er da eine Ausnahme machen. Morgen ist er wieder okay. Er hat dann vielleicht ein bisschen Kopfweh, aber das ist nichts Ernstes." Er wünschte ihr noch eine gute Nacht und verschwand dann in Richtung seiner Wohnung.

Angie ließ nochmals einen kritischen Blick über den schlafenden Thomas gleiten, dann ging sie in ihr Zimmer. Sie würde die beiden Verbindungstüren auflassen, damit sie hören konnte, ob ihm schlecht wurde. Seine Kleidung hatte sie ihm nicht ausgezogen, dazu war sie zu müde. Er würde am Morgen im wahrsten Sinne des Wortes zerknittert aufwachen. Aber das geschah ihm ganz recht.

Bevor sie einschlief, meinte sie, Caspars durchscheinende Gestalt an der Türe stehen zu sehen. Er schien seine Schwäche infolge seiner Körperlichkeit also überwunden zu haben. Aber sie war einfach zu müde, sich auf ihn zu konzentrieren. Wenn er ihr etwas zu sagen hatte, dann musste es eben bis morgen warten. Was war schon ein Tag für ihn? Er besaß ja kein Zeitgefühl.

Als Thomas um neun Uhr immer noch nicht erwacht war, rüttelte sie ihn unsanft an der Schulter. „Willst du den ganzen Tag verschlafen? Unten wartet man bestimmt schon mit dem Frühstück auf uns. Geh unter die Dusche, ich werde dich einstweilen entschuldigen. Hoffentlich benimmst du dich heute besser..."

Ohne seine schlaftrunkene Antwort abzuwarten, ging sie aus dem Zimmer und hinunter in die Küche. Inge hantierte wie immer geschäftig umher. Sie nickte ihr freundlich zu. Oliver saß bereits am Tisch, die Sonntagszeitung in der Hand. Die legte er nun beiseite und grinste Angie an. „Na, alles in Ordnung? Wie geht es Ihrem Verlobten?"

Sie drehte theatralisch die Augen zum Himmel und zuckte die Schultern. „Wie es einem mit zu viel Alkohol am Morgen ebenso geht. Ich habe ihn gerade geweckt und unter die Dusche beordert. Er wird bald hier sein. Er sagte, wir sollen nicht auf ihn warten. Haben Sie denn genügend Schlaf gefunden? Sie sehen müde aus."

„Ich habe gar nicht geschlafen, sondern die Kuh von zwei prächtigen Kälbern entbunden. Kaum war ich im Bett, da rief mich Peter in die Klinik. Dort war ich bis vor einer Stunde. Und dann rentierte es sich nicht mehr, nochmals ins Bett zu gehen."

Als er ihren schuldbewussten Blick sah, beeilte er sich zu versichern: „Nein, nein, Sie müssen sich keine Sorgen machen, ich bin es gewohnt, mir manche Nächte um die Ohren zu schlagen. Das bringt mich nicht um."

Sie waren schon fast mit dem Frühstück fertig, als Thomas endlich erschien. Er sah noch reichlich verkatert aus, grinste aber unbefangen. „Mann, war das eine Nacht. Ich dachte immer, auf dem Lande wäre nichts los. War wohl ein bisschen heftig, wie? Ich hoffe, ich habe Ihnen nicht allzu viele Umstände gemacht. Eigentlich ist es nicht meine Art, so viel zu trinken, ich bin es einfach nicht gewohnt."

Oliver überging seinen halbherzigen Versuch einer Entschuldigung mit einer großzügigen Geste. „Machen Sie sich keinen Kopf deswegen. Ich schlage Ihnen vor, baden zu gehen. Im Nachbarort gibt es ein Hallenbad, es wurde erst vor zwei Jahren eröffnet und ist mit allerlei Attraktionen versehen. Heute Morgen ist dort bestimmt nicht viel los. Ein paar Runden im Wasser macht Ihnen den Schädel sicher schnell wieder frei. Oder gehen Sie im Wald spazieren, die frische Luft wirkt ebenfalls Wunder."

Er erhob sich. „Auf mich müssen Sie bis zum Nachmittag verzichten. Ich muss zu einer Pferdeauktion fahren, bin dort als Gutachter eingesetzt. Aber es wird Ihnen an nichts fehlen, Inge sorgt sicher gut für Ihr Wohl." Mit einem knappen Kopfnicken verschwand er und kurz darauf rollte sein Jeep durchs Tor.

Sie entschlossen sich Olivers erstem Vorschlag zu folgen und gingen baden. Das Wasser tat Thomas gut und bald fühlte er sich wesentlich besser. Er versuchte sogar, heute besonders nett zu sein, wohl um Angie zu besänftigen, die noch immer kaum ein Wort mit ihm sprach.

„Das resultiert doch alles aus deiner unbegründeten Eifersucht", entschloss sie sich schließlich doch, mit ihm zu reden. „Dabei hast du gar keinen Grund dazu. So wie heute ist es fast jeden Tag, Dr. Ruthardt ist in seiner Klinik, der Praxis oder sonst irgendwo und ich sitze in der Bibliothek um zu arbeiten. Was denkst du eigentlich von mir? Meinst du, ich springe sofort jedem gutaussehenden Mann an den Hals?"

„Du gibst also zu, dass du ihn attraktiv findest. Das ist mir schon bewusst geworden, als ich den Kerl zum ersten Mal zu Gesicht bekam." Thomas sah sie wehleidig an und rieb sich seine noch immer leicht schmerzenden Schläfen. „Wenn ich das gewusst hätte, - das, und dass er nicht verheiratet ist, hätte ich dich gar nicht hierher gelassen."

„Ich bin nicht dein Eigentum, Thomas. Und ich werde es niemals sein. Ich werde mir auch nach unserer Hochzeit von dir keine Vorschriften, bezüglich meiner Arbeit machen lassen." Und sonst auch nicht, fügte sie in Gedanken grimmig hinzu.

„Nein, natürlich nicht. Ich habe es nicht so gemeint", gab er klein bei. „Aber ich bin wirklich eifersüchtig auf den Mann. Das muss dir doch zeigen, wie sehr ich dich liebe. Kannst du das nicht verstehen?" Er zog sie zu sich heran um sie zu küssen. Sein Atem roch noch immer nach schalem Alkohol und Angie musste mit sich kämpfen, ihn nicht von sich zu stoßen. Warum fand sie ihn nur plötzlich so... uninteressant? Er kam ihr auf einmal vor, als wäre er ein wildfremder Mensch.

„Schlafe mit mir, Angie", flüsterte er ihr heißer ins Ohr. Er zog sie noch näher an sich und seine Lippen fuhren ihren Hals hinab. Sie spürte seine feuchte Zunge auf ihrer Haut und erschauerte. „Wir fahren zu diesem verdammten Haus zurück und lieben uns dort. Ich brauche es..., ich brauche dich, Angie.

Kapitel 6: Nächtlicher Besuch

Thomas war fort, nach Hause gefahren. Als Angela an seine überstürzte Abfahrt dachte, wurde ihr mulmig zumute und doch fühlte sie sich befreit. Wie konnte das sein? Thomas war vier Jahre lang zuerst ihr Freund, dann ihr Verlobter gewesen. Sie hatten sich geliebt, miteinander gescherzt und Pläne gemacht. Pläne für eine gemeinsame Zukunft. Und nun war all das vorbei.

Was war mit ihnen geschehen?

Sie waren gemeinsam zurückgefahren nach Ruthardthaus. Und obwohl Angie keine Lust hatte, mit Thomas ins Bett zu gehen, hatte sie es doch getan. Ihr war, als müsse sie herausfinden, was sie noch für ihn empfand. Als er erst sie und dann sich entkleidete, fühlte sie sich leer. Nichts war so wie früher, seine Nähe, die Wärme seiner Haut lösten keinerlei Gefühle in ihr aus. Keinen Abscheu oder Ekel, aber auch keine Leidenschaft und keine Lust.

Natürlich blieb ihm ihre Kälte nicht verborgen. Er strengte sich mehr als gewöhnlich an, versuchte sie mit Händen, Lippen und Zunge zu verwöhnen. Und sie kam ihm, so gut sie es vermochte entgegen, wollte verzweifelt die alte Vertrautheit und Leidenschaft zwischen ihnen wieder erwecken. Aber es ging nicht, sie empfand absolut... nichts.

Endlich rollte er sich schwer atmend von ihr und starrte an die Decke. „Es ist aus zwischen uns, ja? Du kannst mich nicht mehr lieben." Er murmelte es wie zu sich selbst. Sie schwieg, was sollte sie auch sagen?

„Es ist dieser Kerl, stimmt's? Dieser Tierarzt - du hast dich in ihn verknallt. Ich weiß, dass es so ist." Seine Worte wurden lauter und er richtete sich auf, starrte auf sie herunter. Sie zwang sich, ihm in die Augen zu sehen.

„Nein, es ist nicht Olivers Schuld. Zwischen uns ist nie etwas gewesen. Außer, dass ich mich in seiner Gegenwart anders fühle. Verstanden..., es ist als könne er meine geheimsten

Gedanken lesen. Ich fühle mich bei ihm geborgen, geborgen und verstanden. Diese Gefühle hatte ich bei dir nie."

„Hast du mit ihm geschlafen? Sag mir die Wahrheit..." Er schluchzte fast und plötzlich tat er ihr unendlich leid. Langsam schüttelte sie den Kopf.

„Unser Problem hat nichts mit ihm zu tun, glaube mir das. Er hat sich nicht zwischen uns gedrängt, wie du vermutest. Die Wahrheit ist, es war schon aus, als ich hierher fuhr. Es war mir bloß noch nicht klar gewesen. Wir sind einfach zu verschieden, Thomas. Es würde nie ein gutes Ende mit uns nehmen."

Sie hatten noch eine Weile geredet, versucht, das Unerklärbare zu erklären. Dann war Thomas aufgestanden und hatte seine Sachen gepackt. Sie sah ihm vom Bett aus zu, noch immer nackt, die Arme um ihre angewinkelten Knie geschlungen.

Als er ging, drehte er sich nicht mehr um. Er verließ das Zimmer und schloss leise die Türe hinter sich. Sie konnte seine Schritte auf den Treppen hören. Sie erklangen immer leiser und ferner, dann war Thomas aus ihrem Leben verschwunden. Als im Hof der Motor seines Wagens aufheulte, legte sie sich in die Kissen zurück und weinte um ihre verlorene Liebe.

Als sie Oliver am nächsten Morgen in der Küche begegnete, schaute er sie nur stumm an. Wusste er bereits, was geschehen war? Ganz sicher wusste er es. Thomas Sportwagen, den er protzig direkt vorm Haus geparkt hatte, war schon bei Olivers Rückkehr verschwunden gewesen. Und den Steinaus war sein überstürzter Aufbruch bestimmt nicht verborgen geblieben.

Angie hoffte dennoch, er möge sie nicht darauf ansprechen, sie fürchtet, sonst in Tränen auszubrechen. Ihr war seltsam zumute, einerseits war sie erfüllt von einer unbestimmten Trauer, doch andererseits fühlte sie sich befreit.

Entweder konnte Oliver ihre Gedanken lesen oder er besaß

tatsächlich ein Gespür für ihre Seelenlage. Jedenfalls erwähnte er Thomas mit keinem Wort sondern plauderte unbefangen über seine gestrige Aufgabe als Pferdesachverständiger. Mit einer witzigen Anekdote brachte er sie sogar zum Lachen. Erst als sie nach dem Frühstück aufstand um in die Bibliothek zu gehen, hielt er sie am Arm zurück.

„Gehen Sie nicht gleich hinauf. Besuchen Sie den Friedhof, Christinas Grab. In der Morgensonne ist es dort wunderschön. Ich gehe immer dorthin, wenn ich Kummer habe. Fast meine ich, sie spricht aus dem Grab zu mir. Danach geht es mir stets besser. Versuchen Sie es einfach."

Sie starrte ihn einen Moment schweigend an, dann nickte sie und ging zur Haustür. Ein strahlender Morgen empfing sie und Lara saß vor dem Eingang, so als hätte sie auf Angie gewartet. Und als sie ihren Schritt in Richtung des kleinen Friedhofes lenkte, lief ihr die weiße Hündin wie selbstverständlich voraus.

Christinas Grabstätte sah zu der morgendlichen Stunde tatsächlich anheimelnd und verzaubert aus. Die Sonne fiel direkt auf das Gesicht des Engels, ließ es überirdisch erglänzen. Es schien, als lächele er beruhigend und seine ausgebreiteten Flügel versprachen Schutz und Geborgenheit. Angie ging langsam auf ihn zu und setzte sich auf die marmorne Bank, die dicht daneben stand. Ihr Blick blieb an einer leuchtend roten Mohnblume hängen, die einsam zwischen Gestrüpp und Steinen wuchs. Sie pflückte sie und legte sie auf die Seiten des steinernen Buches.

Sehr lange saß sie so, im stummen Zwiegespräch mit einer toten Frau, die sie nie kennengelernt hatte und die ihr dennoch so vertraut war. Und tatsächlich spürte sie bald, wie innere Ruhe sie erfüllte. In ihr keimte die Gewissheit auf, das Richtige getan zu haben und ihre Trauer wich allmählich.

Schließlich erhob sie sich und ging den Weg zurück. Sie war nicht erstaunt, als sie Oliver an der Kapelle stehen sah, insgeheim hatte sie gehofft, er wäre ihr gefolgt. Sie trat dicht an ihn heran und schaute in sein lächelndes Gesicht.

„Danke für den Rat, er hat mir wirklich geholfen. Ich fühle mich viel besser."

„Na, das ist doch die Hauptsache. Wenn Sie möchten, können Sie mir gerne Ihr Herz ausschütten. Ich bin ein ausgezeichneter Zuhörer, - und verschwiegen. Kein Wort wird über meine Lippen dringen." Er legte mit verschwörerischer Miene den Zeigefinger an seine Lippen und Angie musste über seinen treuherzigen Gesichtsausdruck lachen.

„Sicher können Sie sich schon denken, was geschehen ist, aber ich kann wirklich einen Zuhörer gebrauchen. Ich hoffe nur, Sie nicht zu langweilen..."

Sie begann zu erzählen und er hörte ihr zu, unterbrach sie mit keinem Wort.

Als die endete schaute sie ein wenig verlegen zu ihm auf. Wie nahm er ihre private Lebensbeichte auf? Ernst erwiderte er ihren bangen Blick, dann meinte er leise. „Es ist immer schrecklich, wenn eine Liebe zerbricht. Aber Sie sollten die Schuld weder bei sich, noch bei Thomas suchen. Vielleicht sind sie wirklich zu verschieden. Ich kann das nicht beurteilen, dazu kenne ich sie beide zu wenig. Doch wenn es so ist, dann kam die Trennung gerade noch rechtzeitig. Je länger es dauert, desto schlimmer wird es. Und umso mehr Gefühle werden verletzt, - auf beiden Seiten."

Als sie seinen bitteren Gesichtsausdruck sah, merkte sie, dass ihm wohl schon ähnliches widerfahren war. Auch er schien bislang in der Liebe kein Glück gehabt zu haben. Doch bevor sie ihn danach fragen konnte, lenkte er ab. „Kommen Sie, wir gehen gemeinsam zurück. Ich werde in der Klinik erwartet. Eine komplizierte Operation an einem Ponyhuf. Ich will meinen Patienten nicht allzu lange warten lassen."

Kurze Zeit darauf saß Angie in ihre Arbeit vertieft in der Bibliothek. Doch ihre Gedanken schweiften immer wieder zu Oliver ab. Sie wusste so wenig von ihm, eigentlich gar nichts. War er bereit für eine neue Liebe? Oder saß die Enttäuschung, die er erlebt hatte zu tief in ihm? Sie musste sich eingestehen, dass sie sich längst in ihn verliebt hatte, erst jetzt erkannte sie die Wahrheit.

Was sollte sie tun, wenn er gar kein Interesse an einer Beziehung mit ihr hatte? Der Kuss auf der Lichtung sagte nichts aus. Schließlich war Oliver auch nur ein Mann und somit für weibliche Reize empfänglich. Vielleicht bereute er den Moment der Schwäche längst. Und war er ihr danach nicht auffällig aus dem Weg gegangen?

Sie seufzte tief auf und konzentrierte sich dann auf ihre Arbeit. Die Zeit würde es weisen, ob er an ihr interessiert war. Und wenn nicht, dann würde sie in ein paar Wochen Ruthardthaus verlassen und versuchen, ihn zu vergessen.

Sie sah Oliver an diesem Tage nicht mehr. Ein Brand auf einem Großbauernhof zwei Ortschaften weiter, machte die Anwesenheit eines Tierarztes erforderlich. Unter den Milchkühen war eine Panik ausgebrochen, beim Versuch, den brennenden Stall zu verlassen hatten sich die Tiere gegenseitig niedergetrampelt. Oliver und zwei weitere Tierärzte waren bis in die halbe Nacht hinein damit beschäftigt, verletzte Tiere zu verarzten und die auszusortieren, die notgeschlachtet werden mussten.

Am Abend nahm sie die Chronik mit in ihr Zimmer um darin weiterzulesen. Noch immer war sie längst nicht bei Caspars Zeit angekommen. Doch sie wollte alles lesen, vielleicht reichten die Umstände, die zu Christinas tragischem Tod geführt und für Caspars Verschwinden verantwortlich waren ja weit zurück. Außerdem fand sie die großen und kleinen Freuden und Kümmernisse, die der Familie von Ruthardt widerfahren waren, ausgesprochen interessant.

Ein Blick auf ihren kleinen Wecker sagte ihr, dass es höchste Zeit zum Schlafen wurde, wollte sie morgen früh ausgeruht sein. Deshalb klappte sie energisch das Buch zu und legte es weg. Ihre Neugier auf die weiteren Geschehnisse in Ruthardthaus würde bis morgen Abend warten müssen. Ihr letzter Gedanke, bevor sie in Schlaf hinüber glitt galt Oliver.

Sie sah sein Gesicht dicht vor sich und die dunklen Augen blickten sie liebevoll an...

Aus Olivers Gesicht wurde langsam Caspars Gesicht und seine Augen blickten eindringlich in die ihren. Sie wunderte sich nicht, ihn zu sehen und erschrak auch nicht, als er zu ihr sprach.

„Habt Ihr heute Nacht Platz in Euren Träumen für mich, Angela? Ich würde Euch gerne mit auf eine Reise in die Vergangenheit nehmen. Kommt und folgt mir..."

Er streckte seine Hand nach ihr aus und sie ergriff sie spontan. Als sie sich vom Bett erhob um ihm zu folgen erkannte sie voller Verwunderung, dass sie plötzlich im Stil des 19. Jahrhunderts gekleidet war. Der schwere Stoff des langen Kleides fühlte sich ebenso ungewohnt auf ihrer Haut an wie das enge, geschnürte Oberteil. Gestärkte Spitzen kitzelten ihren Hals. Verwundert blieb sie stehen und blickte an sich herab.

Caspar drehte sich zu ihr um und meinte in entschuldigendem Tonfall: Bitte verzeiht das Euch ungewohnte Äußere. Aber ich führe Euch über meine Gedanken durch meine Zeit und es ist einfacher für mich, mir die Dinge und Menschen so vorzustellen, wie sie damals ausgesehen haben. Ich weiß, das muss Euch verwirren, aber ich habe selbst keine rechte Erklärung dafür. Deshalb solltet Ihr es einfach als gegeben hinnehmen."

Angie konnte nur zaghaft nicken. Was war schon eine ungewohnte Bekleidung gegen die Tatsache, dass sie sich urplötzlich inmitten des 19. Jahrhunderts wiederfand.

„Sie wollen mir doch hoffentlich nicht nochmals den Mord an ihrer Frau zeigen?" fragte sie eilig. Noch einmal konnte sie das nicht ertragen. Sie blickte auf seinen Rücken, der plötzlich zu erstarren schien, dann drehte er sich ruckartig zu ihr um. Seine Augen flackerten voll verhaltener Trauer doch aus seiner Stimme hörte sie mühsam unterdrückte Erregung heraus.

„Ihr habt den Mord an Christina gesehen? Dann habt Ihr sicher auch Ihren Mörder gesehen. Wer war es, wie sah er aus?"

Grübelnd starrte ihn Angie an. „Ich dachte eigentlich, Sie wären es gewesen, bin mir aber mittlerweile nicht mehr sicher. Aber warum wissen Sie nichts von diesem Traum, haben Sie ihn mir denn nicht gesandt?"

„Nein, das war ich nicht, ich könnte es gar nicht. Nur was ich mit eigenen Augen gesehen oder selbst erlebt habe kann ich Euch in Euren Träumen offenbaren."

Jetzt war Angie ratlos. „Gibt es denn noch mehr Geister hier? Ich dachte Sie wären der einzige." Gehetzt schaute sie sich um. Doch außer Caspar war niemand zu sehen. Der Geist beruhigte sie auch sogleich. Traurig murmelte er:

„Nein, es gibt nur mich. Meine geliebte Christina kommt sehr selten einmal nach Ruthardthaus und versucht, mich mit sich zu nehmen. Aber ich kann ihr nicht in die Ewigkeit folgen. Nicht, solange ich mein Schicksal nicht aufgeklärt habe. Erst wenn meine Gebeine gefunden und neben denen Christinas begraben sind, finde ich Erlösung."

„Dann habe ich den Mord durch Christinas Augen gesehen? Sah sie denn nicht, wer sie ermordet hat? Sie hat den Mörder doch erkannt... Nein, das stimmt nicht, sie hatte zuerst gemeint, Sie wären in ihrem Zimmer. Ich hörte deutlich, wie sie Ihren Namen sagte. Doch der Mann, der sie umbrachte stand im tiefen Schatten, man konnte nur seine Umrisse erkennen."

Caspar wurde ganz aufgeregt. „Ihr habt durch den Traum, den Christina Euch sandte, alles miterlebt, was ihr widerfuhr. Somit müsst Ihr gesehen haben, wer ihr Mörder ist. Denkt nach, Angela! Erzählt mir jede Kleinigkeit."

Angie bemühte sich, den Alptraum in ihr Gedächtnis zurückzuholen. Was hatte sie wirklich gesehen? Eine große schwarze Gestalt, da war sie sich sicher. Von der Statur her hätte es zweifellos Caspar gewesen sein können. Er war ein überdurchschnittlich großer Mann, zu seiner Zeit war diese Größe bestimmt weit ungewöhnlicher gewesen als heute.

Sie sagte ihm das und er nickte grimmig. „Ja, ich war größer als die meisten Männer meiner Zeit. Aber ich war nicht der einzige mit dieser Statur. Alle männlichen Vertreter derer zu Ruthardt waren oder sind von hohem Wuchs. Denkt nur an Oliver, er ist ebenfalls hochgewachsen."

„Ja aber gab es denn noch mehr männliche Familienmitglieder in Ruthardthaus? Ich dachte, Sie wären der einzige gewesen. Sie waren doch der Träger des Grafentitels, oder?"

„Ja, das war ich. Aber es lebten tatsächlich noch mehrere Familienmitglieder hier. Der Bruder meines verstorbenen Vaters zum Beispiel. Und drei seiner Söhne, zwei davon etwa in meinem Alter. Wir sahen uns alle sehr ähnlich, die große Familienähnlichkeit liegt den Ruthardts seit Jahrhunderten im Blut. Genauso, wie fast immer nur männliche Nachkommen geboren wurden. Nur sehr selten kam es zur Geburt eines Mädchens. Meine Tochter Clara war die erste weibliche Erbin überhaupt."

Angie runzelte die Stirn. Wie konnte es dann angehen, dass Oliver ebenfalls Ruthardt hieß? Clara hatte doch sicher kein uneheliches Kind zur Welt gebracht. Und sie war das einzige Kind Caspars geblieben. Das andere starb ja mit Christina. Sie fragte den Geist rundheraus danach. Mit leisem Seufzer erzählte er ihr: „Mein Onkel hat Clara, deren Vormund er nach meinem Verschwinden war, kurzerhand mit seinem ältesten Sohn verheiratet. Verbindungen zwischen Verwandten zweiten Grades waren damals durchaus üblich in unseren Kreisen. Titel und Vermögen mussten unbedingt in der Familie bleiben. Diese Regelung hat mir nicht gefallen, aber was konnte ich dagegen tun? Ich war zu diesem Zeitpunkt längst tot."

„Sind Sie Ihren Vorfahren ebenfalls erschienen um sie um Hilfe zu bitten? Es kommt mir seltsam vor, dass es hundertfünfzig Jahre lang niemandem gelang, Sie zu rehabilitieren."

Caspar schüttelte bedächtig den Kopf. „Es ist nicht so einfach wie Ihr denkt. Wie ich schon sagte, habe ich als Geist kein Zeitgefühl mehr. Und in den ersten Jahren nach meiner Ermordung war ich nicht in der Lage, herumzuspuken. Ich befand mich in einem Stadium, das ich nicht beschreiben kann. Es war eine grauenhafte Zeit in der ich unsäglich litt. Ich war nicht mehr lebendig, aber auch kein Geist, wie heute. Ich denke, ich befand mich in einem Zustand der Trauer und auch Ohnmacht. Trauer um Christina und um mein Kind. Und Ohnmacht wegen meiner selbst, meines allzu kurzen Lebens, meines elenden Todes. Ich wurde einzig von dem Gedanken an Rache in Sphären zwischen Himmel und Erde gehalten. Von Wut und Verzweiflung erfüllt, weigerte ich mich, meiner geliebten Frau zu folgen. Heute bereue ich das bitter, denn nun ist mir der Weg zu ihr versperrt. Dabei ist es doch mein einziges Trachten, wieder mit ihr vereint zu sein. Aber um auf Eure Frage zurückzukommen; als ich endlich in der Lage war, mich als Geist zu bewegen, versuchte ich natürlich, mich bei meinen Nachfahren bemerkbar zu machen. Ich beobachtete sie und überlegte, wer von ihnen die nötige psychische Stabilität aufbrachte, mit einem Geist zu kommunizieren. Bei allen ging das nicht, das wurde mir sehr schnell klar. Nachdem ich etliche meiner Nachkommen fast ins Irrenhaus gebracht hätte, wurde ich vorsichtig in meiner Wahl. Ich drang zuerst in die Träume meiner Nachkommen, so wie ich es nun auch bei Euch mache. Wenn sie nicht allzu erschreckt darauf reagierten, erschien ich ihnen irgendwann. Aber bislang wollte keiner meiner Geschichte Glauben schenken und sich auf die Suche nach meinen Gebeinen machen. Bei Oliver bin ich mir diesbezüglich nicht sicher, er ist im Grunde nicht abgeneigt mir zu helfen. Aber, ich erwähnte es bereits einmal, er hat so große eigene Probleme, dass ich es nicht wage, ihm auch noch die Aufklärung meines Schicksals aufzubürden."

Angela wurde hellhörig. Was waren das bloß für Probleme, die der junge Tierarzt angeblich hatte? Waren sie finanzieller Natur? Sie erinnerte sich noch genau an ihr Gespräch, aber eigentlich war es ihr nicht vorgekommen, als würde er von Geldsorgen erdrückt. Konnte sie es wagen, Caspar danach zu fragen? Sie tat es einfach.

„Ich weiß nicht, ob es recht ist, Euch davon zu erzählen. Oliver sähe es sicher nicht gerne, wenn Ihr da hineingezogen würdet. Er hält sehr viel von Euch, wusstet Ihr das? Wenn mich nicht alles täuscht, liebt er Euch sogar."

Angies Herz machte bei diesen Worten einen freudigen Sprung. Doch sie kam zu keiner Erwiderung, denn Caspar fuhr ungerührt fort: „Na, jetzt seid Ihr ja frei für ihn. Dieser andere Mann steht nicht mehr zwischen Euch."

Er schaute sie mit seinen dunklen Augen so durchdringend an, dass sie ganz verlegen wurde. Lag da ein leiser Vorwurf in seinem Blick? Siedend heiß fiel ihr ein, dass es für den Geist ein leichtes war, sich unbemerkt in jedem Zimmer aufzuhalten. War er etwa zugegen gewesen, als sie und Thomas sich auf dem Bett in Christinas Zimmer zuerst geliebt und dann zerstritten hatten? Danach getraute sie sich nicht, ihn zu fragen. Aber auch so schien er die gleichen Gedanken zu verfolgen wie sie.

„Zu meiner Zeit wäre es undenkbar gewesen, eine unverheiratete Frau so zu kompromittieren. Der Beischlaf durfte erstmals nach der Eheschließung erfolgen. Und wenn man sich dennoch zuvor dazu hinreißen ließ, so musste man schleunigst das Aufgebot bestellen."

Er bemerkte, dass sie puterrot geworden war und entschuldigte sich, nun selbst leicht verlegen. „Verzeiht mir, aber mit den heutigen Sitten bin ich nicht sehr vertraut. Ich gehöre eben nicht mehr in diese Zeit. Deshalb wäre ich Euch sehr verbunden, wenn Ihr mir helfen könntet, endlich in die andere Dimension zu gelangen."

Er drehte sich abrupt um und ging vor ihr her. Mit einer Handbewegung bedeutete er ihr, ihm zu folgen. Verwundert bemerkte Angie, dass sie, wie er durch Wände und geschlossene Türen hindurchgehen konnte. Sie spürte dabei keinerlei Widerstand. Leichtfüßig, als ob sie schwebe folgte sie ihm durch das nächtliche Haus. Er zeigte ihr sämtliche Zimmer und die Bewohner, die in tiefem Schlaf lagen. Sie kannte keinen der schlafenden Menschen. Wie sollte sie auch, kam ihr in den Sinn, sie befand sich ja in Caspars Jahrhundert.

Sie waren nun in der unteren Etage angekommen. Aus dem großen Zimmer drang Licht und leise Stimmen erklangen. Erschrocken blieb Angie stehen, doch Caspar nahm sie am Arm und zog sie weiter. „Ihr braucht keine Bange zu haben, niemand kann uns sehen oder hören. Und wundert Euch nicht, mich dort sitzen zu sehen. Wie gesagt, führe ich Euch durch meine Zeit. Was Ihr seht und hört ist alles längst Vergangenheit...“

Kapitel 7: Erklärungen

Er führte sie in das Zimmer, das sich seit damals kaum verändert hatte. Sie erkannte dieselben alten Möbel, die auch heute noch darin standen. Der Tisch, die Sofas und Sessel waren anders gruppiert und mit gehäkelten Decken belegt, die ihr unbekannt waren. Doch die schweren Gläser in den Vitrinen und das wertvolle Porzellan erkannte sie wieder.

Zwei Männer saßen sich gegenüber, von denen einer zweifellos Caspar war. Der andere hätte vom Alter und der Ähnlichkeit her sein Vater sein können.

„Mein Onkel Theodor, der Zwillingsbruder meines Vaters", erläuterte Caspar neben ihr in normalem Tonfall. „Er wurde nur wenige Minuten nach ihm geboren und durfte deshalb den Titel nicht tragen. Nach Vaters Tod bekam er die Vormundschaft über mich, solange bis ich volljährig war. Seine Herrschaft dauerte sieben Jahre und es gefiel ihm, glaube ich, nicht besonders, sie an mich abtreten zu müssen. Dies ist der Abend meines einundzwanzigsten Geburtstages. Nachdem die Gäste gegangen waren, setzte ich mich mit meinem Onkel zusammen, um über die Zukunft von Ruthardthaus zu sprechen..."

Die Männer bemerkten ganz offensichtlich nichts von den heimlichen Lauschern. Sie schienen sich über etwas zu streiten. Angie erkannte bald, um was es ging, denn vor den beiden Männern lagen aufgeschlagene Haushaltsbücher.

„Ihr könnt sagen, was Ihr wollt", ließ sich gerade Caspars erzürnte Stimme vernehmen, „aber die Bücher sind nicht korrekt geführt. Da sind viel zu viele Ausgaben mit Wirtschaftsgeld deklariert. Wo sind die dazugehörigen Belege? Ich kann nicht glauben, dass unser kleiner Haushalt solche Unsummen verschlingt."

Theodor brauste auf. „Was weißt du schon von der Führung eines Haushaltes. Du bist noch ein rechter Grünschnabel, der sich die ganze Zeit voll und ganz auf mich gestützt hat.

Was wärst du, hätte ich mich nach dem Tod deines Vaters nicht um dich gekümmert?"

„Na, Ihr habt schließlich keinen schlechten Schnitt dabei gemacht. Immerhin wart Ihr auch Nutznießer. Ihr wohnt hier mitsamt Eurer Familie und bekommt sogar noch eine großzügige Apanage. Und Ihr dürft bis an Euer Lebensende auf Ruthardthaus bleiben. Das hat Vater testamentarisch verfügt."

„Das ist auch nicht mehr als recht und billig", brummte der ältere Mann erbost und seine Augen funkelten voller Wut auf. Doch er beherrschte seine Stimme mühsam.

„Schließlich bin ich sein Zwillingsbruder. Nur der Tatsache, dass er fünf Minuten eher geboren wurde verdankte er den Titel. Nach seinem Tod hätte alles rechtmäßig mir gehören müssen. Aber er hat es dir vermacht."

„Ich bin nun einmal sein Erbe, daran kann ich nichts ändern. Und schließlich ergeht es Euch besser wie meinen Brüdern. Sie gehen alle leer aus und müssen sich mit dem begnügen, was ich ihnen zugestehe. Dennoch neidet mir keiner von ihnen meine Rechte als Erstgeborener."

Caspar berührte Angela leicht am Arm um sie aus ihrer vertieften Betrachtung zurückzuholen. Er deutete mit dem Kinn auf seinen Onkel. „Er ist einer meiner möglichen Mörder. Ein Motiv hatte er, wie Ihr gehört habt. Er hat nie verwunden, dass ich statt seiner Titel und Familienbesitz geerbt habe. Aber er war nicht mein einziger Neider. Es gab derer noch mehrere. Leider ist es mir unmöglich, Euch innerhalb einer Nacht in verschiedene Abschnitte meines Lebens mitzunehmen. Es kostet mich zu viel Energie. Ich werde Euch deshalb nun in Euer Zimmer zurückbringen. Wenn Ihr nichts dagegen habt, hole ich Euch in den folgenden Nächten zu weiteren Ausflügen ab."

Als sie durch die leeren Gänge gingen, tauchte plötzlich ein weißer Hund auf und kam auf Caspar zugelaufen. Angie, die zuerst dachte es wäre Lara blieb irritiert stehen als sie die durchscheinende Aura des Hundekörpers wahrnahm.

„Das ist meine treue Begleiterin Meta", erklärte ihr Caspar und bückte sich um der Bulldogge den Kopf zu streicheln. „Sie hat mich überall hin begleitet..., sogar in den Tod. Als sich unser Schicksal erfüllte ist sie einfach bei mir geblieben, wie mir, scheint auch ihr der Weg in die Ewigkeit versperrt. So irren wir gemeinsam durch die Unendlichkeit ungezählter Jahre. Ich hoffe, das treue Tier kann, - gleich mir - irgendwann Erlösung finden."

Angela war seltsam berührt vom Anblick des treuen Tieres. Metas Augen schienen sie nicht wahrzunehmen, sie hingen voller Hingabe an ihrem Herrn. Unaufgefordert folgte sie ihnen die Treppe hinauf zu Angies Zimmer, ein lautloser, durchscheinender Schatten.

Auch Caspars Aura löste sich langsam auf, Angela konnte bereits die Umrisse der Möbel hinter ihm erkennen. Sie fand sich auf ihrem Bett wieder ohne zu wissen, wie sie hineingekommen war. Statt des langen Kleides trug sie ihren leichten Pyjama, wie sie verwundert feststellte. Als sie aufblickte sah sie gerade noch, wie sich Caspars Erscheinung völlig auflöste. Der Hund war bereits verschwunden.

Sie schlug die Augen auf, die sie unerklärlicherweise geschlossen hielt und blickte sich verwirrt im Zimmer um. Alles war wie zuvor, ehe sie eingeschlafen war. War es nur ein Traum gewesen? Doch sie fühlte sich zu müde, darüber nachzugrübeln. Mit einem leisen Seufzer drehte sie sich auf die Seite und zog die Decke fester um sich. Fast augenblicklich fiel sie in einen tiefen, traumlosen Schlaf.

Sie traf Oliver auf der Treppe. Wie sie war er im Begriff zum Frühstücken zu gehen. Er sah abgespannt aus, fand sie. Kein Wunder, er hatte in den letzten Nächten wenig Schlaf bekommen. Mitfühlend fragte sie ihn, wie die Brandnacht verlaufen war.

Bereitwillig erzählte er: „Die meisten Kühe konnten unversehrt den Stall verlassen. Sie waren nicht angebunden, wie es in vielen Großställen noch der Fall ist. So wurden nur einige niedergetrampelt oder verletzten sich später, als sie draußen ziellos herumirrten. Wir hatten viele oberflächliche Wunden zu versorgen und einige Tiere standen unter Schock und mussten entsprechend behandelt werden. Sechs Tiere waren nicht mehr zu retten und wurden eingeschläfert..."

„Ich bin erst um zwei Uhr ins Bett gekommen", erklärte er mit verhaltenem Gähnen. Aber Inges Kaffee ist zum Glück geeignet, Tote zu erwecken. Wie geht es Ihnen heute Morgen? Fühlen Sie sich besser?"

Angie nickte, erfreut über seine Besorgnis um sie, obwohl er selbst nicht in Bestform war. „Danke, es geht mir schon viel besser."

„Haben Sie Lust, mich zu begleiten? Ich muss nach Würzburg fahren um dort Behördenkram zu erledigen. Auf dem Rückweg schaue ich auf einem Gestüt vorbei um die Fohlen zu begutachten und zu impfen. Das wird Ihnen sicher gefallen."

Lust hatte Angie schon, aber wann sollte sie ihre Arbeit erledigen? Auf ihren Einwand winkte er ab. „Ach, gönnen Sie sich die paar müßigen Stunden. Sie werden Ihnen guttun. Und ich bin froh über ein wenig Ansprache. So schlafe ich wenigstens nicht am Steuer ein."

Sie ließ sich nicht zweimal bitten und so fuhren sie nach dem Frühstück in Richtung Würzburg. Der Kaffee schien tatsächlich Olivers Lebensgeister zurückgebracht zu haben, er wirkte munter und gut gelaunt. Als sie ihn lächelnd darauf hinwies, grinste er: „Das macht nur Ihre Gegenwart. Wer könnte in solch aufmunternder Begleitung in Schlaf versinken?"

„Aber ich habe doch noch kaum etwas gesagt", erwiderte sie lachend. Worauf er ernsthaft versicherte, schon ihre Nähe würde seine Sinne in Wallung versetzen. Sie stellte fest, dass er heute viel direkter als die Tage zuvor war. Aber sie musste zugeben, es gefiel ihr sehr gut. Caspars Versicherung, Oliver wäre in sie verliebt, kam ihr in den Sinn. Spontan reifte in ihr die Idee, es doch einfach einmal auszutesten.

Zuerst verwickelte sie ihn in ein lebhaftes Gespräch um viele kleine oder auch größere Dinge, für die sie sich interessierte. Er ging bereitwillig darauf ein, erzählte ihr freimütig, wie er darüber dachte. Erleichtert stellte sie fest, wie viele Gemeinsamkeiten sie hatten. Thomas' Interessen waren von ihren in vielen Dingen gravierend abgewichen, was sicher ein entscheidender Grund für das Scheitern ihrer Beziehung gewesen war.

Der Gedanke an ihren Ex-Verlobten ließ sie dennoch traurig werden. Oliver bemerkte ihren Stimmungsumschwung sofort, besorgt schaute er zu ihr herüber. „Geht es Ihnen nicht gut? sie wirken auf einmal so blass. Dort vorne ist ein Rastplatz, den werde ich anfahren."

Ohne ihre Zustimmung abzuwarten, bog er ab und hielt das Auto dann neben einigen Bäumen an.

„Lassen Sie sich vom Onkel Doktor mal anschauen", meinte er mit schiefem Grinsen und griff sanft nach ihrem Kinn. Behutsam drehte er ihren Kopf, so dass sie ihn ansehen musste.

„Es ist nichts, mir geht's gut", protestierte sie schwach, genoss aber die Berührung seiner warmen Hand auf ihrer Wange. Bereitwillig ließ sie zu, dass er sie lange musterte. Sie vertiefte sich genauso in die Eigenheiten seiner Züge. Was für ein gutaussehender Mann er doch war, schoss ihr erneut durch den Kopf. Sie konnte sich kaum an ihm satt sehen. Jedes Fältchen um seine Augen oder seinen Mund nahm sie wohlwollend zur Kenntnis. Und er verschlang sie ebenso intensiv mit seinen Blicken.

„Perfekt. Du bist einfach wunderschön", murmelte er und zog sie sanft näher zu sich heran. Sie folgte ihm nur allzu bereitwillig. Nichts wollte sie mehr, als diesen verlockenden Mund auf ihrem zu spüren. Wie von selbst trafen sich ihre Lippen zu einem langen Kuss. Diesmal ließ er nicht abrupt von ihr ab, im Gegenteil, er nahm sie noch fester in die Arme. Erst nach einer halben Ewigkeit schob er sie ein wenig von sich, aber nur, um sie sofort erneut an sich zu ziehen.

Schließlich lösten sie sich voneinander. In seinem Blick sah sie keine Verlegenheit und auch ihr war nicht verlegen zumute. Sie wussten Beide, es war alles gut zwischen ihnen, so als hätten sie diesem Moment lange entgegen gefiebert.

„Ich war schon vom ersten Augenblick, als ich dich sah, vernarrt in dich", gestand er ihr und der Ausdruck in seinen dunklen Augen sagte ihr, wie ernst es ihm war. „Als ich hörte, du bist verlobt, verfluchte ich mein Pech. Und ich beneidete Thomas glühend um dich."

„Mir erging es ähnlich, ich verglich dich jedes Mal mit ihm, wenn ich dich sah. Und er schnitt von Mal zu Mal schlechter dabei ab. Dennoch, wäre unsere Beziehung noch intakt gewesen, so hätte ich es niemals so weit kommen lassen. Aber wir standen bereits vor dem Aus, nur wollte es keiner von uns wahrhaben."

Zwischen erneuten Küssen gestanden sie sich leise ihre Zuneigung zueinander. Die Vertrautheit zwischen ihnen schien schon ewig zu bestehen. Schließlich war es Oliver, der sich mit einem Seufzer von ihr löste. „Ich könnte dich hier noch eine halbe Ewigkeit küssen, aber leider müssen wir weiter. Das Veterinäramt toleriert meine Beweggründe sicher kaum, wenn ich zum vereinbarten Termin nicht erscheine. Aber bestimmt ergibt sich später noch die eine oder andere Möglichkeit, da fortzufahren, wo wir aufgehört haben."

Es wurde ein wunderschöner Tag. Während Oliver bei seiner Besprechung weilte, saß Angie in einem Café und dachte über sie beide nach. Keine Sekunde kamen ihr Zweifel, es würde nicht gutgehen zwischen ihnen. Doch eigentlich wollte sie überhaupt noch nicht so weit denken sondern lieber den Augenblick genießen. Sie war ungebunden und Oliver ebenfalls. Warum sollten sie ihr Glück nicht genießen? Später war immer noch Zeit über die Zukunft nachzudenken.

Die Fohlen des Gestütes entzückten Angie. Sie wurde nicht müde, sie zu streicheln und zu herzen. Oliver erklärte ihr gutgelaunt all die kleinen Eigenheiten seiner Schützlinge und sie lauschte ihm begierig. Das Impfen war keine große Sache, die jungen Tiere schienen den Piks der Nadel gar nicht zu spüren. Als sie abfuhren, lud der Gestütsbesitzer Angie ein, bald wieder einmal vorbeizuschauen. Sie versprach es freudig.

Oliver hatte es nicht eilig, nach Hause zu kommen. Er kutschierte Angela in gemäßigtem Tempo durch den Spessart und erläuterte ihr jede Sehenswürdigkeit. Er wusste sehr viel über seine Heimat zu berichten und tat es so witzig, dass Angie ihm begeistert zuhörte.

Es war bereits später Nachmittag, als sie wieder beim Ruthardthaus eintrafen. Oliver ging zuerst zur Klinik um nachzusehen, ob vielleicht ein dringender Fall vorlag. Doch Peter versicherte ihm, der Tag wäre ruhig verlaufen, es gab weder einen Notfall noch stand ein Patientenbesuch an.

Angie saß derweil bei Inge in der Küche. Die Haushälterin nahm kein Blatt vor den Mund. Ungeniert kam sie auf das zu sprechen, was sie am meisten interessierte: „Sie strahlen so, Angela. Hat Oliver es endlich gewagt und Ihnen seine Gefühle für Sie verraten? Ich glaube, er war schon vom ersten Augenblick an in Sie verliebt. Ich würde es euch beiden gönnen, ihr passt so gut zusammen. Und für Oliver wäre es an der Zeit, endlich die Richtige zu finden. Bislang hat er in Liebesdingen eher Pech gehabt. Ich konnte das nie verstehen, er sieht blendend aus und ist so ein liebenswürdiger Mann."

„Na, wie leicht man sich für den falschen Partner entscheiden kann, habe ich selbst erlebt. Ich war mit Thomas vier Jahre zusammen und habe erst in den letzten Wochen bemerkt, wie wenig wir gemeinsam haben. Dabei hatten wir sogar schon unsere Hochzeit geplant..."

Sie unterhielten sich noch eine Weile, dann beschloss Angie, sich noch ein wenig die Beine zu vertreten. Bis zum Abendessen war noch Zeit und sie schlug den Weg in Richtung der Kapelle ein. Der Traum der letzten Nacht kam ihr in den

Sinn, seltsam, sie hatte den ganzen Tag nicht daran gedacht. Dabei war er doch wirklich ungewöhnlich gewesen. Und so intensiv...

„Dürfen wir dich begleiten oder möchtest du alleine sein?" vernahm sie eine vertraute Stimme und sah auf. Oliver kam von den Ställen her auf das Haus zu und Lara folgte ihm wie üblich. Jetzt kam sie auf Angie zugesprungen um sie zu begrüßen. Wie immer fiel diese Begrüßung ziemlich heftig aus, so dass Oliver die Hündin zurückrief. Gehorsam kam sie an seine Seite.

Gemeinsam schlenderten sie den Weg zur Kapelle entlang. Vor dem Eingang blieb Lara stehen, mit zurückgelegten Ohren sah sie unschlüssig zu ihrem Herrn. Dann drehte sie um und lief zu einem sonnigen Fleck an dem sie sich niederlegte. Oliver schüttelte grinsend den Kopf. „Ich möchte zu gerne wissen, weshalb sie die Kapelle nicht betritt. Sonst stöbert sie in jedem Winkel herum. Doch das wird wohl ihr ewiges Geheimnis bleiben."

„Vielleicht spürt sie ja Metas Anwesenheit und fürchtet sich vor ihr", meinte Angie und erntete dafür einen irritierten Blick.

„Meta? Du meinst Caspars Bulldogge? Wie kommst du darauf, dass sie hier ist? Sie verschwand damals ebenso wie ihr Herr. Keiner hat sie jemals wieder gesehen."

„Ich habe sie gesehen, gestern Nacht. Zumindest im Traum. Obwohl es ein sehr seltsamer Traum war, irgendwie kam es mir vor, als geschähe das alles tatsächlich..." Unaufgefordert erzählte sie Oliver die Begebenheiten der letzten Nacht. Er sah sie ernst an und schien nicht zu glauben, dass es ein Traum gewesen sei.

„Es ist Caspar durchaus möglich, einen Menschen in seine Zeit zu entführen. Mich hat er auch schon mitgenommen. Allerdings ist das schon Jahre her. Ich habe mich daraufhin ernsthaft mit seiner Geschichte befasst und sogar versucht, mich durch die Chroniken zu quälen. Doch dann kam mein Studium dazwischen und ich ging lange von Ruthardthaus weg. Seither hat er nicht mehr versucht, mich in seine Zeit zu bringen."

„Er erzählte mir, er wolle dich nicht für seine Zwecke beanspruchen und meinte, du hättest genug eigene Probleme. Hat er Recht damit? Erzählst du mir von deinen Sorgen oder möchtest du sie lieber für dich behalten? Ich würde dir sehr gerne helfen, wenn ich kann."

Oliver zog sie spontan an sich und küsste sie. Dann meinte er ehrlich: „Das ist sehr lieb von dir, aber ich fürchte, du kannst mir wenig helfen. Ein Geheimnis ist es allerdings nicht, deshalb kann ich dir gerne davon erzählen. Caspar weiß so gut darüber Bescheid, weil er nicht unschuldig daran ist. Obwohl er den Schlamassel nicht vorhersehen konnte...

Ich habe dir schon erzählt, dass es in Ruthardthaus angeblich einen Schatz gibt. Eigentlich glaube ich selbst, das er irgendwo versteckt ist, denn wegen dieses Schatzes, oder besser gesagt, des Familienvermögens war zu Caspars Zeiten der Clan der Ruthardts zerstritten. Sein Onkel erhob Anspruch darauf und ebenso seine Cousins. Später wollten auch noch seine Brüder einen Teil davon haben. Der Besitz derer zu Ruthardt drohte auseinandergerissen zu werden. Und das wollte Caspar zu Recht nicht dulden.

Deshalb hat er das gesamte Vermögen entweder in Ländereien oder in Gold und Juwelen angelegt. Und als die Streitigkeiten zu eskalieren drohten, hat er in aller Heimlichkeit ein Versteck für die Goldbarren und Edelsteine mauern lassen. Nur er wusste, wo es sich befand und nur er besaß den Schlüssel dazu. Soviel wir herausfanden, hat er sein Wissen um das Versteck und den Schlüssel dazu mit in sein unbekanntes Grab genommen.

Wie du dir denken kannst, suchten alle meine Vorfahren nach diesem Schatz doch keiner hat ihn je gefunden. Caspar erschien all jenen seiner Nachkommen, die er für fähig fand, sein Schicksal aufzuklären. Seine Forderung war die gleiche, die er auch mir stellte: Finde meine Gebeine und ich zeige dir den Weg zum Schatz. Der Schlüssel ist angeblich bei seinen Knochen zu finden. Wo die jedoch liegen..., keiner weiß es."

„Aber was hat das alles mit dir zu tun? Abgesehen natürlich, dass du das Vermögen sicher gut gebrauchen könntest. Dennoch, am Hungertuch scheinst du nicht nagen zu müssen."

Er lachte amüsiert und gab ihr erneut einen schnellen Kuss.

„Nun, die umfassende Instandhaltung des Hauses verschlingt schon Unsummen. Soviel, wie ich benötigen würde, um es tadellos in Schuss zu halten besitze ich nicht. Doch ansonsten kann ich nicht klagen. Die Klinik und auch die Praxis ernähren schon ihren Mann. Es würde sogar noch für eine Familie reichen", fügte er mit einem Augenzwinkern hinzu.

„Meine Probleme, auf die Caspar anspielte, sind ganz anderer Natur. Oder doch nicht, wie man es sieht. Noch immer halten nämlich die Streitigkeiten um Ruthardthaus an. Es gehört mir nur zur Hälfte. Die andere Hälfte besitzt mein jüngerer Bruder. Und dessen Interessen sind nicht die gleichen wie meine..."

Du hast noch einen Bruder? Wohnt der den nicht hier? Wo ihm doch die Hälfte gehört."

„Doch, er wohnt schon hier, im Seitenflügel hinter meiner Wohnung. Im Moment studiert er allerdings noch, deshalb ist er selten zu Hause. Aber du wirst ihn in Kürze kennenlernen. Er hat bald Semesterferien und kommt dann nach Hause." Der Ton, in dem er es sagte, ließ Angie aufhorchen. Anscheinend war Oliver auf seinen Bruder nicht gut zu sprechen. Erstaunt sah sie ihn an, so ablehnend kannte sie ihn gar nicht. Bevor sie fragen konnte, sprach er schon weiter.

„Tobias ist nicht mein leiblicher Bruder, mein Vater heiratete nach dem frühen Tod meiner Mutter eine Witwe. Sie brachte Tobias mit in die Ehe und Vater adoptierte ihn. Ich war damals acht Jahre alt und Tobias fünf. Wir haben uns schon als Kinder nicht gut vertragen, das hat sich bis heute nicht geändert. Vor sechs Jahren starb Vater und hat uns Ruthardthaus zu gleichen Teilen vermacht.

Da ging der Streit dann los. Tobias wollte das Haus verkaufen, doch ich war strikt dagegen. Ich hänge nun einmal an dem alten Kasten, er ist immer das Domizil meiner Familie gewesen. Doch obwohl Tobias den größten Teil seines Lebens hier verbracht hat und auch den Namen der Familie trägt, hat er sich nie wirklich als ein Ruthardt gefühlt. Erst als er von dem Schatz erfuhr, stieg sein Interesse an dem Haus auffällig. Jetzt studiert er sogar Architektur und Bauwesen. Deshalb denke ich, er will sich auf Schatzsuche begeben. Doch dabei bin ich ihm natürlich im Wege..."

Oliver schaute bei diesen Worten betont unbeteiligt auf die Bäume, die in der Nähe wuchsen. Doch genau deshalb kam in Angie ein ungeheuerlicher Verdacht auf. Alarmiert fragte sie: „Du willst damit doch nicht sagen, er versucht dich aus dem Weg zu schaffen, oder?" Sie schätzte Oliver nicht so ein, dass er einen haltlosen Verdacht gegen seinen Bruder aussprach. Auch wenn sich die beiden offensichtlich nicht mochten.

Er zuckte nichtssagend die Schultern. „Beweisen kann ich nichts. Nur dass sich in letzter Zeit seltsame Dinge in meiner Nähe zutragen. Bereits zweimal bin ich nur mit viel Glück vor schweren Unfällen bewahrt worden... So versagten die Bremsen meines Wagens, als ich im Winter zum Skifahren fuhr. Das Auto kam von der Fahrbahn ab und überschlug sich einige Male. Wie durch ein Wunder kam ich mit Prellungen und Schnittwunden davon. Der Wagen war Schrott. Ein Sachverständiger sagte mir dann, die Bremsschläuche wären alt und porös gewesen. Das Auto war aber erst ein halbes Jahr alt gewesen. Wenige Wochen später wurde ich nachts auf eine entlegene Weide gerufen. Der Anrufer erzählte mir, seine Kuh würde kalben und die Geburt ginge nicht voran. Das kommt häufiger vor, ich dachte mir nichts dabei und fuhr hin. Auf der Weide war ein Scheinwerfer aufgestellt und ich sah ein Rind liegen. Vom Bauern allerdings keine Spur. Ich vermutete, er wolle etwas holen und käme gleich zurück undging auf die vermeintlich kalbende Kuh zu. Doch was da lag war ein riesiger Bulle. Er war verletzt und blutete, doch als er mich sah, sprang er auf und griff mich an. Ich befand mich mitten auf der Weide, weit und breit keine Möglichkeit, mich in Sicherheit zu bringen. Das wütende Tier nahm mich auf die Hörner noch ehe ich zehn Meter weit gerannt war. Ich flog durch die Luft und prallte auf dem Rücken auf. Ich dachte, jeder Knochen sei mir gebrochen. Der Bulle senkte die Hörner und kam erneut auf mich zu. In letzter Sekunde konnte ich den Revolver ziehen, den ich für Notfälle immer bei mir trage wenn ich zu Großvieh gehe. Dabei dachte ich nie daran, dass ich mich selbst damit schützen müsste. Es kommt hin und wieder einmal vor, dass die Situation es nicht erlaubt, ein Tier einzuschläfern. Wenn es irgendwo hineinfällt, in eine Jauchegrube oder einen Schacht zum Beispiel. Oder es sich in unwegsames Gelände verirrt hat. Um ihm unnötige Qualen zu ersparen muss es dann erschossen werden. Ich zielte auf den Kopf des Bullen und traf ihn auch. Dennoch überrannte mich das Tier noch, ehe es zusammenbrach. Ich blieb ebenfalls verletzt liegen und verlor irgendwann das Bewusstsein. Erst am Morgen wurde ich vom Bauern gefunden, der seinen Bullen füttern wollte. Im Krankenhaus wurden mehrere Rippenbrüche, sowie eine schwere Gehirnerschütterung diagnostiziert. Hätte ich den Revolver nicht dabei gehabt, der Bulle hätte mich mit Sicherheit getötet. Der Bauer hatte selbstverständlich nichts mit der Sache zu tun. Eine Untersuchung des toten Bullen ergab, dass er absichtlich verletzt worden war, um ihn reizbar zu machen. Aber niemand war in der Nähe der Weide gesehen worden. Schließlich wurden die Ermittlungen eingestellt."

Angela schaute ihn mit großen Augen an. Dann fand sie die Sprache wieder: „Hast du nicht gesagt, dass du deinen Bruder verdächtigst?" Oliver schüttelte bedächtig den Kopf.

„Damals dachte ich selbst nicht im Traum daran. Erst als ich lange darüber nachdachte, wer es auf mich abgesehen haben könnte, fiel er mir als einziger ein. Bis heute habe ich jedoch keinerlei Beweise, denn als es passierte war er immer weit weg."

Kapitel 8: Weitere Enthüllungen

In Gedanken versunken gingen sie langsam den Weg zum Haus zurück. Angela konnte kaum glauben, was sie eben gehört hatte. Doch sie zweifelte keine Sekunde an Olivers Vermutungen. Er würde niemals haltlose Verdächtigungen aussprechen, nur weil er sich mit seinem Bruder nicht verstand.

„Und warum erfuhr er erst so spät von dem Familienschatz? Hast du es ihm bewusst vorenthalten?"

Oliver blieb stehen und sah sie ernst an. „Würdest du mir das zutrauen? Nein, wie ich schon sagte, interessierte sich Tobias nie sonderlich für die Familiengeschichte. Ich glaube, es hat ihm nicht gefallen, dass er adoptiert wurde. Es wäre ihm lieber gewesen, er hätte den Namen seines eigenen Vaters weitertragen dürfen. Dabei hat es mein alter Herr nur gut gemeint, als er ihn adoptierte. Er wollte ihn voll und ganz in die Familie integrieren. Doch daraus ist nie etwas geworden, Tobias kapselte sich immer von ihm und mir ab."

Gedankenverloren riss er ein Blatt von einem Ast und fuhr damit über Angies nackten Arm. Es kitzelte und sie rieb sich über die Stelle. Das nahm er zum Anlass, ihr einen Kuss auf die sonnenwarme Haut zu drücken. Sie schloss die Augen und lehnte sich an seine breite Brust. Ein Gefühl von Sicherheit und Geborgenheit durchströmte sie und sie stellte sich vor, wie es wäre, wenn er sie immer so hielte.

Doch ihre Gedanken kehrten bald zurück zu dem, was Oliver ihr erzählt hatte und sie fragte ihn: „Was hält Caspar eigentlich von Tobias? Weiß der überhaupt über euren Familiengeist Bescheid?"

„Nein, Caspar hat nie den Versuch gemacht, mit Tobias in Kontakt zu kommen. Er mochte ihn nie, vielleicht konnte er schon früh dessen wahren Charakter erkennen oder er mied ihn, weil er nicht aus der Familie stammte, ich habe ihn nicht danach gefragt. Ich erinnere mich aber, dass ich manchmal mit dem Gespenst geprahlt habe, das in unserem Haus herumspukt. Aber Tobias hat es mir nicht abgenommen. Für ihn war ich immer ein Phantast."

„Ich glaube nicht, dass Caspar ihn ablehnte weil er kein richtiges Familienmitglied war. Dann hätte er auch mit mir keinen Kontakt aufgenommen. Ich habe mit euch *Blaublütern* schließlich auch nichts gemein."

Mit gespielt strengem Blick sah Oliver auf sie herunter. „Höre ich da Tadel wegen meiner vornehmen Abstammung?" Dann lachte er leise: „Zugegeben, meine Vorfahren wären wahrscheinlich entsetzt gewesen, wenn sie gewusst hätten mit welcher Arbeit ein Graf heutzutage seinen Lebensunterhalt bestreiten muss. Schon der Gedanke, überhaupt zu arbeiten, lag diesen Herrschaften fern. Caspar toleriert immerhin mein Berufsleben, obwohl er auch nichts anderes getan hat, als die Aufsicht über Menschen zu führen, die für ihn und seine Familie gearbeitet haben. Aber um auf deinen Einwand zurückzukommen: Ich denke, Caspar sieht in dir die Reinkarnation seiner Frau. Christina hat, - wie er mir erzählte - versucht, ihn zu sich zu holen, vergeblich wie wir wissen. Vielleicht gelingt es ihr durch dich, - ihr Ebenbild - ihren geliebten Mann wieder mit sich zu vereinen."

„Meinst du, ich bin sie? Glaubst du an Wiedergeburt?" Angie fand den Gedanken irgendwie faszinierend, früher schon einmal gelebt zu haben. Nur schade, dass sie sich nicht daran erinnerte. Doch dann fiel ihr der Traum von Christinas Ermordung wieder ein und sie schauderte. Vielleicht war es doch besser, sich nicht zu erinnern.

Oliver dachte wahrscheinlich ähnlich denn er antwortete. „Es kann schon sein, dass jemand nochmals zur Welt kommt, weil er im früheren Leben etwas Wichtiges versäumt hat. Ich bin jedenfalls froh und dankbar, dass es dich gibt. Und ich werde nicht zulassen, dass dir etwas geschieht."

Sie waren wieder am Haus angekommen. Durch ein offenes Fenster drang der Duft des Abendessens zu ihnen heraus.

Inge rief ihnen zu, sie sollten sich beeilen, das Essen stünde schon auf dem Tisch.

Nach dem Essen blieben sie alle noch in der Küche sitzen, redeten über belangloses und spielten eine Partie Mensch ärgere dich nicht. Sie lachten über Peter, der sich immer sehr aufregte, wenn sein Männchen hinausgeworfen wurde. Dennoch kam er als erster ins Ziel und freute sich darüber wie ein Schneekönig. Nach dem Spiel gingen die Steinaus nach Hause.

„Möchtest du noch ein Glas Wein?" fragte Oliver, doch Angie schüttelte den Kopf. „Ich glaube, ich werde zu Bett gehen. Der Tag war sehr schön und sehr aufregend. Ich möchte ihn ruhig ausklingen lassen. Ich werde noch ein wenig in der Chronik lesen und früh schlafen. Morgen muss ich an den Büchern weiterarbeiten, sonst wirst du mich nie mehr los."

Er nahm ihre Hand und küsste sie sanft. „Na, das will ich doch hoffen. Notfalls muss ich heimlich die Bücher beschädigen, nur damit du noch länger hier bei mir bleibst."

Betont lässig erwiderte sie: „Du bist derjenige, der bezahlt. Also kannst du mit deinen Büchern tun, was dir beliebt." Doch sie freute sich insgeheim über seine Worte. Und sie konnte sich sehr gut vorstellen, bei ihm zu bleiben. Dennoch war der Zeitpunkt entschieden zu früh, eine solche Entwicklung ihrer Beziehung ernsthaft zu erwägen. Schließlich war ihre letzte Beziehung erst vor wenigen Tagen kläglich gescheitert. Trotzdem fand sie den Gedanken verlockend.

„Ich werde dann ebenfalls früh zu Bett gehen", unterbrach Oliver ihre Gedanken. „Ich kann einige Stunden zusätzlichen Schlaf dringend gebrauchen. Hoffentlich kalbt heute Nacht keine Kuh oder bekommt ein Pferd Kolik..."

Wie selbstverständlich legte er seinen Arm um sie während sie die Stufen ins obere Stockwerk erklommen. Vor Angelas Zimmer nahm er sie nochmals in die Arme. Mit leisem Lächeln blickte er sie an. „Ich würde dir zwar gerne ein unmoralisches Angebot machen, schätze dich aber zu sehr um es tatsächlich zu tun. Deshalb wünsche ich dir nur eine angenehme Nachtruhe und werde mich danach in mein einsames Schlafgemach zurückziehen."

Sie erkannte unterdrückte Leidenschaft in seinem Blick als er sich zu ihr hinab beugte und sie zärtlich auf den Mund küsste. Sie konnte nicht anders als ihm spontan die Arme um den Hals zu legen und ihm leidenschaftlich entgegenzukommen. Sein Kuss weckte Gefühle in ihr, die sie so noch nie erlebt hatte. Fast war sie geneigt, ihn zu bitten, sie in ihr Zimmer zu begleiten. Doch sie bezähmte sich ebenfalls, genoss nur seinen innigen Kuss. Schließlich riss er sich fast von ihr los und eilte den Gang entlang zu seiner Wohnung.

Leise aufseufzend öffnete sie ihre Türe und ging zum Bett wo sie sich einfach fallen ließ. Die Tür blieb einen Spalt offen stehen, doch außer Oliver und ihr war niemand im Haus und sie war sich sicher, er würde nicht zurückkommen um doch mit ihr zu schlafen. Obwohl sie sich nichts sehnlicher wünschte, war sie überzeugt von der Richtigkeit ihrer beider Entscheidung. Es war einfach noch zu früh für diesen intimen Akt.

Nachdem sie eine Weile an die Decke gestarrt hatte, ohne wirklich etwas wahrzunehmen, erhob sie sich und ging ins Bad. Das abendliche Reinigungsritual half ihr in die Normalität zurückzukehren. Als sie sich später ins Bett legte und die Chronik aufschlug, hatte sie ihre Gefühle wieder weitgehend im Griff.

Inzwischen war sie beim nächsten Schreiber der Chronik angelangt. Es bereitete ihr noch ein wenig Mühe, die krakelige Schrift zu entziffern, so kam sie nur langsam voran. Ungewöhnliches war in jener Zeit im Ruthardthaus nicht geschehen; es wurde geheiratet, Kinder wurden geboren, die Alten starben und manchmal wurde auch ein jüngeres Familienmitglied aus dem Leben gerissen. Die Grafenfamilie vermehrte ihr Vermögen ebenso wie ihr Ansehen in der Bevölkerung. Die Herren widmeten ihre Zeit der Politik, während die Damen des Hauses die Kinderschar, die meist aus Jungen bestand, mit Hilfe vieler Bediensteter aufzog. Freudige Ereignisse wechselten sich mit Dramen ab, wie es sie wohl in jeder Familie gab.

Müde schlug Angela das Buch zu und rieb sich über die Augen. Ein Blick auf die Uhr zeigte ihr, dass sie länger gelesen hatte, als sie eigentlich beabsichtigt hatte. Höchste Zeit, unter die Decke zu kriechen und die Augen zu schließen. Was sie mit wohligem Seufzer tat.

Caspar schien nur auf diesen Moment gewartet zu haben. Er stand neben ihrem Bett, kaum dass sie meinte das Licht gelöscht zu haben und reichte ihr die Hand.

„Euer Körper schläft tief und fest, Angela, es ist nur Euer Geist, den ich entführe. Keine Sorge, morgen früh werdet ihr so erholt wie nach traumlosem Schlaf erwachen."

Es verwunderte sie kaum, sich erneut in dem Kleid aus vergangenen Tagen zu sehen. Heute kam es ihr nicht mehr so ungewohnt vor. Doch nein, es war nicht das gleiche. Das gestern Nacht war blau gewesen, heute trug sie eins aus grüner Seide.

Caspar bemerkte ihren irritierten Blick. „Ich stelle mir Euch in den Lieblingskleidern Christinas vor. Auf diese Weise meine ich fast, sie wäre bei mir. Ich hoffe, das kränkt Euch nicht, das ist nicht meine Absicht. Doch Ihr seht ihr so ähnlich, dass ich einfach nicht anders kann als mir vorzustellen, Ihr wärt sie." Leise, fast unhörbar fuhr er fort: „Ich wäre so gerne für immer mit ihr vereint."

Spontan legte Angie ihm die Hand auf den Arm. Mit Überzeugung sagte sie: „Wir werden es schaffen, Sie mit ihr zu vereinen. Ich werde alles tun, was in meiner Macht steht." Insgeheim hoffte sie, ihre beschränkte Macht würde auch ausreichen. Doch es war ihr noch nie so ernst mit einem Versprechen gewesen.

Er nickte leise seufzend, dann wurde sein Blick fest. „Heute werde ich Euch zu einem weiteren meiner Widersacher führen. Auch bei ihm könnte ich mir durchaus vorstellen,

dass er mich aus dem Wege haben wollte. Aber seht selbst..."
Wieder führte er sie schweigend durch das schlafende Haus.
In der Bibliothek blieb er stehen und deutete auf eine fast
unsichtbare Türe in der Wand. Angie konnte sie nur erkennen, weil sie einen winzigen Spalt offenstand. Verwundert
starrte sie darauf. Gab es diese Türe heute noch. Sie konnte
sich erinnern, dass ein hohes Regal, gefüllt mit Büchern
neueren Datums davor stand. Caspar schien ihre Gedanken
zu kennen.

„Die Türe gibt es heute noch, doch kaum jemand weiß von
ihr. Dahinter befindet sich ein winziger, fensterloser Raum
in dem ich alle wichtigen Unterlagen der Familie aufbewahrt
hatte. Ich traute schon damals einzelnen Mitgliedern meiner
Familie nicht..., zu Recht, wie ich später schmerzlich
erfahren musste."

Befand sich hier vielleicht der Familienschatz? Angela hätte
es sich durchaus vorstellen können. Andererseits konnte der
Raum jederzeit von einem aufmerksamen Beobachter entdeckt werden. Die Türe war zwar nahezu unsichtbar in die
Holzvertäfelung der Wand eingelassen, aber eben nur
nahezu. Bei genauer Betrachtung konnte man ihre Umrisse
erkennen. Nein, entschied sie, Caspar hatte sich ganz sicher
ein anderes Versteck für den Familienschatz ausgedacht.

„An jenem Abend, an dem ich Euch nun teilhaben lassen
möchte, befand ich mich in diesem Raum. Als ich Schritte
und Stimmen hörte, drückte ich die Türe noch mehr ins
Schloss. Ich war kein neugieriger Mann, aber eine innere
Stimme veranlasste mich, zu lauschen..."

Wie zur Bestätigung seiner Worte konnte Angela nun ebenfalls leise Schritte und gemurmelte Worte vernehmen. Zwei
Männer betraten die Bibliothek und blieben an dem hohen
Fenster stehen. Einer von ihnen war Caspars Onkel, sie
erkannte ihn sofort wieder. Der andere, so vermutete sie, war
sein Sohn. Die Ähnlichkeit mit Caspar war groß, die beiden
hätten Brüder sein können.

„Mein Cousin Wilhelm", bestätigte der Geist nun ihre Vermutung. „Meinen Onkel habt Ihr ja bereits kennengelernt."

„Können wir näher herangehen? Die beiden sprechen so leise als ob sie etwas zu verbergen hätten."

„Sicher können wir das. Ihr könnt Euch auch genau zwischen sie stellen, sie werden es nicht bemerken. Und Ihr habt richtig vermutet, die zwei haben ein Geheimnis..."

Angela machte ein paar befangene Schritte auf Caspars Verwandte zu, dann wurde sie mutiger und trat genau neben sie. Voller Interesse sah sie in die männlich schönen Gesichter. Die Ähnlichkeit unter den Männern der Ruthardtfamilie war wirklich enorm. Wäre es Caspar vergönnt gewesen, älter zu werden, so hätte er sicher ausgesehen wie sein Onkel. Und Wilhelm hätte sein Bruder sein können. Doch nein, es gab einen Unterschied der Angie umso mehr auffiel, je länger sie Theodor und Wilhelm betrachtete. Die beiden hatten eine Kälte in den Augen, die Caspar vollkommen fehlte. Und ihre Gesichter wurden von einem harten Zug geprägt, der ihnen tiefe Falten um den Mund und auf der Stirn bescherte. Sie konzentrierte sich auf ihre leisen Worte.

„Du musst es verhindern!" zischte Wilhelm gerade seinen Vater an. „Er darf sie nicht bekommen. Ist er erst einmal verheiratet, so lässt das erste Kind nicht lange auf sich warten. Und bei den vielen Knaben, die in unserer Familie geboren werden, ist sicher bald ein legitimer Erbe da. Was tun wir dann? Du musst etwas unternehmen und zwar schnell."

Theodor runzelte die Stirn. „Ich weiß das alles selbst, aber was soll ich machen? Die beiden wurden schon als Kinder miteinander verlobt. Und Caspar besitzt keinerlei Makel, der einzige Grund, aus dem das Verlöbnis gelöst werden könnte. Nein, wir werden nichts tun können um die Hochzeit zu verhindern. Aber ich werde das alte Kräuterweib aus dem Dorf kommen lassen. Sie soll einen Trank brauen, den wir den beiden jeden Tag kredenzen lassen. Ein Trank, der die Fruchtbarkeit beeinträchtigt. Nach angemessener Zeit, wenn kein Nachwuchs kommt, lasse ich die Ehe annullieren. Dann ist der Weg für dich frei."

„Ich möchte sie lieber jungfräulich", murrte Wilhelm und fügte hitzig hinzu. „Ich bin schon so lange in Christina verliebt. Der Gedanke, dass Caspar vor mir in ihr war gefällt mir ganz und gar nicht. Gibt es wirklich keine andere Möglichkeit?" Doch sein Vater schüttelte energisch den Kopf.

„Du wirst wohl oder übel in den sauren Apfel beißen müssen. Denke daran, es ist zu unser aller Wohl. Was macht es da schon aus, wenn er sie vor dir bestiegen hat. Sie wird schon keine Vergleiche zwischen euch ziehen. Und trägt sie erst dein Kind, so wird sie Caspar schnell vergessen."

Wilhelm murrte noch weiter, während die beiden die Bibliothek langsam wieder verließen. Keiner von ihnen hatte die angelehnte Türe bemerkt.

Angela blickte zu Caspar hin, dessen Gesicht eine Maske aus Zorn und Trauer war. Sie meinte, sein Zähne knirschen zu hören und seine Hände waren zu Fäusten geballt. Doch er beruhigte sich überraschend schnell wieder.

„Ihr habt den Plan gehört; sie wollten verhindern, dass Christina und ich einen Erben zeugten. Damit Wilhelm sie heiraten könne. Aber ich habe ihnen einen Strich durch die Rechnung gemacht. Da ich von dem Trank wusste, war er ungefährlich für uns. Jeden Abend stellte ein Dienstmädchen zwei Becher mit Rotwein, verquirltem Ei und speziellen Kräutern auf unsere Nachtische. Ein beliebtes Stärkungs- mittel und Aphrodisiakum. Das dieses das Gegenteil be- wirken sollte, hatte ich zum Glück erlauscht. Deshalb goss ich das Zeug einfach jeden Abend in die Regenrinne unter dem Fenster. Es wirkte hervorragend, denn die Taubenplage ging rapide zurück. Und nach neun Monaten kam Clara zur Welt. Onkel Theodors und Wilhelms Zorn wurde nur etwas gemildert, weil sie ein Mädchen war. Aber natürlich taten beide so, als gönnten sie uns unser Glück. Kurz darauf begann dann die Sache mit den Liebesbriefen und dem angeblichen heimlichen Geliebten meiner Frau. Ich muss zugeben, wenn ich nicht geahnt hätte, wer dahinter steckt, ich hätte es vielleicht tatsächlich geglaubt und Christina mit Schimpf und Schande aus dem Haus gejagt. So jedoch empfing sie bald unser zweites Kind und für meinen Onkel und Cousin begann erneut das Zittern, ob es diesmal der Erbe sein würde..."

„Sie vermuten also, die beiden haben Christina umgebracht, damit sie keinen Erben gebären konnte?" Der Traum fiel Angie ein. Christinas Mörder hatte das verzweifelt im toten Mutterleib strampelnde Kind beschimpft. „Stirb du Bastard", hatte er verbittert hervorgestoßen. Sie überlegte, ob sie Caspar das sagen sollte. Bisher hatte sie es nicht erwähnt. Schweren Herzens sagte sie es ihm nun.

Er sagte einen Moment nichts dann stieß er einen unterdrückten Schluchzer aus. Als er wieder sprechen konnte, zitterte seine Stimme. „Das lässt natürlich den Schluss zu, es wäre einer meiner Verwandten gewesen. Vielleicht war es ja tatsächlich so. Aber es gab noch einen weiteren Menschen, der mir Rache geschworen hat. Wenn Ihr erlaubt, werde ich ihn Euch morgen Nacht zeigen. Für heute mag es genug sein, ähnlich wie Ihr kann ich nur ein gewisses Maß an Trauer und Zorn mit mir herumtragen. Ich werde mich zu meinen Gebeinen zurückziehen um nachzudenken."

Sie waren wieder in Angelas Zimmer angekommen und Caspar verabschiedete sich eilig. Erst als er schon verschwunden war, kamen Angie seine Worte in den Sinn. Er wollte zu seinen Gebeinen zurückkehren? Aber hatte er nicht erzählt, er wüsste nicht, wo die lägen? Er hatte ihr doch erklärt, erst wenn seine Gebeine gefunden und neben denen Christinas beerdigt würden, fände er Ruhe. Weshalb sagte er nicht einfach, wo sie sich befanden?

Doch sie kam nicht mehr dazu, länger darüber nachzudenken. So wie in der Nacht zuvor überkam sie plötzliche Müdigkeit und sie fiel in tiefen Schlaf.

Kapitel 9: Feindliche Brüder

Am nächsten Tag berichtete sie Oliver von der erneuten Traumreise in Caspars Zeit. Er schaute sie besorgt an und fragte, ob sie diese Träume emotional nicht zu sehr belasten würden.

„Ich kann Caspar untersagen, dich weiterhin durch diese Träume zu belästigen. Es würde ihn zwar enttäuschen, aber dann lässt er dich in Ruhe. Obwohl er ein Geist ist und schon so lange hier herumspukt, akzeptiert er, dass ich jetzt das Sagen hier habe. Er wird sich meinen Anordnungen nicht widersetzen."

Doch Angela wiegelte schnell ab. „Nein. Was er mir mitteilt ist für mich aufregend und interessant, bislang macht es mir auch nicht zu schaffen. Ich möchte ihm sehr gerne helfen, wenn es in meiner Macht steht denn ich mag deinen Urahn sehr und sein tragisches Schicksal berührt mich zutiefst. Ich möchte, dass er endlich Frieden findet und mit seiner Frau vereint ist..." Caspars Bemerkung über seine Gebeine fiel ihr wieder ein und sie teilte sie Oliver mit.

„Wie kann es sein, dass er sich zu seinen sterblichen Überresten zurückziehen kann und nicht weiß, wo sie liegen? Er muss doch wissen, wohin er geht wenn er seine Kräfte verbraucht hat."

Oliver zuckte die Schulter. „Anscheinend kann er das nicht. Denn genau dasselbe habe ich ihn auch schon gefragt. Er meinte, er könne seine Gebeine nur aufsuchen, um dort neue Kräfte zu tanken. Er zieht sich jedoch ohne sein bewusstes Zutun dorthin zurück. Der Ort wäre dunkel und eng, mehr kann er darüber nicht sagen. Da er sich per Gedankenkraft von einem Ort zum anderen bewegt gibt es keinen Weg, den er bewältigen muss. Er denkt an den Ruheplatz seiner Gebeine und schon ist er dort."

„Kann er eigentlich das Gelände um Ruthardthaus verlassen? Oder ist er gezwungen, hier zu verweilen? Wenn ja, würde das doch bedeuten, seine Gebeine liegen hier irgendwo begraben."

Oliver schaute sie verblüfft an. „Darauf bin ich noch nie gekommen, dabei ist es so naheliegend. Meines Wissens hat er das Grundstück noch nie verlassen. Meist verweilt er im Haus, weil dort am meisten los ist. Er ist sehr neugierig und möchte immer wissen, was im Haus vor sich geht. Manchmal besucht er mich auch in der Klinik oder in den Ställen, wenn ich alleine dort bin. Und oft treffe ich ihn auf dem Friedhof an, bei Christinas Grab. Aber außerhalb des Geländes ist er mir noch nie begegnet. Das könnte tatsächlich bedeuten, dass seine sterblichen Überreste hier irgendwo liegen. Aber wo? Er kann praktisch überall verscharrt worden sein und wie du weißt ist das Gelände nicht gerade klein."

„Ich bezweifle, dass man ihn einfach verscharrt hat. Schließlich durfte sein Leichnam niemals auftauchen denn offiziell war er ja nach dem Mord an seiner Frau geflohen. Es muss ein todsicheres Versteck sein, an das man ihn gebracht hat. Ein Ort, an dem niemand jemals nachschauen würde..."

Angela überkam ein Gefühl des Jagdfiebers, als sie länger darüber nachdachte. Sie fühlte, sie war der Lösung ganz nahe. Aufgeregt fragte sie: „Gibt es hier irgendwo einen alten Brunnen oder einen Schacht? Oder wurde nach Caspars Tod etwas im Garten errichtet, ein Springbrunnen etwa oder ein Pavillon?"

Doch Oliver musste sie enttäuschen. „Nichts dergleichen. Auch kein neues Haus oder Stall. Die Bauarbeiten bezogen sich alle auf das Hausinnere. Aber es wurde nichts dazu gebaut, sondern Wände aufgestemmt und nach verborgenen Nischen gesucht, wegen des Schatzes. Allerdings wurde nichts gefunden. Bis in die heutige Zeit nicht..."

„Suchst du etwa auch nach dem Familienschatz?"

Er lachte kopfschüttelnd. „Ich nicht, aber mein Bruder. Er klopft aber keine Wände auf sondern sucht mit raffinierten technischen Geräten nach verborgenen Hohlräumen. Bislang allerdings ebenfalls erfolglos. Du wirst ihn ja bald selbst dabei beobachten können. Sicher bringt er von der Uni wieder jede Menge Gerätschaften mit, die er sich für seine Schatzsuche ausgeborgt hat."

„Was sagt eigentlich Caspar dazu? Hat er keine Angst, dein Bruder könnte seinen Schatz finden?"

„Er ist felsenfest überzeugt, Tobias findet das Versteck nicht. Wie ich schon einmal sagte, er kennt die Möglichkeiten der modernen Technik nicht. Im Übrigen findet er, der Schatz solle nur einem echten Ruthardt gehören. Er weiß um die Habgier meines Bruders und missbilligt sie."

„Trotzdem will er selbst dir nicht verraten, wo er den Familienschatz versteckt hat? Er wüsste ihn bei dir doch in besten Händen. Ich kann ihn nicht verstehen."

Oliver legte seine Arme um sie um sie zu küssen. Nach einer Weile meinte er leise seufzend: „Caspar würde mir seinen Besitz ganz sicher gerne anvertrauen. Aber er will auch unbedingt von seinem Geisterdasein erlöst werden. Und der Schatz ist nun einmal der einzige Anreiz, den er seinen Nachfahren bieten kann. Er hat einfach Angst, verrät er wo er liegt, würde sich niemand mehr um den Verbleib seiner Knochen scheren. Und ganz Unrecht hat er mit seiner Befürchtung nicht, denn bislang haben alle lieber nach dem Versteck, anstatt nach seinen Gebeinen gesucht."

„Du hast doch schon ernsthafte Anstalten gemacht, seine Gebeine zu finden..."

„Aber nicht intensiv genug, das muss ich zugeben. Ich hatte daneben einfach zu viele andere Dinge im Kopf. Doch jetzt bist du ja da, vielleicht gelingt es dir, Caspars Gebeine und vielleicht auch den Schatz zu finden."

„Und wenn sich herausstellen sollte, dass es gar keinen Schatz gibt?"

Er zuckte die Schulter. „Dann geht alles weiter wie bisher. Ich kämpfe mit Tobias um den Erhalt von Ruthardthaus. Und ich werde wie bisher auch die dringendsten Reparaturen aus eigener Tasche bezahlen."

Auch in dieser Nacht suchte Caspar sie in ihren Träumen auf. Diesmal führte er sie in die Stallungen. Es waren andere

Gebäude als die heutigen, aus Holz gebaut und viel größer. Das war auch notwendig, denn Caspar besaß nicht nur für jeden Anlass die passenden Pferde, sondern auch mehrere Kutschen, die alle dort untergestellt waren. Heute wurden sie auch von der weißen Geisterhündin begleitet. Lautlos lief sie durch den Stallgang, besuchte das eine oder andere Tier in seiner Box und lief dann zu ihrem Herrn zurück. Caspars Augen bekamen einen melancholischen Ausdruck.

„Meta liebte die Pferde. Sie wurde im Stall geboren und immer wenn ich sie suchte, fand ich sie hier." Er deutete auf einen schwarzen Hengst, der seinen Kopf über das Gatter beugte und seine samtene Nase an der der Hündin rieb.

„Donar war mein Liebling, ein erstklassiger Vererber. Und schnell wie der Wind. Er ließ nur mich und Meta in seine Nähe. Die Stallburschen duldete er zwar, aber sie fürchteten ihn. Jedes Mal musste der Würfel entscheiden, wer ihn füttern und striegeln sollte. Er war ein schlaues Tier, ich denke, er hat sich nur wegen der ihm zugesteckten Leckereien so wild gebärdet. Denn immer bekam er zur Besänftigung einen Apfel oder eine Möhre wenn jemand zu ihm hinein musste."

Angela fiel wieder einmal auf, wie viele Gemeinsamkeiten Caspar und Oliver doch hatten. Das gleiche Aussehen, ähnliche Pferde und Hunde, die Liebe zu ihren Tieren... und sogar Frauen, die einander verblüffend glichen. Der letzte Gedanke machte sie verlegen, sie war nicht Olivers Frau und würde es vielleicht nie werden. Bisher hatten sie sich schließlich nur einige Male geküsst, was sagte das schon aus?

Eine Bewegung am Stalleingang lenkte sie von ihren Grübeleien ab. Caspar kam mit einem älteren Mann herein, den Angela bisher nicht gesehen hatte. Die beiden gingen von Pferd zu Pferd und begutachteten jedes Tier gründlich.

„Seht Ihr, was ich meine?" schimpfte Caspar gerade und deutete auf die Beine eines Pferdes. „Das Tier hat die Hufrehe und es ist nicht das einzige. Ihr vernachlässigt Eure

Pflichten auf sträfliche Weise. Wie oft habe ich schon gesagt, der Stall muss öfter ausgemistet werden. Wenn Ihr die Knechte nicht zum besseren Arbeiten bewegen könnt, dann muss ich mir jemanden suchen, der es kann. Was ist bloß in Euch gefahren? Bisher wart Ihr ein brauchbarer Mann, Ihr hattet Haus und Hof im Griff. Doch seit einiger Zeit klappt nichts mehr so wie früher. Ihr vernachlässigt Eure Aufgaben und wenn man den Stubenmädchen glauben kann, so seid Ihr öfter betrunken als nüchtern. Ich kann das nicht dulden und stelle Euch ein letztes Ultimatum. Seht zu, dass Ihr den Haushalt wieder in den Griff bekommt, sonst muss ich Euch leider entlassen. Ich gebe Euch noch zwei Wochen..."

Die beiden Gestalten verließen den Stall und gingen auf das Haus zu, Caspar und Angie folgten ihnen. Im Haus angekommen suchten der Hausherr und sein Verwalter das Büro auf. Dort lagen aufgeschlagene Bücher auf dem großen Schreibtisch, Haushaltsbücher wie Angie erkannte.

„Hier ist ein weiterer Beweis, wie sehr Ihr Eure Pflichten vernachlässigt." Caspar deutete auf die Zahlenreihen, die in den Büchern aufgeführt wurden.

„Ihr müsst nicht glauben, bloß weil ich jung bin, kenne ich keine korrekte Haushaltsführung. Ich habe mich jahrelang gequält, sie zu erlernen. Deshalb erkenne ich auf den ersten Blick, wenn etwas faul ist..."

Ausführlich begann er, mit dem Verwalter Posten für Posten durchzugehen. Der wurde immer bleicher und nervöser, ein eindeutiges Eingeständnis seiner Versäumnisse. Als ihm Caspar endlich eine Entscheidung abverlangte, entweder die Defizite zu bereinigen oder die Konsequenzen zu ziehen, reichte der ältere Mann entnervt seine Kündigung ein. Er fühle sich aus Altersgründen der Sache nicht mehr gewachsen, meinte er lahm zu seiner Entschuldigung. Der Hausherr nickte zu seiner Entscheidung und händigte ihm ein Zeugnis und den noch ausstehenden Lohn aus. Dann verließ er das Büro. Er drehte sich nicht um, deshalb sah er nicht den hasserfüllten Blick, den ihm sein früherer Angestellter nachsandte.

„Noch ein unversöhnlicher Feind", ließ sich Caspar seufzend neben Angie vernehmen. „Der Alte hatte drei Söhne, die ebenfalls auf Ruthardthaus beschäftigt waren. Allesamt kräftige aber nicht besonders intelligente Kerle. Aus Solidarität mit ihrem Vater kündigten sie ebenfalls ihre Stellung bei mir. Später erfuhr ich, sie hätten sich einer berüchtigten Bande von Dieben angeschlossen, denen auch noch schlimmere Vergehen angelastet wurden."

„Sie meinen, der ehemalige Verwalter und seine Söhne hätten Ihre Entführung und Ermordung inszeniert? Aber warum, etwa bloß um sich an Ihnen zu rächen?" Angie glaubte nicht so recht an dieses doch eher dürftige Motiv. Caspar anscheinend selbst auch nicht, wie seine Worte bewiesen:

„Nein, aber die vier hätten prächtige Helfer abgegeben. Es waren kräftige Männer, die mich überwältigt und ermordet haben. Sie sprachen zwar nur wenig und leise miteinander, dennoch meinte ich, die Stimmen zu erkennen..."

Auch nach diesem Traum erwachte Angie frisch und ausgeruht. Sie traf Oliver beim Frühstück an, konnte aber wegen Peter und Inge nichts von ihrer erneuten Traumreise erzählen. Nach dem Frühstück ging sie mit Oliver nach draußen.

„Darf ich dir Lara anvertrauen?" fragte er sie, nachdem er sie im Schatten eines Baumes innig geküsst hatte. „Ich habe heute auf sechs weit verstreuten Höfen zu tun und einige längere Autofahrten vor mir. Der Tag soll sehr heiß werden, da möchte ich den Hund nicht unbedingt mitnehmen."

Angie nickte erfreut. „Ich nehme sie gerne in meine Obhut aber wird sie bei mir bleiben? Nicht dass sie wegläuft um dich zu suchen." Oliver schüttelte den Kopf. „Das wird sie nicht. Ich gebe ihr einfach den Auftrag, auf dich aufzupassen. Du wirst sehen, sie weicht dir den ganzen Tag nicht von der Seite."

Er beugte sich zu der weißen Hündin und kraulte ihre Ohren. Dann deutete er auf Angela und befahl: „Pass gut auf sie auf!" Lara schien tatsächlich zu verstehen, was er sagte. Sie ging zu Angie und setzte sich neben ihr nieder. Ihre honigbraunen Augen blickten ernst zu ihrem Herrn auf, so als wolle sie sagen: „Du kannst dich ganz auf mich verlassen."

Als Oliver fort war, beschloss Angie, bevor sie mit der Arbeit begann noch einen Spaziergang zu machen. Jetzt waren die Temperaturen noch angenehm zum Laufen. Wenn es tatsächlich so heiß wurde, wollte sie später das Haus lieber nicht mehr verlassen. Lara blieb dicht an ihrer Seite, erst als sie ihr Bällchen warf, hetzte die Hündin hinterher. Nach einiger Zeit drehten sie um und ging zum Haus zurück.

Ein sportliches Coupé kam gerade den Weg herauf gefahren und hielt vor dem Haus. Ein junger Mann stieg aus, musterte sie intensiv und ging dann langsam auf die Eingangstüre zu. „Gehören Sie zum Haus?" fragte er neugierig. „Ich habe sie hier noch nie gesehen."

„Falls Sie Dr. Ruthardt suchen, der kommt erst heute Nachmittag wieder. Notfälle werden von seiner Vertretung behandelt. Ich kann Ihnen gerne die Adresse geben."

Der junge Mann winkte ein wenig abschätzig mit der Hand. „Nicht nötig, ich besitze kein Tier, das behandelt werden müsste. Und mein Bruder kann es sicher erwarten, mich zu sehen. Ich bin Tobias und wer sind Sie? Oliver hat sich doch nicht etwa eine Geliebte ins Haus geholt? Das würde ich ihm gar nicht zutrauen..."

Angie nahm zögernd seine Hand, die er ihr entgegenstreckte. Sie ärgerte sich über den überheblichen Unterton in Tobias Stimme. Er tat, als wäre es undenkbar, dass Oliver eine Freundin haben könnte. Außerdem musste sie sofort an die Dinge denken, die er ihr von Tobias berichtet hatte. Konnte dieser etwas arrogant auftretende junge Mann, der sie jetzt so frech angrinste, tatsächlich Mordkomplotte gegen seinen Bruder schmieden? Aber dann dachte sie, Oliver würde es ihr nie erzählt haben, wenn er sich nicht ganz sicher wäre.

Wie sollte sie sich Tobias gegenüber verhalten? grübelte sie. Am besten tat sie ungezwungen, sie wollte ihn schließlich nicht misstrauisch machen. Und nach Möglichkeit würde sie ihm aus dem Weg gehen. Spröde meinte sie: „Ich bin Angela Berger und arbeite für Ihren Bruder..." So knapp wie möglich erläuterte sie ihre Tätigkeit im Haus. Tobias schien nicht begeistert.

„Alte Bücher!" schnaubte er indigniert und blähte die Nasenflügel auf. „Hoffentlich bezahlt Oliver Sie wenigstens aus seiner Tasche. Für solch einen Firlefanz haben wir eigentlich kein Geld. Es sollte lieber zusehen, dass wir den alten Kasten endlich loswerden, ehe wir ruiniert sind. Ich hatte bereits einem reichen Bekannten das Haus angeboten. Er hätte es sofort genommen und zu einem Hotel umgebaut. Dann wären wir alle Sorgen los gewesen. Aber Oliver stellte sich quer, er will partout nicht verkaufen weil hier die Knochen seiner Urahnen verschimmeln."

Angie sagte nichts dazu. Sie konnte sich lebhaft vorstellen, dass Tobias nicht nur gar zu gerne die Hälfte des Erlöses eingesackt hätte sondern während der Umbauten auch noch heimlich nach dem Familienschatz gesucht hätte. Dass Oliver dies mit seiner Weigerung verhindert hatte, wurmte den jungen Mann noch immer, man sah es deutlich seiner finsteren Miene an.

„Ich mache hier nur meine Arbeit, für die ich bezahlt werde", erklärte sie abweisend. „Alles andere geht mich nichts an. Entschuldigen Sie mich jetzt bitte, ich muss endlich weitermachen. Komm Lara!"

Die Hündin folgte ihr sofort die Treppe hinauf, warf aber immer wieder misstrauische Blicke in Tobias' Richtung bis der in der Küche verschwand. Es war offensichtlich, dass sie Olivers Bruder nicht mochte. Obwohl sie normalerweise jeden fast überschwänglich begrüßte, der das Gelände betrat, hatte sie bei Tobias keinerlei Anstalten dazu gemacht.

Die Arbeit ging Angie heute nicht gut von der Hand, immer wieder glitten ihre Gedanken zu Tobias. Sie hatte ihn noch einmal flüchtig gesehen, als er die Treppe hinauf zu seiner Wohnung ging. Seine Räume mussten sich über der Bibliothek befinden, denn sie vernahm ab und zu ein leises Rumoren von oben. Lara, die neben dem Schreibtisch auf einer Decke döste, hob dann jedes Mal den Kopf und knurrte leise.

Pünktlich zur Abendessenszeit kam Oliver nach Hause. Angie saß mit Lara vor dem Haus in der nun nicht mehr ganz so heißen Abendsonne. Der Tag hatte wirklich sehr extreme Temperaturen bereitgehalten und Oliver sah etwas aufgeweicht aus, als er aus dem Jeep kletterte. Er wischte sich mit der Hand die Schweißperlen von der Stirn und seufzte: „Puh, war das ein Tag. Man könnte meinen, sämtliche Tiere hätten sich gegen mich verschworen. Hoffentlich gibt es wenigstens heute Nacht Ruhe. Ich möchte für ein paar Stunden weder Schweine, noch Kühe oder Pferde sehen.
„Tja, hättest du etwas anständiges gelernt..., aber nein, du wolltest ja unbedingt Tierarzt auf so einem Kaff werden." Es war Tobias, der das spöttisch sagte. Er stand unter der Haustür, frisch und adrett, wie aus dem Ei gepellt.
Oliver war nicht erstaunt, ihn zu sehen, der Sportwagen stand ja unübersehbar mitten im Hof. Er fragte nur lakonisch: „Hattest du Sehnsucht nach Ruthardthaus? Ich dachte, du wolltest erst nächste Woche kommen."
Tobias zuckte nichtssagend die Schultern. „Es hat sich so ergeben. Ich störe dich doch nicht etwa? Oder hättest du deinen hübschen Gast lieber für dich allein gehabt?" Der Ton und sein anzügliches Grinsen ließen Angie aufhorchen. Sie sah, wie sich Olivers Gesicht für einen Moment verfinsterte, dann meinte er nur achselzuckend: „Es steht Angie selbstverständlich frei, mit wem sie sich abgeben will."

Das klang ungewohnt feindselig, was Angela noch mehr erstaunte. Anscheinend gab es noch mehr Streitpunkte zwischen den ungleichen Brüdern als ihr gemeinsames Erbe.

Hatten die beiden vielleicht auch um die Gunst einer Frau gestritten? Würde Oliver ihr davon erzählen?

„Angie, - soweit seid ihr schon!" Tobias schnalzte vielsagend mit der Zunge und sah Angela mit neu erwachtem Interesse an. Und Olivers Gesichtszüge schienen zu Stein zu erstarren. Plötzlich hatte sie das Gefühl, ein Knochen zu sein, um den sich zwei Hunde balgten. Bisher zeigten sie nur die Zähne, aber wie lange würde es dauern, bis sie sich gegenseitig an die Gurgel fuhren?

Peter kam aus der Küche und entschärfte die angespannte Situation indem er zum Essen rief. „Inge sagt, wenn ihr nicht bald erscheint, räumt sie den Tisch wieder ab. Also kommt schon, ich habe Hunger."

Das Abendessen verlief ungewohnt schweigsam, danach löste sich die kleine Gesellschaft schnell auf. Inge räumte das Geschirr in die Spülmaschine und ging dann mit Peter zu ihrer eigenen Wohnung. Tobias erklärte knapp, er würde nochmals wegfahren, es könne spät werden. Oliver nickte schweigend und drehte sein leeres Glas in der Hand. Erst als draußen der Automotor aufbrummte hob er den Blick und schaute Angie an. „Gehst du noch mit mir spazieren? Ich brauche dringend frische Luft."

Sie war einverstanden. Der Abend war zu schön, um ihn im Haus zu verbringen. Lara saß schon vor der Türe und blickte ihnen erwartungsvoll entgegen. Dann lief sie leichtfüßig vor ihnen her durchs Tor. Sie schien genau zu wissen, dass ihrem Herrn heute nach einem längeren Spaziergang der Sinn stand.

Eine Weile liefen sie stumm nebeneinander her. Dann brach Oliver das Schweigen: „Entschuldige, ich bin heute kein unterhaltsamer Begleiter. Aber der Tag war wirklich anstrengend und als ich Tobias' Wagen stehen sah, sank meine Laune vollends auf den Nullpunkt. Ich nehme mir jedes Mal vor, seine spitzen Worte zu ignorieren und falle doch immer wieder darauf herein..."

„Mir scheint, es gibt zwischen euch nicht nur Reibereien um

das Haus. Fast schien mir, das Interesse deines Bruders an mir wurde geweckt, sobald er merkte, dass wir eine gewisse Vertrautheit pflegen." Sie sah ihn fragend an und er nickte grimmig.

„Da hast du sehr gut beobachtet. Er ist der geborene Intrigant, - besonders wenn es um Frauen geht, die mir etwas bedeuten..."

Angies Herz machte einen freudigen Sprung. Hieß das, sie bedeutete ihm etwas? Oder war es nur eine rhetorische Antwort gewesen? Sie wagte nicht, ihn danach zu fragen. Stattdessen fragte sie zaghaft: „Möchtest du darüber reden? Ich will natürlich nicht neugierig sein..."

Er seufzte tief auf. „Tobias findet bestimmt bald eine Gelegenheit, es dir mitzuteilen, da kann ich es auch gleich selbst erzählen. Das Ganze ist schon drei Jahre her. Es gab da eine junge Pferdepflegerin, die mir ganz und gar nicht gleichgültig war. Und ihr schien es genauso zu gehen. Um der Wahrheit die Ehre zu geben, wir standen kurz vor der Hochzeit. Das Aufgebot war bestellt und wir schmiedeten eifrig Zukunftspläne. Dann kam Tobias nach Hause um die Semesterferien hier zu verbringen. Er zeigte sofort verdächtig viel Interesse an Sabine. Er machte ihr Komplimente, lud sie zum Essen ein. Alles unter dem Vorwand, seine zukünftige Schwägerin besser kennenzulernen. Tja und dann fand ich die beiden in den Pferdeställen, die Situation hätte nicht eindeutiger sein können... Ich war gerade aus dem Krankenhaus entlassen worden, wo ich mehrere Wochen wegen des dubiosen Autounfalls verbracht hatte. Sabine bekam einen hysterischen Anfall, warf sich mir an den Hals und stammelte immer wieder, sie liebe nur mich. Tobias habe sie betrunken gemacht und dann verführt. Er lag derweil nackt im Heu, grinste mich provozierend an und sagte gar nichts.

Nun, ich habe mich mit Sabine ausgesprochen und ihr schließlich verziehen. Ich glaubte ihr, dass Tobias sie verführt hat, schließlich kannte ich ihn nur zu genau. Ich ahnte, er hatte es getan um mich zu treffen. Dann stellte sich heraus, dass Sabine schwanger war. Nur Tobias kam als Vater in Frage, denn zu dem fraglichen Zeitpunkt trug ich einen hinderlichen Gips und war außerdem noch zu krank für derartige Aktivitäten."

Oliver seufzte erneut schwer auf bevor er leise fortfuhr: „Ich hätte Sabine auch mit dem Kind meines Bruders geheiratet, wie gesagt, ich hatte ihr längst verziehen. Aber sie selbst konnte sich ihren Fehltritt nicht verzeihen. Sie wurde depressiv..., zwei Tage vor dem Hochzeitstermin fand man sie erhängt im Wald..."

Kapitel 10: Was plant Tobias ?

Angie starrte ihn fassungslos an. „Sie hat sich umgebracht? Aber warum? Du hattest ihr doch verziehen. Meinst du, Tobias hatte etwas mit ihrem Freitod zu tun?"

Trauer stand in Olivers Augen als er ratlos die Schultern zuckte. Mit müder Stimme meinte er: „Ich weiß es nicht. Es wird wohl für ewig ihr Geheimnis bleiben."

Sie überlegte, ob sie ihm die Frage stellen sollte, die ihr auf der Zunge lag. Wie würde er es auffassen? Doch dann entschloss sie sich, ihn einfach zu fragen. Seine Antwort würde ihr gleichzeitig verraten, was er wirklich für sie empfand. „Hast du Angst, er könnte dasselbe auch bei mir versuchen?" Entschlossen blickte sie ihm in die Augen.

Er starrte sie eine Weile wortlos an, dann nickte er sehr ernst. „Ein bisschen. Wie gesagt, ich kenne Tobias und seine Beweggründe. Er versucht ständig, mich zu verletzen oder mir zu schaden. Andererseits denke ich auch dich zu kennen, trotz unserer relativ kurzen Bekanntschaft. Nein. Du würdest nicht auf ihn hereinfallen..."

Das würde ich ganz sicher nicht, dachte Angie bei sich, sagte es aber nicht. In seiner egoistischen, selbstherrlichen Art erinnerte Tobias sie ein wenig an Thomas. Und von solchen Männern hatte sie erst einmal genug.

„Würde es dir denn so viel ausmachen?" fragte sie stattdessen leise. „Wie du schon sagtest, kennen wir uns erst sehr kurze Zeit..."

Seine heftige Reaktion ließ sie zusammenzucken. Er riss sie in seine Arme und drückte sie an sich. „Es würde mir sehr viel ausmachen", stieß er rau hervor. Dann ließ er sie wieder los und schaute sie betreten an. Mit einem Seufzer meinte er: „Ich habe mich in dich verliebt, Angie. Und ich denke, ich bin dir ebenfalls nicht gleichgültig. Deshalb vertraue ich dir, auch wenn ich weiß, dass Tobias dir nachstellen wird. Er hat es bei jeder Frau versucht, von der er vermutete, sie würde mir etwas bedeuten..."

„Gab es denn so viele?" fragte sie in leicht neckendem Tonfall, obgleich sie Eifersucht in sich aufsteigen spürte. Oliver sah ihr konzentriert in die Augen. „Ich bin kein Mönch, Angie. Und es war nie meine Absicht, mein restliches Leben alleine zu fristen. Deshalb habe ich nach angemessener Zeit wieder nach einer Frau Ausschau gehalten, mit der ich vielleicht alt werden könnte. Aber ich habe nicht gefunden, was ich suchte. Bis du in mein Leben kamst... Du bist die Richtige, das fühle ich."

Angelas Herz machte einen freudigen Sprung bei seinem Geständnis. Auch sie fühlte, er war der Richtige für sie. Tobias würde niemals zwischen ihnen stehen, sie nie entzweien können. Außer, er setzte seine heimtückischen Mordanschläge auf Oliver fort, fuhr ihr siedend heiß durch den Sinn. Der Gedanke ließ sie vor Furcht erstarren.

Oliver merkte ihren Stimmungsumschwung und sah sie mit gerunzelter Stirn an. „Was ist mit dir? Habe ich etwas Falsches gesagt?" Eilig schüttelte sie den Kopf.

„Nein, mir ist nur gerade eingefallen, dass dein Bruder wohl kaum aufhören wird, dir nach dem Leben zu trachten. Was können wir dagegen tun? Hast du schon einmal mit der Polizei über deinen Verdacht geredet?"

„Die Polizei hat die beiden Fälle gründlich untersucht aber keinerlei Anhaltspunkte gefunden, die zu Tobias führen. Und ich habe sie nicht darauf hingewiesen, da ich ihm nichts beweisen kann. Er war beide Male nicht in meiner Nähe und hätte auch sicher ein hieb- und stichfestes Alibi bereitgehalten. Ich habe es deshalb vorgezogen, zu schweigen. Noch nicht einmal er selbst weiß, dass ich ihn verdächtige. Er soll auch weiterhin meinen, ich wäre vollkommen ahnungslos."

„Aber wenn er es wieder versucht? Du kannst ihn nicht Tag und Nacht im Auge behalten. Und du weißt nicht, welche Gemeinheit er sich als nächstes ausdenkt..."

Angela fühlte Hysterie in sich aufsteigen. Oliver war schon zwei Anschlägen nur durch sehr viel Glück entkommen. Aber wie lange würde seine Glückssträhne noch anhalten?

Beruhigend legte er seinen Arm um sie. „Ich passe schon auf mich auf", brummte er und drückte sie fest an sich. „Und Tobias muss ebenfalls sehr vorsichtig sein, will er nicht in Verdacht geraten. Deshalb ließ er auch sehr viel Zeit verstreichen, ehe er seinen zweiten Anschlag ausführte. Es sollte schließlich wie ein Unfall aussehen, wenn ich zu Tode komme. Und der Polizei würde es ganz sicher verdächtig vorkommen, sollte ich zum dritten Mal in einen dubiosen Unfall verwickelt sein. Zudem hätte er im Falle meines Todes nichts gewonnen, denn mein Teil von Ruthardthaus würde dann der Gemeinde zufallen, mit der Auflage, ein Museum daraus zu machen. Das habe ich nach dem zweiten Anschlag notariell verfügt. Und dafür gesorgt, dass er es erfährt. Er bekäme dann zwar einen kleinen Pflichtteil ausbezahlt, müsste sich aber mit den oberen Räumen begnügen. Er könnte das Haus also auf keinen Fall ver-kaufen, so wie er es geplant hat. Deshalb denke ich, du machst dir unnötig Sorgen. Er plant im Moment nichts, außerdem ist er viel zu beschäftigt, den Schatz ausfindig zu machen. Nur wenn er ihn tatsächlich finden sollte, würde er wieder auf Möglichkeiten sinnen, mich aus dem Weg zu schaffen, denn die Hälfte davon würde mir gehören."

Seine Worte beruhigten Angela wieder ein wenig. Im Moment ruhte der Schatz, - so es ihn wirklich gab - noch sicher in seinem Versteck. Solange Tobias ihn nicht fand, war Olivers Leben nicht in Gefahr.

Sie beschlossen, nicht mehr über Tobias nachzudenken sondern den gemeinsamen Spaziergang zu genießen, was ihnen letztendlich auch gelang. Als sie wieder am Haus eintrafen dunkelte es bereits.

„Ich will nochmals nach den Pferden sehen", meinte Oliver und Angela beschloss, ihn zu begleiten. Sie hatte das Fohlen schon lange nicht mehr gesehen. Erstaunt bemerkte sie, dass das Stutfohlen schon ein ganzes Stück gewachsen war. „Das geht bei Pferden schnell", erklärte Oliver ihr lächelnd. „In einem Jahr wird sie fast so groß wie ihre Mutter sein."

Der Traum der vergangenen Nacht fiel Angie wieder ein. Caspar bei seinen geliebten Pferden. Erneut kam ihr der Gedanke, wie viele Gemeinsamkeiten ihn doch mit seinen Nachfahren verbanden. Fast war sie versucht, zu glauben, dass Oliver die Reinkarnation seines Ur-Urgroßvaters war. Bin ich dann Christinas Wiedergeburt? fragte sie sich unwillkürlich. Sollte in ihnen beiden die Liebe zwischen Caspar und Christina neu erblühen? Sie empfand diesen Gedanken als verheißungsvoll.

Doch dann schob sich Furcht in ihre eben noch glücklichen Phantasien. Was, wenn Oliver Caspars Schicksal teilen musste. Würde am Ende auch er einen vorzeitigen Tod durch die Hand eines Meuchelmörders finden?

Rigoros schob sie diese unguten Gedanken beiseite. Nein, er hatte ihr versichert, dass ihm keine Gefahr mehr drohte. Sie wollte daran glauben. Sie und er würden glücklich werden.

In dieser Nacht besuchte Caspar sie nicht. Oder sie bemerkte seine Anwesenheit einfach nicht. Denn in dieser Nacht war Oliver bei ihr. Wie selbstverständlich hatte er sie auch an diesem Abend bis zu ihrem Zimmer begleitet. Und wie selbstverständlich hatte sie ihn hereingebeten. Danach war die Welt um sie beide versunken.

Mit Oliver war es ganz anders als mit Thomas. Er war zärtlich, verständnisvoll und wurde nicht müde, sie zu streicheln, zu küssen und liebkosen. Dabei verhielt er sich keinesfalls zurückhaltend und es war auch nichts mehr von der Müdigkeit zu spüren, die ihn nach seinem anstrengenden Tag geplagt hatte. Er liebte sie mit Intensität und Ausdauer und sie gab ihm gleiches zurück. Erst gegen Morgen schlief Angie in seinen Armen ein, glücklich und zufrieden wie schon lange nicht mehr.

Der durchdringende Klingelton seines Handys rief sie beide in die Wirklichkeit zurück. Oliver war sofort hellwach, während Angie verstört auffuhr und verständnislos um sich blickte. Ihr Herz schlug schmerzhaft gegen ihre Rippen, so sehr hatte sie das unvermutete Geräusch erschreckt. Nur langsam beruhigte sie sich wieder.

Nackt stand Oliver vor dem Bett und erklärte Peter, er werde gleich da sein. Währenddessen musterte Angie ungeniert seine kräftige, durchtrainierte Figur. Was sie sah, gefiel ihr, sie konnte sich an seinem männlich schönen Körper nicht satt sehen.

„Schau mich nicht so an", meinte er neckend und steckte das Handy zurück in seine Hemdentasche. „Sonst fällt es mir noch schwerer, dich gleich zu verlassen. In der Klinik wartet ein junger Hengst auf seine Kastration. Hoffentlich bin ich nach dieser Nacht emotional überhaupt in der Lage, dem armen Kerl so etwas anzutun. Zu seinem Glück durfte er noch nie den Deckakt vollziehen, er weiß also nicht, was ihm genommen wird."

Spontan beugte er sich zu ihr hinunter um sie zu küssen. „Tut mir Leid, Liebling. Aber ich habe ganz und gar die Zeit vergessen. Schlaf noch ein bisschen, deine Bücher können noch eine Weile auf dich warten."

Nach einem erneuten Kuss verschwand er im Bad wo er sich in wahrer Rekordzeit duschte und anzog. Mit einem wehmütigen Blick verabschiedete er sich von ihr und eilte zu seinem wartenden Patienten. Angie starrte noch einen Moment auf die Türe und legte sich dann mit einem leisen Seufzer zurück, zog die Bettdecke näher heran um noch etwas von seiner Körperwärme zu erhaschen.

So also würde es sein, mit einem Tierarzt zusammen zu sein. Wenn ein vierbeiniger Patient ihn brauchte, vergaß er alles andere. Aber sie würde sich sicher daran gewöhnen. Lächelnd kuschelte sie sich in die Decke und schlief kurz darauf wieder ein.

Gedämpfte aber unzweifelhaft streitende Stimmen ließen sie von ihrer Arbeit aufblicken. Oliver schien mit seinem Bruder einen neuerlichen Disput auszufechten. Sie wollte nicht neugierig sein, deshalb konzentrierte sie sich verstärkt auf die Seite mit dem handgezeichneten Bild der Jungfrau Maria. Unsachgemäße Lagerung in zu feuchten Räumen hatten Schimmelspuren in der wertvollen Bibel aus dem 15. Jahrhundert hinterlassen. Es erforderte sehr viel Fingerspitzengefühl, den Schimmel zu entfernen ohne das in zarten Farben colorierte Kunstwerk zu beschädigen.

Nach einigen Minuten ertappte Angie sich dabei, wie sie dennoch innehielt, um dem zunehmend lauter werdenden Streit zu lauschen. Schließlich gab sie ihrer Neugier nach und legte das Werkzeug beiseite und erhob sich um hinaus in den Gang zu treten. Neben Caspars Bildnis blieb sie stehen um nach unten zu lauschen. Ihr aufkeimendes schlechtes Gewissen beruhigte sie damit, dass Oliver ihr ohnehin erzählen würde, um was es bei dem Streit ging.

„... kannst mich nicht daran hindern, zwei Studienkollegen hier für ein paar Wochen aufzunehmen!" Es war unverkennbar Tobias, der das wütend hervorstieß. „Schließlich hast du mich auch nicht gefragt, ob ich damit einverstanden bin, diese, ... diese Büchertante hier einzuquartieren. Ich bin sowieso gespannt, von welchem Geld du sie bezahlen willst. Hoffentlich nicht vom Erbenkonto, da mache ich nicht mit. Für meine Begriffe steckst du eh zu viel Kohle in diesen alten Kasten. Geld, das von meinem Erbteil abgeht und das ich dringender benötige. Schließlich habe ich kein lukratives Nebeneinkommen wie du. Ich bin immer noch Student..."

„Immer noch trifft den Nagel auf den Kopf. Du könntest schon längst dein eigenes Geld verdienen. Aber du findest kein Ende und hängst immer weitere Semester unsinniger Fächer an. Du musst doch endlich wissen, welchen Beruf du ergreifen willst."

Tobias lachte böse auf und giftete weiter: „Entschuldige Bruder. Aber ich bin nun einmal nicht so von meiner Berufung überzeugt wie du es warst. Du hast dich ja schon als Kind mit Haut und Haaren diesen blöden Viechern verschrieben. Ich werde nie verstehen, wie es einem Mann Spaß machen kann, in den Ärschen von Kühen und Gäulen zu fummeln oder im Dreck zu liegen und irgendeinem dämlichen Schwein beim Werfen zu helfen."

Er wechselte abrupt das Thema und kam auf ihren ursprünglichen Streit zurück. „Ich bestehe darauf, meine Freunde hier einzuquartieren. Und wenn die Gästezimmer nicht verfügbar sind, weil du eines ohne mein Wissen vergeben hast, dann zieh halt du für ein paar Wochen ins Herrenzimmer. Ich schlafe in deinem Zimmer und meine Freunde sollen sich meine Wohnung teilen. Deiner Bekannten wird es nichts ausmachen, wenn du das Zimmer neben dem ihren bewohnst. Schließlich seid ihr euch ja nicht mehr allzu fremd, wie ich letzte Nacht beobachten konnte. Wenn du neben ihr wohnst, hast du einen kürzeren Weg in ihr Bett. Natürlich könnte auch ich ins Herrenzimmer ziehen, ich vermute jedoch, das würde zwar vielleicht der jungen Frau, nicht aber dir besonders gefallen." Die letzten Worte wurden von einem hämischen Lachen begleitet.

Oliver schwieg eine Weile und Angie meinte vor ihrem geistigen Auge zu sehen, wie er vor Zorn mit den Zähnen knirschte. Doch dann gab er klein bei und erklärte sich mit dem Zimmertausch einverstanden. Ziemlich abrupt beendete er das Gespräch und kurz darauf hörte sie die Haustüre ins Schloss fallen. Tobias schien zufrieden mit seinem Sieg. Pfeifend ging er in Richtung der Küche davon.

Angie stand eine Weile unschlüssig da und überlegte, ob sie Oliver in der Klinik besuchen sollte. Dann entschloss sie sich jedoch, in die Bibliothek zurückzukehren. Sicher wollte er einen Moment alleine sein um seinen Frust hinunterzuwürgen. Sie konnte ja später noch mit ihm reden. Aus alter Gewohnheit blickte sie in Caspars Gesicht ehe sie zurückging. Es schien ihr, als hätten sich bittere Falten um seinen Mund gebildet. Sie schaute genauer hin und tatsächlich, sein Gesichtsausdruck wirkte erzürnt. Er war also zugegen und hatte den Streit ebenfalls angehört. Aber er sprach nicht zu ihr, obwohl sie es eigentlich erwartete. So ging sie mit einem leisen Seufzer zu ihrer Arbeit zurück. In Gedanken nahm sie sich vor, ihn unbedingt zu fragen, wie er es schaffte, den Gesichtsausdruck auf seinem Bild zu verändern.

Nach dem Abendessen bat Oliver sie erneut, mit ihm spazieren zu gehen. Ohne Umschweife kam er auf den Streit zu sprechen. „... so habe ich ihm schließlich zugesagt, mein Zimmer zur Verfügung zu stellen", endete er grimmig.

„Ganz Unrecht hat er schließlich nicht, das Haus gehört zur Hälfte ihm und er kann einladen wen er will."

„Aber hast du keine Bedenken, er schnüffelt in deiner Wohnung herum um vielleicht Aufzeichnungen bezüglich des Schatzes zu finden, die du ihm vorenthalten haben könntest? Zutrauen würde ich es ihm."

„Ich auch aber da besteht keine Gefahr. Mein Schlafzimmer hat eine zweite Türe, die in den Gang zu seinen Räumen führt. Früher war das der Dienstbotentrakt, da konnte man vom Flur aus in jedes Zimmer gelangen. Ich werde diese Türe öffnen und dafür die andere, die in meine Wohnung führt, verschließen. In meinem Schlafzimmer gibt es nichts, was er ausschnüffeln könnte. Bleibt also nur die Frage, ob es dich stört, mich in deiner Nähe zu wissen? Wenn es dir unangenehm ist, so werde ich einfach in der Klinik schlafen. Dort gibt es ein Feldbett falls einer Nachtwache halten muss."

Sie tat empört: „Selbstverständlich störst du mich nicht. Im Gegenteil... Was sind das denn für Freunde, die Tobias eingeladen hat? Kennst du sie?"

Er zuckte die Schultern. „Nein, ich kenne sie nicht. Aber ich denke, er führt wieder etwas im Schilde und sie sollen ihm sicher dabei helfen. Es würde mich nicht wundern, wenn sie mit allerlei Gerätschaften hier eintreffen, die zur Schatzsuche geeignet sind."

Drei Tage später trafen Tobias' Freunde ein und Angela fand sie auf Anhieb unsympathisch. „Das sind doch keine Studenten, sie sehen eher aus als wären sie für Geld zu jeder Schandtat bereit." Besorgt blickte sie zu Oliver hin, der dabei

war, seine Hemden in den Kleiderschrank des Herren-
zimmers zu hängen. Sie half ihm und ordnete Unterwäsche
und Socken in die Fächer ein. Dem alten Holz des Möbels
entströmte ein herber Geruch nach Kräutern und Lavendel
der ihr behagte. Er passte zu Oliver und Oliver passte in
dieses Zimmer als wäre es speziell für ihn geschreinert
worden.

„Das eine schließt das andere ja nicht unbedingt aus“,
murmelte er und drehte sich zu ihr hin. Zwischen seinen
Augen stand eine steile Unmutsfalte, die sie in letzter Zeit
viel zu oft an ihm sah. Trotzdem nahm er sie zärtlich in die
Arme und drückte sie an sich. „Mir gefallen die drei auch
nicht, vor allem, als ich sah, wie sie dich musterten. Wie
Hyänen, die eine Beute belauern. Deshalb bin ich ganz froh,
dieses Zimmer zu bewohnen bis sie wieder weg sind. In
deiner Nähe kann ich viel beruhigter schlafen.“

„Du kannst auch bei mir schlafen, so bin ich ebenfalls
beruhigt. Wenn wir dann auch nicht allzu viel Schlaf
abbekommen“, neckte sie und schaute ihn verführerisch an.
Was prompt die gewünschte Reaktion bei ihm hervorrief. Er
küsste sie leidenschaftlich und ehe sie sich versah, lag sie auf
dem Bett und sein schwerer Körper drückte sie in die
Matratzen.

Erst sehr viel später machten sie sich daran, die restlichen
Kleidungsstücke einzuräumen. Oliver blickte auf die Uhr.
„Schon fast neun. Was machen wir mit dem angebrochenen
Abend?“

„Wir legen uns ins Bett und schauen fern“, schlug sie vor.
Oliver hatte seinen Fernseher mitgebracht und angeschlossen. Sie deutete auf Lara, die bereits in ihrem Korb lag
und schlief. „Deine Hündin ist anscheinend auch der
Meinung, ein gemütlicher Abend könnte nicht schaden. Wir
sollten ihrem Beispiel folgen.“

Oliver war einverstanden. Er holte eine Flasche Wein und
Gläser aus seiner Wohnung und legte sich dann zu ihr aufs
Bett. Der Abend wurde wirklich sehr gemütlich, wenn sie

auch kaum etwas von dem Spielfilm mitbekamen, der über den Bildschirm flimmerte. Schließlich schlief Angie in Olivers Bett ein und erwachte erst am nächsten Morgen in seinen Armen. Er schlief noch tief und sein warmer Atem blies in ihr Ohr. Sie lächelte weil es kitzelte und rückte ein wenig von ihm weg. Liebevoll musterte sie seine im Schlaf entspannten Züge. Es kam ihr so richtig vor, neben ihm zu erwachen, er war ihr vertraut als wären sie bereits ein Leben lang zusammen.

Ein leises Knarren ließ sie aufblicken. Es kam von Lara, die sich aus ihrem Korb erhob, sich dehnte und dabei gähnte und dann zielstrebig aufs Bett zukam. Sie legte ihren Kopf auf die Matratze und sah sie auffordernd an.

„Sie möchte ebenfalls ins Bett", ertönte Olivers Stimme hinter ihr. Er klang ein wenig verlegen. „Ich muss gestehen, sie darf manchmal morgens zu mir ins Bett wenn es meine Zeit erlaubt. Es scheint für sie der Gipfel der Seligkeit zu sein, das Lager mit ihrem Herrchen zu teilen. Ich denke, das ist ein Überbleibsel ihrer wölfischen Vorfahren, jedes Rudelmitglied möchte dem Alphawolf so nahe wie möglich sein."

„Meinst du, sie sieht durch mich ihre Stellung in Gefahr? Hoffentlich kommt sie nicht auf die Idee, mit mir um dich zu kämpfen."

Er lachte, schüttelte aber den Kopf. „Wohl kaum, sie scheint deine Vorrechte zu akzeptieren. Sie ist eben ein kluges Tier und weiß, dass du und ich zusammengehören. Wenn du das Bett nicht mit einem Hund teilen willst, dann schicke sie in ihren Korb zurück. Und lass dich nicht von ihrem traurigen Blick einlullen, den beherrscht sie nämlich hervorragend."

Doch Angie konnte den todtraurig blickenden Hundeaugen nicht widerstehen. Deshalb klopfte sie auf die Zudecke und Lara sprang mit einem eleganten Satz ins Bett, wo sie sich ein paarmal um die eigene Achse drehte um sich dann wohlig seufzend zwischen ihnen niederzulegen.

„Irgendwann wird sie dich um die Pfote wickeln", prophezeite Oliver lächelnd und strich der Hündin über den Kopf.

Lara tat, als würde sie bereits wieder fest schlafen, ihr Kopf lag auf ihren Vorderpfoten und sie begann leise zu schnarchen.

Allzu lange dauerte ihre Kuschelstunde zu dritt jedoch nicht, auf Oliver warteten bereits die nächsten tierischen Patienten. Angela beschloss, mit ihm aufzustehen, sie wollte mit Lara einen frühen Spaziergang unternehmen. Wie ein eingespieltes Team wechselten sie sich im Bad ab, während Oliver duschte, putzte sie ihre Zähne, dann ging sie unter die Dusche und er vollendete vor dem Spiegel seine Morgentoilette. Gemeinsam gingen sie nach unten und aus dem Haus. Dann trennten sich ihre Wege, wenn es Olivers Zeitplan zuließ, würden sie sich beim Frühstück wieder treffen.

Lara lief voraus und wie selbstverständlich schlug die weiße Hündin den Weg zum Friedhof ein. Angie folgte ihr, in Gedanken noch immer bei der wundervollen Nacht mit Oliver. Erst als sie vor Christinas Grab stand, kam sie in die Wirklichkeit zurück. Ein wenig irritiert blickte sie sich um.

Zarte Nebelschwaden zogen hinter dem Marmorengel über die Büsche und verflüchtigten sich zusehends im Blau des Himmels. Sie hielt nach Lara Ausschau und entdeckte sie neben dem Flügel des Engels sitzend. Die Hündin schaute hechelnd empor und Angela folgte ihrem Blick. Da stand Caspar, still und unbeweglich wie die Statue des Engels. Da er sich nicht bewegte, verschmolz seine durchsichtige Erscheinung fast mit dem Hintergrund. Er schien weder sie noch den Hund zu bemerken, war ganz in sein unendliches Leid vertieft. Seinen Oberkörper leicht nach vorne gebeugt, schien er zu beten. Oder aber er sprach zu seiner geliebten Christina. Doch kein Laut außer dem Zwitschern der Vögel war zu hören. Angela wagte ebenfalls nicht, sich zu rühren und selbst Lara schien angesichts der stummen Trauer des Geistes erstarrt. Endlich kam Bewegung in die durchsichtige Gestalt und Caspar führte eine weiße Lilie, die er in der Hand hielt an seine Lippen und legte sie dann auf das marmorne Buch.

Seltsam berührt schaute Angie auf die zarte Blume, im Gegensatz zu Caspars Gestalt war sie wirklich. Winzige Tauropfen perlten darauf und glitzerten in der Morgensonne. So vertieft war sie in den Anblick, dass sie gar nicht bemerkte, wie der Geist sich langsam entfernte. Als sie aufblickte, konnte sie gerade noch einen Nebelhauch wahrnehmen, der durch die geschlossene Türe der Kapelle zu dringen schien. Sie starrte eine Weile darauf und ging dann ebenfalls auf die Kapelle zu. Sie musste sich strecken um an das Versteck des Schlüssels heranzureichen. Damit etwas Licht in den düsteren Raum dringen konnte ließ sie die Türe offen stehen. Dennoch dauerte es einige Sekunden, bis sich ihre Augen an die Dämmerung gewöhnten. Rasch blickte sie sich um doch sie konnte den Geist nirgends entdecken. Still und kühl präsentierte sich das Innere des Raumes ihrem suchenden Blick.

Angie war sich sicher, Caspar hierher entschwinden gesehen zu haben. War dies der Platz an den er sich zurückzog um neue Energie zu tanken? Dann müssten auch seine Gebeine hier ruhen. Aber Oliver hatte ihr doch erklärt, in der Gruft sei schon lange vor Caspars Zeit niemand mehr beerdigt worden. Sämtliche Gräber waren von seinen Vorfahren belegt. Einen winzigen Moment spielte sie mit dem Gedanken, in die Gruft hinabzusteigen, verwarf ihn aber sofort wieder. Alleine würde sie das niemals wagen. Also beschloss sie, umzukehren und Oliver von ihrer Entdeckung zu berichten. Eilig verließ sie die Kapelle und verstaute den Schlüssel wieder sorgsam an seinem Platz.

Lara erhob sich freudig von ihrem Platz in sicherer Entfernung zu dem alten Gemäuer. Man sah der Hündin an wie froh sie war, ihren Schützling wiederzuhaben. Sie umkreiste Angela einmal und bellte auffordernd. Dann lief sie den Weg zurück, den sie gekommen waren, froh, dem unheimlichen Ort entfliehen zu können.

Kapitel 11: Traumreise

Sie kam jedoch nicht dazu, ihm ihre Entdeckung mitzuteilen. Beim Frühstück konnte sie nicht darüber reden, da auch Tobias und seine Freunde anwesend waren. Sie ging Inge zur Hand, die sichtlich verärgert auf die ständig größer werdende Schar der Hausgäste reagierte.

„Tobias behandelt mich wie eine Dienstmagd", schimpfte Inge ungehalten als sie endlich in der Küche alleine waren. Oliver war zu einem Bauern gerufen worden, dessen Schweine an einem Infekt erkrankt waren und sein Bruder war gleich nach dem Frühstück mit seinen Freunden aufgebrochen ohne ein Wort zu sagen.

Inge schimpfte weiter. „Dabei fungiere ich nur Oliver zuliebe als Haushälterin. Und schließlich bezahlt er mich ja auch alleine. Sein sauberer Bruder lebt aus dem Vollen sobald er hier ist und denkt nicht daran, für sein Essen zu bezahlen. Dabei kassierte er ebenso viel von der Erbschaft, wie Oliver."

Sie seufzte hörbar auf und schüttelte empört den Kopf. „Ich fürchte, der alte Graf hat einen gewaltigen Fehler gemacht, als er diesen jungen Hitzkopf adoptierte. Olivers Vater war einfach zu gutherzig, er hat immer zu sehr an das Gute in den Menschen geglaubt. Erst kurz vor seinem Tod kamen ihm ernste Bedenken wegen Tobias' Charakter. Doch er kam nicht mehr dazu, das Testament nochmals zu ändern, der Herzinfarkt war schneller. Und Oliver hat viel mit seinem Vater gemein, auch er kann nur schwer an die Schlechtigkeit seiner Mitmenschen glauben. Das ist ihm schon zweimal fast zum Verhängnis geworden..."

„Du weißt...?" fragte Angie interessiert und sah Inge prüfend an. Die stemmte die Arme in die Hüften und schnaubte unwirsch.

„Ich kann zwei und zwei zusammenzählen – und Peter auch. Der Autounfall damals war schon unerklärlich. Das Auto war fast neu und bestens gewartet. Eigentlich unmöglich, dass es plötzlich einen so gravierenden Defekt haben sollte. Und die Sache mit dem Bullen..., das kann einfach kein übler Streich gewesen sein, wie Oliver der Polizei weismachen wollte. Aber er weigerte sich hartnäckig Anzeige zu erstatten. Dabei ahnte er ganz sicher, wer nur dahinter stecken konnte."

Geräuschvoll füllte sie die Spülmaschine und sprach dann energisch weiter: „Ich kenne Oliver und Tobias erst seit einigen Jahren. Doch Peter ist mit den beiden aufgewachsen. Und er kennt die Familie seit er denken kann, ist immer bei ihnen ein- und ausgegangen. Als Tobias und seine Mutter nach der Heirat in Ruthardthaus einzogen, versuchte Oliver, mit den beiden gut auszukommen. Aber er gab es bald auf. Seine Stiefmutter interessierte sich kaum für ihn. Für ihren eigenen Sohn auch nicht viel mehr, nebenbei bemerkt. Und Ruthardthaus war ihr zuwider. Es war ihr zu alt, zu düster und unheimlich. Als ihr Mann starb, hatte sie es eilig von hier wegzuziehen. Der alte Graf hat dafür gesorgt, dass sie auch nach seinem Tode ein gutes Auskommen hat. Heute lebt sie in einer Villa in der Nähe Würzburgs. Mit Oliver pflegt sie keinerlei Kontakt mehr. Wenn der alte Graf wüsste, wie sich seine Familie auseinandergelebt hat, im Grabe würde er sich umdrehen. Dabei hat er alles versucht, ein harmonisches Familienleben zu führen. Deshalb ließ er es sich auch nicht nehmen, Tobias zu adoptieren. Doch der hatte das nie zu würdigen gewusst. Erst als es ans Erben ging, fühlte er sich plötzlich als ein echter Ruthardt..."

Oliver kam erst spät am Abend zurück. Er war müde und verschwitzt. Angela nötigte ihn, sich an den Tisch zu setzen und bereitete ihm eine leichte Mahlzeit zu. Während er aß, erzählte er von seinem anstrengenden Tag. Nach dem Bauernhof wurde er zu einem benachbarten Schweinemäster gerufen, dessen Tiere ebenfalls von dieser grassierenden Infektion befallen waren. Es schien sich um einen Virus zu handeln, der einer Magen-Darmgrippe ähnelte.

Um sicherzugehen, nahm er etlichen Tieren Blut ab und brachte es zusammen mit eingesammelten Kotproben ins Labor nach Würzburg. Die versprachen, sich sofort darum zu kümmern und verständigten ihn dann telefonisch über ihr Ergebnis. Da es sich um einen zwar nicht lebensbedrohlichen, aber stark ansteckenden Virus handelte, fuhr er zu einem Pharmahändler um sich mit dem nötigen Medikament zu versorgen, dass er in der benötigten Menge natürlich nicht vorrätig hatte. Dann fuhr er zuerst zum Bauernhof zurück um dessen Tiere zu behandeln und danach zur Schweinezucht um auch dort den Tieren das Serum zu spritzen. Bei fast fünfhundert Schweinen ein zeitraubendes Unterfangen.

„Ich kann dir verraten, an solchen Tagen bereue ich, nicht Humanmediziner geworden zu sein", endete er schließlich und fuhr sich durch den kurzen Haarschopf, was seiner ohnehin verstrubbelten Frisur ein vollends verwegenes Aussehen verlieh.

„Werden die Schweine etwa alle mit Einwegspritzen behandelt?" wollte Angela verwundert wissen. Sie konnte sich nicht vorstellen, dass er fünfhundert Spritzen aufziehen musste. Oliver schüttelte lachend den Kopf.

„Gott bewahre. Dann wäre ich ja jetzt noch beschäftigt. Nein, wir haben das Serum in eine Impfpistole gefüllt. Trotzdem ist es enorm zeitaufwendig, fünfhundert Säue zu spritzen. Man darf keine vergessen und sollte auch kein Tier doppelt behandeln. Normalerweise mache ich diese Arbeit nicht selbst sondern gebe die Aufgabe an den Stallbesitzer weiter. Doch der war ausgerechnet heute nicht da und seine Frau ist hochschwanger. Sein Gehilfe ist zwar ein fleißiger Mann aber ein wenig einfältig, ich wollte nicht das Risiko eingehen, dass er etwas falsch macht. Also habe ich die Tiere alle persönlich geimpft."

„Kann der Schweinemäster das überhaupt bezahlen? Das Serum für so viele Tiere und du warst sicher stundenlang dort."

Er lachte erneut und spülte den letzten Bissen mit einem Schluck Bier hinunter. „Du machst dir zu viele Gedanken um meine Kunden. Ich nehme schon keinen über Gebühr aus. Und mit Michael werde ich gewiss einig, wir kennen uns seit Kindertagen. Du wirst sehen, sicher steht er in einigen Tagen mit einem Spanferkel vor der Türe." Er grinste als er weitersprach: „Allerdings wird er etliche seiner Säue noch eine Weile länger als geplant durchfüttern müssen. Das Medikament hat eine Sperrzeit von sechs Wochen, solange kann er seine Schweine nicht schlachten lassen."

Nach dem Essen gingen sie gleich nach oben. Oliver wollte möglichst schnell unter die Dusche um sich den Schweinegestank abzuwaschen. Als er sauber und nach herbem Duschgel duftend zu ihr ins Bett kroch schien er die Strapazen des Tages schon wieder vergessen zu haben. Wie schon am Abend zuvor flimmerte der Fernseher weitgehend unbeachtet vor sich hin. Lara hob in ihrem Korb nur einmal kurz den Kopf und schaute missmutig zum Bett. Dann drehte sie sich mit resigniertem Seufzer zur Wand, so als wolle sie nicht ungebetener Zeuge ihrer Zweisamkeit sein.

Angela wurde durch einen kühlen Hauch geweckt, der über ihren nackten Arm strich. Verschlafen hob sie die Lider und erblickte Caspar vor dem Bett. Sofort war sie hellwach und setzte sich auf. Oliver neben ihr, schlief seelenruhig weiter. Er schien nichts von der Gegenwart seines Urahns wahrzunehmen. Jetzt drehte er sich sogar auf die andere Seite und begann leise zu schnarchen.

„Ihr könnt ruhig sprechen, er wird nicht erwachen. Ihr schlaft ja selbst, ich bin nur in Eurem Traum", hörte sie Caspar sagen.

„Sie waren lange nicht mehr hier", erwiderte Angie doch Caspar schüttelte den Kopf. „Ich war hier, schon einige Male. Aber ihr wart beide... beschäftigt, da wollte ich nicht stören. Obwohl ich nicht gutheißen kann, was ihr treibt. Ich kann nur hoffen, Oliver macht Euch zu seiner Frau."

Angie spürte wie sie errötete. Innerlich seufzte sie auf, sagte aber nichts zu seinem Vorwurf. Er war eben ein altmodischer Mann mit den strengen Moralvorstellungen seiner Zeit behaftet. Schnell lenkte sie ab: „Was wollen Sie mir heute zeigen? Gibt es noch mehr Menschen, die für Ihre Ermordung in Frage kämen? Übrigens traf ich Sie heute Morgen an Christinas Grab. Sie schienen mich jedoch nicht bemerkt zu haben."

Er schaute sie eine Weile verwirrt an, dann sagte er entschuldigend. „Ich habe Euch tatsächlich nicht bemerkt. Ich fühlte mich müde und erschöpft, aber es war mir ein besonderes Bedürfnis, ihr Grab zu besuchen. Es zieht mich oft dorthin. Ich wollte, ich könnte endlich neben ihr ruhen..., endlich Frieden finden." Bei diesen Worten blickte er so unendlich traurig, dass es Angela schier das Herz zerriss. Spontan griff sie nach seinem Arm, doch sie griff durch ihn hindurch ins Leere.

„Sie werden bald Frieden finden, das verspreche ich Ihnen. Deshalb sollten wir so schnell als möglich zu den Tagen kommen, an denen Sie den Tod fanden."

Er seufzte traurig und schüttelte bekümmert den Kopf. „Aber was soll ich Euch darüber berichten? Ich weiß selbst nicht, wie es geschah."

„Aber sagten Sie nicht einmal, Sie könnten mich in jeden Zeitabschnitt führen, in dem Sie gelebt haben? Wäre es Ihnen zum Beispiel möglich, mich zum Tag Ihrer Geburt oder Ihrer frühen Kindheit zu geleiten? Obwohl Sie selbst sich nicht mehr bewusst daran erinnern können?"

Er überlegte einen Moment, dann nickte er zögernd. „Wahrscheinlich wäre das möglich... Wollt Ihr damit andeuten...?"

Sie nickte eifrig, ganz besessen von dem Gedanken, der ihr gerade gekommen war: „Ja, dann können Sie mich doch auch zu jenem Tag führen, an dem Sie entführt wurden. Es wäre natürlich schmerzlich für Sie, das alles noch einmal durchleben zu müssen. Schließlich ist es nicht einfach, dem eigenen Tod hilflos als Zuschauer beizuwohnen. Aber auf diese Weise könnten wir sehen, wohin Sie gebracht wurden. Dort müssen Ihre Gebeine auch heute noch ruhen..."

Ihre etwas ängstlich vorgetragenen Worte schien Caspar jedoch eher zu faszinieren als abzuschrecken. Er schlug sich mit der Hand gegen die Stirn, so als würde es ihn wundern, nicht schon selbst auf diesen Gedanken gekommen zu sein. „Das ist genial!" stieß er fast atemlos hervor. „Warum dachte ich nie selbst an diese Möglichkeit? Sie ist doch so naheliegend."

Jetzt wurde Angela mutiger und schlug ihm vor: „Sie sollten mir alles von Anfang an zeigen. Alles was nach Christinas Tod geschah. Und Sie selbst sollten ebenfalls sehr kritisch beobachten. Nur so können wir feststellen, was damals tatsächlich geschah."

„In einer einzigen Nacht kann ich das nicht bewältigen", dämpfte Caspar ihren Enthusiasmus. „Es ist sehr anstrengend für mich, in meine Vergangenheit zu reisen. Es kann sogar möglich sein, dass ich mich zwischendurch für mehrere Tage zurückziehen muss, um neue Kräfte zu schöpfen. Aber nun warte ich schon eine Ewigkeit auf die Aufklärung meines Schicksals, da kommt es wohl auf ein paar Tage nicht an", tröstete er sich selbst.

Angela nickte bekräftigend. Sie war plötzlich Feuer und Flamme für ihren Plan. Dann fiel ihr noch etwas ein: „Es geht wohl nicht, auch Oliver einzubeziehen, oder? Schließlich ist er Ihr Urahne und mindestens ebenso interessiert an der Aufklärung Ihres Todes wie ich. Aber sicher ist es Ihnen nicht möglich, gleich in den Träumen zweier Personen zu sein." Sie sagte es mit ehrlichem Bedauern, denn plötzlich kam es ihr wichtig vor, dass auch Oliver in diesem Traumabenteuer dabei war. Zu ihrer Verwunderung winkte Caspar beinahe verächtlich ab. „Das ist eine Kleinigkeit für mich. Ich könnte auch in den Träumen von zehn Menschen erscheinen und das zur selben Zeit. Seht her..."

Als wenn er gerade aus tiefen Schlaf erwacht wäre, drehte

sich Oliver erneut um und setzte sich schlaftrunken auf. Er starrte ein wenig verdutzt auf Caspar und dann auf Angela. Doch er schien es gewohnt zu sein, den Geist in seinen Träumen zu sehen denn er faste sich schnell. „Caspar, alter Junge", meinte er für Angies Begriffe ein wenig zu schnodderig. „Du hast dich bei mir schon seit ewigen Zeiten nicht mehr gemeldet. Ich freue mich, dich zu sehen..."

Der Geist sah ihn streng an, unterließ es aber, ihn zu rügen. Stattdessen erklärte er ihm, was er zu tun gedachte. Er erwähnte mit keinem Wort, wie unpassend er es fand, Oliver in Angelas Bett vorzufinden. Doch sein Blick drückte deutlich Missbilligung aus.

Oliver nahm Angie demonstrativ in den Arm und küsste sie zärtlich auf die Wange. Er schien keinesfalls verwundert, sie in seinem Traum zu sehen. Zu Caspar gewandt meinte er ernst. „Erspare mir deine Moralpredigt. Ich weiß, du kannst unser Zusammenleben nicht gutheißen, nicht ohne Trauschein. Aber ich verspreche dir, sie so bald als möglich zu heiraten. Vielleicht bist du ja noch lange genug bei uns um unserer Hochzeit beizuwohnen. Ich würde dich als Trauzeugen schätzen... auch wenn du nur ein Geist bist."

Die beiden äußerlich so gleichen Männer schauten sich eine kurze Weile fest in die Augen, dann nickte Caspar. Es war, als würde er ihrer Verbindung seinen Segen geben. Dann verneigte er sich vor Angela. „Es freut mich, Euch bald zu meiner Familie zählen zu dürfen. Hoffentlich ist euch beiden mehr Glück beschieden, als es mir und Christina vergönnt gewesen war."

Seine Augen schimmerten verdächtig feucht, so dass Oliver schnell das Wort ergriff: „Sei nicht so förmlich Caspar. Da Angie nun fast schon die neue Gräfin zu Ruthardt ist, kannst du sie auch duzen. Ich weiß, dir fällt das schwer, da du sogar deine eigene Frau nicht mit du angesprochen hast. Aber die Zeiten haben sich geändert und du erleichterst ihr und mir durch weniger Förmlichkeit unsere weitere Zusammenarbeit."

Caspar schaute ihn irritiert an, dann nickte er zustimmend. Er wandte sich an Angie und verbeugte sich erneut förmlich. „Nun denn, da ...du schon bald zur Familie zählst... Nenne mich bitte Caspar. Darf ich Angela zu dir sagen?"

Sie lachte ihn an. „Sehr gerne Caspar. Es ist mir ein Vergnügen, einen Geist zum Freund und bald auch zum Verwandten zu haben. Bitte versprich mir, mindestens noch so lange bei uns zu bleiben um unser Trauzeuge zu sein."

Er seufzte leise: „Ich fürchte, ich werde auch noch der Taufe eurer Kinder beiwohnen. Ich kann nicht glauben, dass es mir bald vergönnt sein sollte, endlich bei Christina zu sein..."

„Du wirst bald bei ihr sein", versicherte Angela sehr ernst. „Deshalb sollten wir keine Zeit verlieren und uns unverzüglich in dein Jahrhundert begeben. Auch wenn es für dich sehr schwer ist, Caspar, führe uns zu jenem Tag, als du Christina tot aufgefunden hast."

Sie standen zu dritt nebeneinander wie die Zuschauer eines Bühnenstücks und starrten konzentriert auf die Szene, die sich vor ihnen auftat.

Caspar schlug in seinem Bett die Augen auf und erhob sich träge. Er fühlte sich seltsam müde und benommen. Kaum konnte er sich aufraffen, sich aufzusetzen und die Füße auf den Teppich unter der Bettstatt zu setzen. Was war los mit ihm? Er hatte doch nur wie jeden Abend seinen Schlaftrunk zu sich genommen. Danach war er sofort in tiefen Schlaf versunken. Ungewöhnlich, wie ihm jetzt bewusst wurde. Hatte er nicht die letzten Nächte fast schlaflos verbracht, grübelnd wer ihm und Christina schaden wollte?

Ein Blick auf die Standuhr ließ ihn erstarren. Die neunte Stunde war längst vorüber, so lange hatte er noch nie geschlafen. Er lauschte durch die offene Verbindungstüre zu Christinas Zimmer, konnte aber keinen Laut vernehmen. Entweder war sie schon aufgestanden oder aber sie schlief ebenfalls noch. Das konnte er sich jedoch nicht vorstellen, die vorgerückte Schwangerschaft belastete sie, besonders wenn sie lag. Deshalb stand sie stets früh auf um sich in den bequemeren Schaukelstuhl zu setzen. Doch das typische Knarren des alten Möbelstücks war nicht zu hören.

Leicht schwankend stellte er sich vors Bett und musste sich festhalten um nicht umzufallen. Alles drehte sich vor seinen Augen. Es dauerte eine Weile bis er sicher war, nicht hinzustürzen. Langsam tappte er durch den dunklen Ankleideraum in das Zimmer seiner Frau.

Der Anblick, der sich ihm bot, ließ ihn auf der Stelle seine unerklärliche Schwäche vergessen. Mit einem erstickten Laut eilte er zum Bett und beugte sich über die leblose Gestalt. Er erkannte mit einem Blick die entsetzliche Wahrheit: seine Frau war tot, zweifellos erwürgt. Blaurote Flecken an ihrem Hals zeugten davon, dass große Hände sehr fest und erbarmungslos zugedrückt hatten. Ihr schönes Gesicht war entstellt, fast schwarz quoll ihre Zunge zwischen den geöffneten Lippen hervor, ihr glasiger Blick war zur Decke gerichtet.

Zögernd legte er seine Hand auf ihren gewölbten Leib, verhielt dort eine Weile. Doch das Leben in ihr war ebenfalls erloschen. Er konnte nicht fassen, was er sah, wollte die grausame Bedeutung nicht wahrhaben. Fast meinte er, sich in einem Alptraum zu befinden, aus dem er jeden Moment zu erwachen hoffte. Doch es war kein Traum sondern fürchterliche Wirklichkeit. Seine Frau und sein ungeborenes Kind waren tot.

Er wusste später nicht mehr zu sagen, wie lange er so über sie gebeugt verharrt hatte. Erst ein entsetzter Schrei rief ihn in die Gegenwart zurück. Es war Anni, die Zofe seiner Frau, die nach ihrer Herrin schauen wollte. Jetzt schlug sie die Hände vor den Mund, dann drehte sie abrupt um und verließ eilig das Schlafzimmer. Ihr Kreischen hallte durchs ganze Haus als sie die Treppe hinunter rannte. „Er hat sie umgebracht!" rief sie immer wieder mit überschlagender Stimme. „Der Teufel, er hat sie erwürgt...!"

Erst jetzt bemerkte Caspar seine Hand am Hals seiner Frau.

Für die Zofe musste es tatsächlich so aussehen, als würde er sie würgen. Eilig zog er die Hand zurück, so als hätte er sich verbrannt. Dann setzte er sich auf den Bettrand, schlug beide Hände vors Gesicht und weinte.

Empörte und entsetzte Stimmen drangen an sein Ohr und er wurde grob gepackt. Vor ihm standen sein Onkel und dessen Söhne, die alle auf ihn einredeten. Dahinter stand die Dienerschaft mit aufgerissenen Augen und Mündern. Zuerst flüsternde, dann immer lauter werdende Beschuldigungen drangen in sein umnebeltes Gehirn. Fäuste wurden drohend geschüttelt und der Mob drängte immer weiter ins Zimmer und auf ihn zu. Erst als sein Onkel ein Machtwort sprach, zerstreute sich der Menschenpulk widerwillig.

„Was hast du getan?" bellte Theodors Stimme ihn an. „Bist du von Sinnen, deine Frau zu ermorden!"

Doch Caspar schüttelte nur müde den Kopf, unfähig einen klaren Gedanken zu fassen oder gar in Worte zu kleiden. In seinem Kopf war eine heillose Verwirrung, derer er kaum Herr werden konnte. So ließ er willenlos geschehen, dass seine Verwandten ihn zu seinem eigenen Zimmer brachten. Sie nötigten ihn, sich anzuziehen, was er wie in Trance tat. Irgendwann fand er sich im Wohnzimmer wieder, in einen Sessel gekauert wie ein Häufchen Unglück. Noch immer redete Theodor auf ihn ein, löcherte ihn mit Fragen, die er nicht zu beantworten wusste. Er stammelte nur immer wieder dieselben Sätze. „Nein, ich habe Christina nicht umgebracht, ich habe sie nicht getötet..."

Endlich ließ man ihn alleine. Sein Verstand kehrte langsam zurück, die Nebel schwanden aus seinem Gehirn und er konnte wieder klarer denken. Ein Komplott, schoss ihm durch den Sinn. Sie hatten ein Komplott gegen ihn geplant und er war ihnen in die Falle gegangen. Bald würde ein Beamter hier sein, der Christinas Tod untersuchen würde. Das hatten sie gesagt, daran konnte er sich erinnern. Und je klarer sein Verstand wurde, desto mehr fürchtete er um sein eigenes Leben. Man würde ihn einkerkern, verurteilen und wenn kein Wunder geschah, hinrichten.

Vor dem Tod hatte er seltsamerweise keine Furcht. Zumindest nicht in diesem Moment. Etwas anderes beschäftigte seine Sinne in zunehmendem Maße: Wer würde dafür sorgen, dass seine Frau und sein Kind eine würdige Grabstätte erhielt, wenn er sich nicht darum kümmern konnte? Sie würden sie in der Erde verscharren und bald würde nichts mehr an sie erinnern. Nein, das konnte er nicht zulassen, diesen letzten Liebesdienst musste er ihr erweisen. Christinas Grab sollte sein wie seine Liebe zu ihr; über alles erhaben und für die Ewigkeit bestimmt.

Entschlossen erhob er sich aus seinem Sessel und ging zur Türe. Einer der Knechte stand als Wächter davor und verwehrte ihm mit grimmigem Gesichtsausdruck das Verlassen des Zimmers. Drohend richtete sich die Spitze einer Lanze auf seine Brust. Er schob sie mit der Hand zur Seite. „Ruf meinen Onkel", befahl er streng und blickte zwingend in das Gesicht des Mannes, der gestern noch sein Bediensteter gewesen war. Der Kerl senkte eingeschüchtert den Blick, verließ aber seinen Posten nicht. Stattdessen rief er einem weiteren Mann Caspars Befehl zu und der entfernte sich um Theodor zu holen.

„Du kannst nicht weg, der Inspektor ist bald da und wird dich verhören wollen", blaffte sein Onkel wenig später und verschränkte die Arme vor der Brust. Mit, wie Caspar herauszuhören meinte, zufriedenem Unterton in der Stimme fuhr er fort: „Du bist nun einmal der Hauptverdächtige. Keiner außer dir hatte einen Grund, Christina zu ermorden. Und wenn ich dich weggehen lasse, so kommst du sicher nicht wieder. Wie soll ich das erklären?"

Obwohl es ihm widerstrebte, verlegte sich Caspar aufs Bitten. „Dann begleitet mich, Onkel. Oder gebt mir eine Eskorte mit. Ich will nur zum Steinmetz um Christinas Grab zu bestellen. Sie soll eine ihrer würdigen Grabstätte erhalten. Und ich fürchte, sollte ich mich nicht sofort darum kümmern, so werde ich es nicht mehr tun können. Ich bitte Euch, gewährt mir diesen Wunsch, es ist der einzige, den ich noch habe..."

Nach einigem Nachdenken nickte Theodor zustimmend. „Also gut, aber ich sowie fünf weitere Männer werden dich begleiten. Und ich rate dir nicht, einen Fluchtversuch zu unternehmen, es würde dir niemals gelingen."

Kapitel 12: Angie findet das Versteck

Caspar rührte sich nicht, als das Bild verschwand und sie plötzlich wieder im Schlafzimmer waren. Seine Erscheinung begann leicht zu flirren und Angela meinte, sie würde sich jeden Moment auflösen. Was jedoch nicht geschah, das Flirren, erkannte sie, wurde durch ein Beben des Geistes ausgelöst. Seine Schultern zuckten als ob er weine.

„Caspar?" fragte sie mitfühlend. „Wenn dich diese... Rückführung zu stark belastet, so musst du es nicht tun. Oder wir verschieben es auf einen späteren Zeitpunkt..."

Der Geist erwiderte eine Weile nichts, dann stieß er einen tiefen Seufzer aus. Seine Stimme erklang fest: „Nein, es geht schon wieder. Wenn es euch nicht zu viel wird, so würde ich gerne noch ein wenig weitermachen. Meine Energie ist noch nicht aufgebraucht, das möchte ich nutzen."

Sie waren einverstanden und fanden sich kurz darauf auf einem fremden Gelände wieder. Es war ein Hinterhof, der an die Werkstatt eines Steinmetzes angrenzte. Die fünf Männer der Eskorte blieben vor dem Tor zurück, nur Caspar und sein Onkel gingen in den Hof. Eilfertig kam ein älterer Mann aus der Werkstatt und verbeugte sich ehrerbietig als er seine Besucher erkannte. Er versicherte Caspar sein tiefstes Mitgefühl, als der ihm mit brüchiger Stimme vom Tod seiner Frau berichtete. Theodor stand mit versteinerter Miene daneben und hüllte sich in Schweigen.

Der Steinmetz führte die beiden Männer umher und zeigte ihnen die Grabsteine, die nach Größen geordnet auf dicken Stützbalken standen. Die Auswahl reichte vom einfachen Stein bis zum reichverzierten Monument, daneben gab es noch einige Skulpturen, die meist die betende Jungfrau Maria darstellten. „Sie werden besonders gerne für Frauengräber verwendet", erläuterte der Steinmetz und deutete auf die Figuren verschiedener Größe und Steinart. Prüfend sah er zu Caspar hin. Doch der schüttelte den Kopf.

„Versteht mich nicht falsch, Meister Gebhardt, sie sind alle wunderschön. Dennoch stelle ich mir für meine Frau etwas anderes vor. Etwas, das so überirdisch schön ist, wie sie es war. Habt Ihr nichts sonst anzubieten?"

Der alte Steinmetz rieb sich grübelnd das Kinn. „Ein paar Steine, die noch nicht ganz fertig sind. Und die fast fertige Skulptur eines Engels aus weißem Marmor. Sie ist das Gesellenstück meines Sohnes und eigentlich unverkäuflich..., aber vielleicht gibt er sie ja her, wenn er erfährt, dass sie für die verstorbene junge Gräfin ist. Er hat sie immer sehr verehrt."

Er führte Caspar in einen angrenzenden Schuppen und zog eine Plane von einer großen Figur. Ein weißer Engel kam zum Vorschein, dessen Antlitz dem Gesicht Christinas verblüffend ähnelte. Die ausgebreiteten Flügel schienen etwas beschützen zu wollen, das jedoch verborgen blieb.

„Er ist noch nicht fertig", erklang eine jüngere Stimme und der Sohn des Steinmetzes trat zu ihnen. Fast zärtlich strich er über einen Flügel. „Der Stein muss noch poliert werden, damit er richtig glänzt. Und es gehört ein Buch dazu, das vor ihm liegen wird. In die aufgeschlagenen Seiten kann man den Namen der Verstorbenen eingravieren."

„Ich möchte diesen Engel", verkündete Caspar bestimmt. „Er scheint für meine Christina geschaffen worden zu sein. Nennt mir den Preis, ich werde jede Summe dafür zahlen, die Ihr fordert."

Hinter ihm schnaubte Theodor empört durch die Nase, doch im letzten Moment beherrschte er sich. Schnell zog er sein Taschentuch und schnäuzte sich kräftig hinein. Caspar schien das Entsetzen seines Onkels gar nicht zu bemerken. Auffordernd sah er den jungen Steinmetz an. Der kratzte sich ausgiebig den Schädel bevor er meinte: „Eigentlich wollte ich den Engel selbst behalten, für mein eigenes Familiengrab. Aber Ihr habt Recht, für die Gräfin wäre er wirklich passend. Und schließlich kann ich mir irgendwann eine neue Skulptur schaffen. Wenn Ihr einverstanden seid, so zahlt mir tausend Taler..., das ist ein guter Preis. Schließlich war der

Stein besonders teuer und meine Arbeit daran war beträchtlich..."

„Tausend Taler?" konnte sich Theodor nicht mehr beherrschen. An seinen Neffen gewandt, grollte er: „Das ist ein Haufen Geld. Damit könnten wir den Lebensunterhalt der nächsten fünf Jahre bestreiten."

„Das Geld ist mir egal" gab Caspar leise aber bestimmt zurück. Er maß seinen Verwandten mit kaltem Blick. „Dieser Engel soll über Christinas Grab wachen. Ich will es so und so soll es sein!" Brüsk drehte er sich um und verließ den Schuppen. Sein Onkel hetzte hinter ihm her und packte ihn am Arm. Drohend zischte er: „ Mit welchem Geld willst du ihn bezahlen? Sobald du wieder in Ruthardthaus bist, wird man dich verhören und dann einkerkern. Und ich besitze nicht so viel Geld. Da du das Familienvermögen so sorgsam hütest, musst du mir schon sagen, wo du es aufbewahrst. Ansonsten bleibt der Engel wo er ist und deine geliebte Christina muss mit einem einfachen Stein Vorlieb nehmen." Caspar starrte ihm ausdruckslos ins Gesicht, musterte interessiert die kalten Augen seines Onkels die jetzt voller kaum unterdrückter Gier glitzerten. „Ihr habt das alles inszeniert", behauptete er erbittert und sah, wie sein Onkel erbleichte. „Wegen des Familienvermögens und des Hauses. Deshalb musste Christina sterben und ich bin der nächste. Ist es so? Wir waren Euch beide im Weg. Aber ich mache Euch einen Strich durch die Rechnung. Ich kann vielleicht nicht verhindern, dass Ihr Euch das Haus aneignet. Aber ich schwöre Euch, Ihr werdet das Vermögen nie finden. Wenn es sein muss, nehme ich dieses Geheimnis mit ins Grab."

Ohne seinen Onkel aus den Augen zu lassen, griff er in die Tasche seines Rocks und zog einen Lederbeutel daraus hervor. Er reichte ihm dem Steinmetz. „Darin ist der Schmuck meiner Frau, er ist mindestens tausend Taler wert. Am besten Ihr bringt ihn noch heute in die Stadt zu einem Händler Eures Vertrauens. Er wird Euch sicher mehr dafür geben, aber behaltet es ruhig. Garantiert mir dafür nur, dass der Engel auch wirklich das Grab meiner Frau ziert. Und sorgt für frische Blumen an jedem Jahrestag ihres Todes. Denn ich fürchte, dass ich selbst ihr diesen Liebesdienst nicht mehr erweisen kann."

Nach diesen Worten drehte er sich um und ging zum Tor wo ihn die Männer erwarteten. Er bestieg sein Pferd ohne sie eines Blickes zu würdigen und lenkte den Hengst den Weg zurück. Er blickte nicht um, als er hinter sich das Fluchen seines Onkels hörte. Schon nach wenigen Metern holten ihn die Reiter ein und nahmen ihn in ihre Mitte. Er ignorierte sie ebenso wie Theodor der neben ihm ritt und aufgebracht auf ihn einredete. Seinem leeren Gesichtsausdruck nach zu urteilen, nahm er nichts und niemanden um sich wahr. Er schien ganz und gar in sich selbst versunken...

Das Bild erlosch erneut und als Angela und Oliver Caspar anschauten, schien dessen Erscheinung wirklich zu flirren. Kein Zweifel, er löste sich auf, seine Energie war verbraucht. Seine folgenden schleppenden Worte bestätigten es: „Mehr kann ich euch heute nicht mehr zeigen, ich fühle mich erschöpft. Zudem dürfte das Verhör, das folgte, nicht wirklich von Bedeutung für eure Nachforschungen sein. Es war anstrengend und entwürdigend und endete damit, dass ich in den Kerker meines eigenen Hauses geworfen wurde, weil man mir nicht glaubte. Am nächsten Tag sollte ich ins Gefängnis nach Würzburg transportiert werden, doch dazu kam es nicht mehr... Ich werde euch die weiteren Geschehnisse mitteilen, sobald ich kann. Doch jetzt muss ich mich leider zurückziehen. Ich wünsche eine gute Nacht."

Mit diesen, kaum noch verständlichen Worten löste er sich vollständig auf und ließ zwei tief schlafende Menschen im Zimmer zurück.

Am Morgen rätselten sie, wie Caspar es geschafft hatte, zur gleichen Zeit ihnen beiden im Traum zu erscheinen, doch sie kamen auf keine schlüssige Erklärung. Schließlich ließen sie es sein, weiter darüber zu spekulieren und gingen hinunter. Laute Stimmen drangen ihnen schon auf der Treppe entgegen, bei deren Klang sich Olivers Gesicht verfinsterte.

„Tobias scheint bester Laune zu sein", knurrte er unwirsch. „Das heißt, er führt wieder etwas im Schilde. Wahrscheinlich wird er mit seinen Freunden das ganze Haus auf den Kopf stellen. Mal sehen, welche Wunderwerke der Technik er diesmal dazu benutzt."

Tatsächlich war Tobias fast überschwänglich, als Angela und Oliver den Raum betraten. Er zwinkerte ihnen vertraulich zu. „Na, ihr zwei, hattet ihr eine angenehme Nacht? Ach ja die Liebe. Sie macht sogar aus meinem sauertöpfischen Bruder einen zufriedenen Menschen wie es scheint."

„Ich wäre noch zufriedener, wenn ich wüsste, was du vorhast. Was sind das für Gerätschaften, die draußen vor der Türe liegen?"

„Das sind hochsensible Wunderwerke der Technik. Damit kann man durch Wände schauen. Sinnbildlich, natürlich. Sie zeigen Hohlräume in den Wänden auf, damit kannst du sogar Mauerrisse unter Putz aufspüren. Hat mich einige Überredungskunst gekostet, bis ich sie ausgeliehen bekam. Möchtest du uns bei der Suche helfen, Oli? Oder vertraust du mir, dass ich den Schatz mit dir teile, sollte ich ihn finden?"

Er feixte böse, doch Oliver ließ sich nicht von ihm aus der Ruhe bringen. Zumindest sah man ihm den Zorn nicht an, der in ihm wütete.

„Suche ruhig mit deinen Freunden, wenn du tatsächlich fündig wirst, dann sehen wir weiter. Ich bin jedoch nach wie vor davon überzeugt, dass der Familienschatz nur ein Hirngespinst ist. Deshalb werde ich meine Zeit nicht damit verschwenden, hinter ihm herzujagen."

Tobias und seine Kumpane verließen bald darauf den Raum um mit der Schatzsuche zu beginnen. Oliver atmete auf und bemühte sich offensichtlich, sich nicht weiter über seinen Bruder zu ärgern. Er plauderte mit Inge und Angela und verabschiedete sich dann um in die Klinik zu gehen.

Auch Angela suchte die Bibliothek auf um ihrer Arbeit nachzugehen. Aber ihre Gedanken schweiften immer wieder zu Caspar. Würde er genug Energie besitzen, um sie heute Nacht an seinem schrecklichen Ende teilhaben zu lassen? Würde es schmerzlich für ihn sein, seinem eigenen Tod beizuwohnen oder wäre es eine Erleichterung für ihn, zu erfahren, was sich damals wirklich abgespielt hatte? Wie würde sie selbst es aufnehmen, die Gewalt, die ihm zweifellos widerfahren war, mitanzusehen. Das war schließlich kein Film, nach dessen Beendigung die Darsteller wohlbehalten weiterlebten. Nein, alles hatte sich tatsächlich so abgespielt. Sie fröstelte bei diesem Gedanken und schlang ihre Arme um sich. Dann tröstete sie sich damit, dass Oliver ja bei ihr war. Sie würden sich gegenseitig Halt geben.

Endlich gelang ihr, sich wieder auf ihre Arbeit zu konzentrieren, da wurde sie von Tobias gestört. Er trug ein Gerät mit sich, das entfernt an eine Kamera erinnerte. Damit fuhr er die Wände entlang und las immer wieder Zahlen ab, die einer seiner Freunde eifrig in ein Büchlein notierte. Der andere war nirgends zu sehen.

Tobias versuchte sie in ein Gespräch zu verwickeln, während er die Wände mit dem Gerät abfuhr. Angie kam nicht umhin, seinen Charme zu bewundern. Wahrscheinlich hätte sie ihn für einen netten jungen Mann gehalten, wäre da nicht ihr Wissen um die Mordanschläge auf seinen Bruder gewesen. So gab sie ihm ziemlich einsilbig Antwort und tat, als müsse sie sich besonders konzentrieren. Schließlich gab er auf und widmete sich seinen Messungen. Sie hätte ja gerne gewusst, was seine Suche bisher erbracht hatte, verkniff es sich aber, nachzufragen. Er hätte ihr vermutlich sowieso nichts gesagt. So atmete sie auf, als er und sein Begleiter endlich die Bibliothek verließen.

Als die beiden verschwunden waren, blickte sich Angela grübelnd im Zimmer um. Wo würde sie einen Schatz verstecken? ging ihr durch den Kopf. Ihr Blick blieb an den Bücherregalen hängen, die bis zur Decke reichten und zwei

Wände fast gänzlich einnahmen. Dahinter hatte Tobias nicht gesucht, um sämtliche Bücher aus- und wieder einzuräumen hätte er wahrscheinlich Tage gebraucht.

Aber hinter den Büchern wäre das ideale Versteck, sinnierte sie. Aber waren Caspars Nachfahren nicht auch schon auf diese Idee gekommen? Ganz sicher hatten sie sich die Zeit genommen und jedes einzelne Buch herausgenommen um dahinter zu suchen. Dennoch, in Angela keimte die Gewissheit auf, dass sich das Versteck in diesem Zimmer befand.

Der Gedanke beflügelte sie und sie erhob sich um zur Türe zu eilen und zu lauschen. Sie hörte Tobias und seinen Kumpan, die sich im Stockwerk darunter halblaut unterhielten. Sie würden kaum noch einmal in die Bibliothek zurückkehren. Voller Entdeckergeist begab sie sich zu den Bücherregalen um sie genauer in Augenschein zu nehmen. Doch sie konnte nichts Ungewöhnliches daran entdecken.

Natürlich nicht, Angie! schalt sie sich selbst. Wenn das Versteck so augenscheinlich wäre, hätte man den Schatz längst gefunden. Nein, es musste etwas sein, das selbst bei längerem Betrachten völlig harmlos wirkte. Es konnte alles, aber auch nichts in diesem Zimmer sein. Vielleicht lag sie mit ihrer Vermutung ja völlig daneben. Doch je länger sie grübelte desto gewisser wurde sie sich. Es war fast, als flüstere es ihr jemand in den Kopf: das Versteck des Schatzes befand sich in diesem Raum.

Ganz langsam ging sie an den hohen Regalen entlang. Doch statt auf die Bücher richtete sie ihr Augenmerk auf die Bücherschränke. Sie waren aus edlem Holz gefertigt und mit auffälligen Schnitzereien verziert. Diese Schnitzereien bildeten immer das gleiche Muster nur in der Mitte der Bücherfront wurde dieses strenge Muster von zwei dickeren, gewundenen Säulen unterbrochen, in die das Familienwappen geschnitzt war.

Angela ging näher heran und betrachtete sich diese Schnitzereien genauer. Irgendetwas schien an ihnen verkehrt zu sein, aber was? Sie fuhr gedankenverloren mit dem Finger die Schnitzerei entlang. Und da wusste sie plötzlich, was daran seltsam war. Die Wappen auf beiden Seiten gingen nicht nach außen, sondern nach innen. Sie erinnerten Angela an die hölzernen Formen in denen früher Spekulatius gebacken wurde.

Angela ahnte, dass sie hier dem Geheimnis des Schatzes auf der Spur war. Schnell eilte sie zu ihrem Schreibtisch zurück um die starke Lupe zu holen, die sie für ihre Arbeit benötigte. Aufgeregt hielt sie sie dicht an das alte Holz und da sah sie es: Eine präzise eingepasste Nahtstelle, mit dem bloßen Auge kaum sichtbar. Der Künstler, der dies geschaffen hatte, musste ein wahrer Meister gewesen sein.

Sie ging zu der anderen Säule und betrachtete die dortige Schnitzerei ebenfalls unter der Lupe. Diese nach innen gerichteten Wappen waren gut getarnte Schlüssellöcher. Und es musste einen Schlüssel in der Form des Familienwappens geben, der genau in die Vertiefung passte. Damit konnte man das Geheimfach aufschließen, das wahrscheinlich so in das Regal eingepasst war, das man es auch dann nicht bemerkte, wenn man die Bücher heraus räumte.

Doch was befand sich hinter dem Bücherregal? grübelte sie weiter. Es musste einen Hohlraum geben in dem der Schatz untergebracht war. Sie überlegte, welches Zimmer an dieser Seite der Bibliothek angrenzte. Es war eine kleine Kammer, fiel ihr ein, in der alte Karten und rostige Teile alter Rüstungen und Waffen gelagert waren. Tobias hatte dort mit seinen Geräten ebenfalls gesucht. Eigentlich hätte er den Hohlraum in der Wand finden müssen. Aber das war offensichtlich nicht der Fall gewesen. Warum nicht? Das wollte sie herausfinden.

Nachdem sie nochmals nach unten gelauscht hatte, schlich sich Angie auf Zehenspitzen in das angrenzende Zimmer. Sie war nur einmal kurz in diesem düsteren Raum gewesen als ihr Oliver das Haus gezeigt hatte, sie hatte ihn fast vergessen. Jetzt sah sie sich voller Forscherdrang darin um. Und entdeckte gleich, warum Tobias das Versteck nicht gefunden hatte. Ein breiter Kaminschacht nahm fast die ganze Wand ein. Der war natürlich innen hohl, deshalb hatte Tobias seine Geräte dort gar nicht eingesetzt. Deshalb war ihm entgangen, dass es darin einen weiteren Hohlraum gab.

Angie fiel ein in der Chronik gelesen zu haben, der Kamin wäre durch die Hitze brüchig gewesen. Caspar hatte ihn vom Erdgeschoß bis zum Dach neu mauern lassen. Und bei dieser Gelegenheit unauffällig das Geheimversteck mit einbauen lassen. Die gesamte Familie hatte damals wegen des Lärmes und Drecks das Haus während der Bauarbeiten verlassen. Sie waren so lange bei Verwandten untergekommen. Kein Wunder dass Caspar niemand auf die Schliche gekommen war.

Vor Aufregung war Angela ganz aus dem Häuschen. Am liebsten wäre sie in die Klinik gerannt um Oliver sofort ihre Entdeckung mitzuteilen. Doch dann besann sie sich anders. Es würde Tobias nicht verborgen bleiben und wenn er erst einmal ahnte wo er suchen musste, würde er sicher nicht eher ruhen, bis er das Versteck entdeckt hatte. Nein, sie musste sich so unauffällig wie möglich verhalten und weiter ihrer Arbeit nachgehen. Nur so konnte sie sicher sein, dass Tobias keinen Verdacht schöpfte. Also zwang sie sich an ihren Schreibtisch zurück und versuchte sich zu konzentrieren.

Beim Mittagessen traf sie zwar auf Oliver, fand aber keine Gelegenheit, mit ihm alleine zu sein. Und als sie Feierabend machte, war er unterwegs zu einem Patienten. So musste sie sich wohl oder übel bis zu seiner Rückkehr gedulden. Um ihre Ungeduld zu bezähmen, ging sie mit Lara spazieren.

Als Oliver endlich nach Hause kam, saß sie vor dem Haus auf der Bank und blätterte zerstreut in einer Illustrierten. Sie ging mit ihm hinein um ihm sein Essen zu geben. Doch sie waren nicht alleine. Tobias und seine Freunde saßen noch in der Küche. Sie tranken Bier und spielten Karten.

„Na, Bruder, hast du wieder Rindviecher verarztet? Ich weiß nicht, wie es einem Spaß machen kann in Kuhmist zu waten." An seine Freunde gewandt fügte er in spöttischem

Tonfall hinzu. „Kaum zu glauben, dass er ein echter Graf ist. Tts, tts. Der Adel verkommt immer mehr."

„Besser im Kuhmist gewatet und ehrlich sein Geld verdient, als mit dubiosen Methoden imaginären Schätzen hinterher zu jagen."

Endlich waren sie alleine und Angela konnte es kaum erwarten, Oliver von ihrer Entdeckung zu berichten. Nachdem er sich von Tobias nicht provozieren ließ, war der mit seinen Freunden nochmals losgezogen. Sie wollten noch eine Kneipe besuchen und würden sicher erst spät zurückkehren. Das war ideal, fand Angie. So konnte sie Oliver in Ruhe erklären, was sie herausgefunden hatte. Sie brauchten keine ungebetenen Lauscher zu fürchten.

Wie erwartet, war Oliver zuerst einmal sprachlos. Dann, nachdem er sich gefasst hatte, nahm er sie in seine Arme und schwenkte sie im Kreis herum. „Du hast es tatsächlich gefunden! Es ist unglaublich. Wie oft habe ich schon hier gestanden und gegrübelt, wo Caspar das Versteck haben könnte. Ich war mir eigentlich immer sicher, dass es sich in der Bibliothek befinden muss. Sie war sein Lieblingsort gewesen. Jetzt fehlt uns nur noch der passende Schlüssel dazu. Aber um den zu finden, müssen wir erst den Verbleib von Caspars Überresten ausfindig machen..."

„Wenn es ihm tatsächlich gelingt, uns seinen Tod erleben zu lassen, werden wir auch wissen, wo seine Gebeine liegen. Meinst du, er hat sich bereits soweit regeneriert um uns heute Abend zu besuchen?"

Oliver zuckte vage die Schultern. „Das kann ich nicht sagen. Ich weiß nicht, wie er seine Energie erneuert und wie lange er dazu benötigt. Er war immer sehr unregelmäßig mit seinen Besuchen. Manchmal sah ich ihn täglich, dann wieder tagelang überhaupt nicht... Wir müssen eben abwarten, wann er erscheint."

„Ich bin so aufgeregt, mir wäre am liebsten, wir würden noch heute Nacht sein Schicksal klären können."

Angela blickte mit glänzenden Augen zu ihm auf und er drückte sie an sich.

„Er wird kommen, wann er dazu in der Lage ist. Bis dahin müssen wir uns gedulden. Komm mit mir ins Bett. Ich weiß etwas, das uns die Wartezeit verkürzt."

Kapitel 13: Caspars Schicksal

Der alte Geist kam in ihre Träume, kaum dass sie eingeschlafen waren. Er schien aufgeregt, seine Miene war angespannt und in seinen Augen lag ein Schimmer, den weder Oliver noch Angie deuten konnten. War Caspar wütend über die Entdeckung seiner so sorgsam gehüteten Schatzkammer? Oder war es eher Bewunderung, die aus seinen dunklen Augen sprach?

„Ihr habt mein Versteck also entdeckt", kam er gleich zur Sache. Sein Blick ruhte auf Angela und nun erkannten sie eindeutig Bewunderung darin. Dann schweiften seine Augen zu Oliver, anerkennend murmelte er. „Deine zukünftige Frau scheint mit den Augen eines Falken gesegnet zu sein, denn bisher hat noch niemand der Verzierung an der Bücherwand mehr als einen flüchtigen Blick gegönnt. Außerdem hat sie ein besonders kluges Köpfchen, wie sie ebenfalls bereits bewiesen hat. Mit ihr an deiner Seite wird aus Ruthardthaus endlich wieder das werden, was es einmal war."

„Höre ich da etwa Kritik wegen meiner nur bescheidenen Erfolge aus deiner Stimme heraus?" fragte Oliver in scherzhaftem Ton. Doch Caspar ging nicht darauf ein. Ernst schüttelte er den Kopf. „Ich sehe in dir einen durchaus würdigen Nachfolger und irgendwann hättest du das Geheimnis sicher auch alleine gelöst. Aber ich kann nicht verhehlen, dass ich mit Angela sehr zufrieden bin. Besonders, da sie meiner geliebten Christina so sehr ähnelt. Aber nun lasst uns aufbrechen, es bleiben mir nur wenige Stunden, euch zum Ort meines Todes zu führen."

„Wird es für dich auch nicht zu belastend sein?" fragte Angie besorgt und sah Caspar mitfühlend an. Sie schauderte bei dem Gedanken, dass er die schrecklichsten Momente seines kurzen Lebens noch einmal durchleiden sollte. Das musste selbst für einen Geist, der seine Erlösung ersehnte eine harte Prüfung sein.

Man konnte Caspar die Rührung ansehen, die er bei ihren

Worten empfand. Sein eben noch strenger Blick wurde weich und er schüttelte sachte den Kopf. „Es wird für mich nicht schwerer werden als für euch. Ihr seid beide mitfühlende Menschen, denen das Leid anderer nicht gleichgültig ist. Aber bedenkt, was immer ihr auch seht; es ist längst vorbei. Auch der grausamste Schmerz erlischt mit dem Tod."

„Also gut", meinte Oliver nach einem Moment des Schweigens. „Dann lass uns keine Zeit verlieren. Führe uns zur Stätte deines Todes. Oder besser, beginne zu dem Zeitpunkt, als du aus der Gefängniszelle verschwunden bist. Bis heute ist es ein Geheimnis, wie dir das gelungen ist, ich würde die Auflösung eines Tages gerne meinen Kindern verraten."

Die Anspielung auf seine noch ungeborenen Nachfahren entlockte Caspar ein wehmütiges Lächeln. Aber er nickte zu Olivers Vorschlag. „Ich hätte sowieso dort begonnen. Aber ich muss dich enttäuschen, die angebliche Flucht war nicht mein Werk, sondern das meiner Mörder. Aber nun erfahre ich vielleicht endlich, wer an meinem Tod schuldig war. Also kommt, folgt mir nach in die finsteren Gewölbe von Ruthardthaus..."

Wie immer führte der Geist sie durch die Wände hindurch und kurz darauf waren sie alle drei die unsichtbaren Zeugen von Caspars Einkerkerung.

Drei Männer kamen durch den düsteren Treppenschacht, den eine Fackel in gespenstisch zuckendes Licht tauchte. Es waren zwei kräftige junge Knechte, die Caspar zwischen sich führten. Hinter ihnen trottete die weiße Bulldogge, ein kurzer Befehl ihres Herrn hatte dafür gesorgt, dass sie den Männern nicht gefährlich wurde. Doch man sah ihr an, dass sie nur zu bereit war, sich beim leisesten Fingerzeig auf die Bewacher zu stürzen. Aber Caspar gab ihr den Befehl nicht und so trabte sie brav hinter ihm in das winzige Verlies. Scheppernd schloss sich die dicke Holztüre und ließ Mann und Hund in fast undurchdringlicher Finsternis zurück. Nur durch ein winziges Fenster in der Türe drang ein wenig milchiges Licht, doch es erreichte die schmale Pritsche nicht, die mit Ketten an der Wand befestigt war.

Caspar tastete sich darauf zu und ließ sich nieder. Das alte Holz knarrte protestierend unter seinem Gewicht, doch er nahm es nicht wahr. Auch nicht die nach Moder und Fäulnis riechende Luft in dem engen Raum. Er saß zusammengekauert da, seine Ellenbogen auf den Oberschenkeln abgestützt, das Gesicht in den Händen vergraben. Seine Schultern zuckten und aus seinem unregelmäßigem Atmen konnte man heraushören, dass er weinte. Meta saß dicht an die Beine ihres Herrn gedrückt, sie hechelte unruhig. Dann streckte sie den Kopf hoch und leckte ihm über die Hände. Es sah aus, als versuche sie ihn zu trösten.

Doch ihre Bemühungen blieben vergeblich, Caspar schien untröstlich. Es war als könne er in seinem Schmerz nichts um sich herum wahrzunehmen. Selbst als vor der Zellentüre Poltern und laute Stimmen erklangen, reagierte er nicht darauf. Meta knurrte leise, wich ihrem Herrn aber nicht von der Seite.

Im Gang vor dem Verlies wurde ein kleiner Tisch aufgestellt und der Polizist, der den ermittelnden Kommissar begleitet hatte nahm auf einem Hocker dahinter Platz. Ihm oblag die undankbare Aufgabe, den Gefangenen bis zum Morgen zu bewachen. Damit er nicht vor Langeweile einschlief hatte der Mann sich ein paar Bücher aus der Bibliothek entliehen, die er nun im Schein der Laterne, die vor ihm auf dem Tisch stand durchblätterte. Bald hatte er ein Buch gefunden, dessen Inhalt ihn zu fesseln schien, er setzte sich so bequem es die primitiven Möbelstücke zuließen hin und vertiefte sich in seine Lektüre.

Den stummen Zuschauern verflogen die nächsten Stunden wie Sekunden. Als leichte Schritte auf der Treppe erklangen, wussten sie, es waren etwa drei Stunden vergangen. Drei Stunden, in denen der Wächter sich kaum bewegt, nur ab und zu die Seiten seines Buches umgeblättert hatte. Und während der ganzen Zeit war Caspars untröstliches leises Schluchzen aus der Zelle gedrungen. Der Wächter hob den Kopf und schaute einer jungen Magd entgegen, die einen Korb trug, der mit einem Tuch abgedeckt war. Sie lächelte ihn freundlich an. „Ihr habt sicher Hunger und Durst. Ich bringe Euch eine kleine Mahlzeit. Lasst es Euch schmecken."

Hurtig richtete sie die mitgebrachten Köstlichkeiten auf einem Holzteller an. Zu dem gebratenen Kapaun gab es Backkartoffeln und gedünstete Möhren, zum Nachtisch ein großes Stück Apfelkuchen. Dazu stellte sie einen kleinen Krug Wein und einen Zinnbecher. Sie wünschte nochmals guten Appetit und eilte dann leichtfüßig die Treppen hinauf. Der Wächter blickte ihr grinsend hinterher und versuchte einen Blick auf ihre schlanken Fesseln unter den wippenden Röcken zu erhaschen. Als die Kellertüre hinter ihr zufiel, machte er sich hungrig über die Speisen her. Danach kostete er von dem Wein und verdrehte andächtig die Augen. Das war ein ganz besonderes Tröpfchen, stark und aromatisch. Langsam und genüsslich lehrte er den Becher.

Kurz darauf fiel er mit dem Oberkörper auf den Tisch und blieb schnarchend liegen. Er bemerkte nicht, wie sich abermals die Kellertüre öffnete und vier Burschen herunterkamen. Einer von ihnen trug einen Krug, der halb mit Wein gefüllt war. Er tauschte ihn gegen den, den der Wächter bereits zur Hälfte gelehrt hatte. Den restlichen Wein schüttete er in einen Haufen modriges Stroh, das in einer Ecke vor sich hin schimmelte. Die Flüssigkeit versickerte sofort spurlos. Den Zinnbecher verstaute er sorgfältig in den Taschen seines weiten Umhanges. Für den bewusstlosen Wächter hatte er keinen Blick übrig.

In der Zwischenzeit hatten die anderen drei Männer die Kerkertüre mit dem Schlüssel des Wächters geöffnet. Einer trat ein, zwei blieben an der Türe zurück. Sie hielten Seile und dunkle Tücher in den Händen, außerdem trug jeder ein gezücktes Messer in der Hand.

Caspar erwachte aus seiner trostlosen Trauer als Meta warnend zu knurren begann. Er hob den Kopf aus den Händen und starrte die dunkle Gestalt verwirrt an, die in der Türe stand. Meta knurrte lauter und er spürte die Vibration ihres angespannten Körpers an seinem Bein. Schnell legte er ihr die Hand auf den Kopf um sie daran zu hindern, den Mann anzuspringen. Sofort entspannte sie sich und leckte ihm kurz über die Hand. Aber ihre Augen blieben wachsam auf den Eindringling geheftet.

Die dunkle Gestalt bewegte sich leicht und etwas fiel mit leisem Klatschen neben Caspar auf die Pritsche. Er schaute darauf. Es waren lange Lederbänder, schmal aber robust. Er hob wieder den Kopf und schaute fragend zu der Gestalt auf, von der er nur Umrisse sah.

„Binde damit dem Köter die Schnauze zu", blaffte eine männliche Stimme, die ihm vage vertraut vorkam. Einer seiner vielen Angestellten, vermutete er, kam aber nicht darauf um wen es sich handelte.

„Wenn du es nicht tust, werde ich den Hund abstechen", warnte der Mann ungerührt. „Mir ist es gleich, wenn er tot ist, ist's mir auch recht. Also...?"

Caspar sah das kurze Aufblitzen eines langen Degens in der Hand des Mannes und wusste, er würde Meta kaltlächelnd damit durchbohren, sollte sie ihn anspringen. Deshalb griff er schweren Herzens nach den Lederbändern und wand sie der Hündin zweimal um die Schnauze. Die Enden knotete er hinter ihren Ohren zusammen.

Als er sie losließ, versuchte die Bulldogge sofort, die Fessel um ihre Schnauze mit den Pfoten abzustreifen. Dabei winselte und knurrte sie abwechselnd. Sie gab erst auf, als Caspar ihr den energischen Befehl gab, stillzustehen. Mit hängendem Kopf stand sie da, die Augen anklagend auf das Gesicht ihres Herrn gerichtet. Er wandte schnell den Blick ab, weil ihm der Anblick ins Herz schnitt.

„So ist's recht", lachte der Mann in der Türe hämisch und trat in die winzige Zelle. Der drohend knurrenden Bulldogge schenkte er keine Beachtung mehr. Er trat dicht vor Caspar, doch der konnte ihn wegen des ungenügenden Lichts nicht richtig sehen. Außerdem hatte der Mann seinen Kragen hochgeschlagen und seinen Hut tief in die Stirn gezogen.

„Dreh dich um", befahl er mit leiser aber bestimmter Stimme und Caspar gehorchte zögernd. Hinter dem Mann hatte er dessen drei Komplizen entdeckt und wusste, er besaß nicht den Hauch einer Chance gegen vier Männer. Deshalb legte er nun auch seine Hände hinter dem Rücken zusammen, so wie er es befohlen bekam. Er spürte Lederbänder, die um seine Hanggelenke gewunden und dann verknotet wurden. Seine Gedanken rasten durch seinen Kopf, doch dann wurde es plötzlich dunkel um ihn. Er spürte nicht einmal den mörderischen Schlag, der ihn zu Boden streckte.

„Ab diesem Moment weiß ich nicht, was weiter mit mir geschah", drang Caspars gedrückt klingende Stimme in die Ohren von Oliver und Angela. Sie schienen beide wie aus einem Traum zu erwachen, aus einem Alptraum. Ihre Augen wanderten zum Gesicht des Geistes. Caspar sah zwar ein wenig angespannt aus, schien es aber ansonsten mit Fassung zu tragen, sein eigenes Schicksal angesehen zu haben. Er fuhr ungerührt fort:

„Ich erwachte irgendwann danach noch einmal kurz, doch da befand ich mich schon an der Schwelle des Todes. Dunkel erinnere ich mich, dass jemand mich rüttelte und stieß, sogar schlug. Ich wollte die Augen öffnen, konnte es aber nicht. Und ich hörte Stimmen, drängende Stimmen, die immer das gleiche riefen. Aber ich verstand nicht was sie sagten. Alles war weit weg, irgendwie unwirklich. Vermutlich hatte der Mann zu fest zugeschlagen, mir vielleicht sogar den Schädel gespalten. Denn das einzige, was mir noch sehr lebhaft im Gedächtnis ist, war der grauenhafte Schmerz, der in meinem Kopf wütete. Er löschte alle anderen Empfindungen aus.

Gnädiger weise wurde ich erneut ohnmächtig und erwachte noch ein letztes Mal als ich bereits in meinem Grab lag..."

„Was für uns wichtig ist, ist aber die Zeit dazwischen", warf Oliver ein. „Ich meine die Zeit zwischen dem Schlag auf deinen Kopf und deinem Tod. Kannst du sie rekonstruieren, so dass wir sehen können was mit dir geschah, auch wenn du dich in tiefer Bewusstlosigkeit befunden hast? Kann dir das gelingen?"

Er klang so zweifelnd, dass Caspar ihn missbilligend musterte. „Denkst du, ich kann es nicht? Dann hätte es auch keinen Zweck gehabt, euch mein Schicksal bis zu jenem Augenblick zu zeigen. Also zweifle nicht an mir, vertrau mir einfach, so wie es Angela tut. Seid ihr bereit? Dann werden wir weiter in die Vergangenheit reisen. Ich kann es selbst kaum erwarten, zu erfahren, was damals mit mir geschah..."

Tatsächlich wurden sie nun Zeugen, wie die vier Männer Caspars leblosen Körper die Treppen hinauf- und dann durchs halbe Haus trugen. Einer von ihnen schleppte den Körper der toten Hündin hinterher. Nachdem er Caspar niedergeschlagen hatte, hatte der Mann kaltblütig den wehrlosen Hund mit einem Holzscheit erschlagen. Danach war Meta in eines der mitgebrachten Tücher gepackt und wie ihr Herr auch, fortgetragen worden.

Ehe sie verschwanden, hatten die Männer die Kerkertüre wieder sorgfältig zugesperrt und dem Wärter den Schlüssel so hingelegt, wie sie ihn vorgefunden hatten. Der Mann begann sich bereits leicht zu regen und würde bald vollends erwachen. Wahrscheinlich war ihm gar nicht bewusst geworden, dass er einem schnell wirkenden Schlaftrunk zum Opfer gefallen war. Vermutlich ahnte er noch nicht einmal, dass er überhaupt eingeschlafen war. Wohl deshalb hatte er am nächsten Morgen im Brustton der Überzeugung behauptet, die ganze Nacht gewacht zu haben.

„Warum hat dieser Mann so kaltblütig den armen Hund getötet?" fragte Angie noch immer schaudernd. Sie blickte abwechselnd in die beiden Gesichter vor sich, die sich ähnelten wie bei Zwillingsbrüdern. Man sah ihr den Schock an, den die brutale Tötung Metas in ihr ausgelöst hatte. Es war wirklich kein schöner Anblick gewesen als der Mann immer und immer wieder mit dem Holzscheit auf den Kopf der Hündin eingeschlagen hatte. Sie hatte vor den Schlägen zu fliehen versucht, da sie ihren Peiniger nicht fassen konnte. Doch der Mann hatte sie am Nacken gepackt und so lange auf sie eingeschlagen, bis sie sich nicht mehr rührte.

Auch für Oliver war es ein schrecklicher Anblick gewesen und mehr noch für Caspar. Meta war ihm immer treu ergeben gewesen und hätte ihn mit ihrem Leben verteidigt, wenn er es zugelassen hätte. Sie so grausam sterben zu sehen quälte ihn. Dennoch bemühte er sich, Angelas Frage zu beantworten.

„"Nur wenn Meta mit mir verschwand, konnten meine Mörder behaupten ich wäre geflohen. Jeder im Hause wusste, wie sehr der Hund an mir hing und dass er mir auf Schritt und Tritt folgte. Deshalb war auch jedem bekannt, dass Meta mit mir ins Verlies ging. Wäre sie alleine dort zurückgeblieben, so hätte man sofort vermutet, dass mir etwas zugestoßen war. Aber so dachten natürlich alle, ich hätte sie mitgenommen."

„Schrecklich, zu was Menschen fähig sind", murmelte Angie, noch immer sichtlich um Fassung bemüht. Sie blickte Caspar an. „Was man dir antat war nicht minder entsetzlich. Dieser Mann hat zugeschlagen, als gälte es einen Ochsen zu fällen. Musstest du große Schmerzen erleiden?"

Ihr mitleidiger Blick rührte das Herz des Geistes. Liebevoll blickte er sie an, dann schüttelte er sachte den Kopf. „Soweit ich mich erinnern kann, war ich die meiste Zeit ohne Bewusstsein. Und wenn ich erwachte, war ich verwirrt und desorientiert. Natürlich schmerzte mein Schädel fürchterlich, doch ich nahm es hin, - ähnlich wie ein Schwerkranker sein Leid erträgt. Aber lasst uns weiterreisen, auch wenn es nicht schön sein wird, was ich euch zeige. Die Hauptsache ist, wir finden endlich den Ruheplatz meiner Gebeine..."

Schwerelos schwebten sie hinter dem Karren her, auf dem Caspars lebloser Körper neben dem der toten Hündin lag. Die Männer hatten mit ihrer Last auf leisen Sohlen das schlafende Haus durchquert und immer wieder gelauscht, ob auch niemand bemerkte, was sie taten. Einer von ihnen zog einen Schlüssel aus der Tasche und schloss die schwere Eingangstüre auf, ließ die anderen durch. Dann folgte er ihnen und schloss wieder sorgsam hinter sich ab.

Draußen, hinter Büschen verborgen, stand ein Karren. Caspar und Meta wurden darauf gelegt und mit einer dunklen Plane bedeckt. Ganz langsam und vorsichtig zogen die Männer dann den Karren über den Weg, stets darauf bedacht im Schatten der Bäume und Büsche zu bleiben. Die Räder dess Karren waren gut geschmiert, kein verräterisches Quietschen war zu hören. Ab und zu holperten sie jedoch über hervorstehende Steine oder Baumwurzeln, dann blieben die vier Gestalten sofort stehen, verschmolzen mit den Schatten der Nacht und lauschten. Doch niemand der Hausbewohner hörte die leisen Geräusche, alle schienen in tiefem Schlaf zu liegen.

Erst als sie außer Sicht- und Hörweite des Hauses waren, schritten die Männer schneller aus. Zielstrebig zogen sie den Karren den Weg entlang, den sie auch im Dunkeln fanden. Er führte geradewegs zum Familienfriedhof. Aus den Fenstern der Kapelle war zuckender Lichtschein zu erkennen, die Männer hielten darauf zu und stellten den Karren vor der Eingangstüre ab.

Die Türe öffnete sich und Caspars Onkel trat daraus hervor. „Da seid ihr ja endlich", brummte er nervös und warf einen Blick in den Karren. Seine Züge entspannten sich, als er Caspar reglos darauf liegen sah.

„Habt ihr den Köter auch mitgebracht?" wollte er wissen und einer der Männer hielt die Tücher hoch, unter denen Meta lag. Ein grausames Grinsen glitt über Theodors Züge als er das bereits gerinnende Blut sah, dass dem toten Hund aus Nase und Schnauze lief.

„Mein Gott, wie habe ich diesen hässlichen Köter gehasst", stieß er hervor und wandte sich dann angewidert ab.

„Mindestens so sehr, wie mein Neffe ihn geliebt hat. Es wäre mir eine Freude gewesen, dem Hund eigenhändig den Hals umzudrehen. Genauso, wie ich es bei Christina gemacht habe. Aber nun werden sie alle drei bald verrottet sein und ich bekomme endlich, was mir von Geburt an zusteht..."

Caspar stieß einen erstickten Laut aus als er die bösartigen Worte seines Onkels vernahm. Fassungslos starrte er auf die Szene, die sich vor ihren Augen abspielte. „Er war es also, der meine geliebte Frau getötet hat", wisperte er tonlos und Tränen rannen ihm über die Wangen. Verzweifelt schüttelte er den Kopf. „Ich wollte es nie glauben, obwohl eigentlich alles dafür sprach. Nie hätte ich gedacht, dass er so viel Hass gegen mich in seiner Seele angestaut hatte. Er hat mich großgezogen nach Vaters Tod, warum hat er mich nicht zu der Zeit schon getötet? Warum meine geliebte Christina und mein ungeborenes Kind? Sie haben ihm nie etwas zu Leide getan..."

Schluchzend brach er ab und verbarg sein Gesicht in den Händen. Angela war voller Mitleid mit ihm und hätte ihn gerne getröstet. Aber als sie ihm die Hand auf den Arm legen wollte, griff sie durch ihn hindurch. Wieder einmal hatte sie vergessen, dass er nicht wirklich, sondern nur ein Trugbild war. Sie konnte ihn höchstens durch Worte trösten. Aber gab es überhaupt Worte, die seine Trauer lindern könnten?

Oliver entspannte die bedrückende Situation mit der nüchternen Feststellung, dass sie nicht verpassen sollten, den Männern zu folgen. Er deutete auf die geöffnete Kapellentüre, durch die jetzt gerade Caspars bewusstloser Körper getragen wurde. Der Geist sah ihn einen Moment abwesend an, dann straffte sich seine Gestalt.

165

„Du hast natürlich Recht, Oliver. Wir dürfen den Weitergang der Geschichte nicht aus den Augen verlieren. Später bleibt uns noch genügend Zeit, darüber zu reden."

Entschlossen folgte er den Männern und seinem Körper durch die inzwischen wieder geschlossene Türe hindurch, Angie und Oliver taten es ihm nach. Doch was sie im Inneren der Kapelle erwartete war erneut dazu angetan, den Geist in seelische Kümmernisse zu stürzen.

Vor dem Altar aufgebahrt lag dort Christina in ihrem Sarg. Die schreckliche Mordtat hatte die einstmals so schöne Frau schrecklich entstellt. Zwar hatte man versucht, ihr aufge-quollenes und verfärbtes Gesicht mit Hilfe von Puder und Schminke zu rekonstruieren, es war jedoch nicht gelungen und so hatte man zusätzlich einen dünnen Schleier über sie gebreitet. Ihre Hände waren über dem gewölbten Leib gefaltet, so als wolle sie noch im Tode ihr ungeborenes Kind beschützen.

Links und rechts des Sarges standen schwere, mit weißen Kerzen bestückte Kandelaber. Ihr flackerndes Licht ließ gespenstige Schatten über die Wände geistern. Auf einem Stuhl zur Rechten der Toten saß Wilhelm, Caspars Cousin. Mit leerem Blick schaute er unverwandt auf das verdeckte Antlitz Christinas. Seine Lippen murmelten lautlos Gebete und seine Finger drehten die Perlen eines Rosenkranzes. Er schien nichts von dem wahrzunehmen, was sich um ihn herum tat.

Als sie ihn so sitzen sah, fiel Angela wieder das erlauschte Gespräch ein, an dem Caspar sie vor einigen Nächten teilhaben ließ. Seiner offensichtlichen Trauer nach zu ur-teilen, hatte Wilhelm Christina anscheinend wirklich geliebt. Vermutlich war er es dann auch gewesen, der durch die Rosen und Briefe Zweitracht zwischen Caspar und seiner Frau sähen wollte. So langsam, - überlegte sie, - setzten sich die Teile des Puzzles zu einem richtigen Bild zusammen.

Caspar starrte lange auf seine tote Frau und in seinem Gesicht zuckte es verdächtig. Doch dann erforderten die weiteren Ereignisse seine Aufmerksamkeit. Widerstrebend löste er den Blick von Christina und wandte sich, ebenso wie seine Begleiter dem Geschehen zu.

Die Männer, - wie Caspar schon vermutet hatte, handelte es sich tatsächlich um seinen Verwalter und dessen Söhne, - legten den bewusstlosen Körper auf einer der Kirchenbänke ab, wo er reglos liegenblieb.

„Was habt ihr mit ihm gemacht?" fragte Theodor missmutig und beugte sich über seinen Neffen um ihn genauer in Augenschein zu nehmen. „Ich sagte euch doch ausdrücklich, ihr sollt ihn durch einen leichten Schlag auf den Hinterkopf betäuben. So wie es aussieht, habt ihr ihm fast den Schädel gespalten."

„Ich habe nur einmal zugeschlagen", verteidigte sich einer der Männer. „Was kann ich dafür, wenn der Kerl nichts aushält. Es ist doch auch gleichgültig, oder? Ihr wollt ihn doch sowieso aus dem Weg haben..."

„Aber erst, nachdem er mir gesagt hat, wo er den Familienschatz versteckt hat, du Idiot", fauchte Theodor und funkelte den Mann wütend an. „Was, wenn er nicht mehr zu sich kommt? Dann war mein ganzer schöner Plan für die Katz. Himmel noch mal, muss ich denn alles alleine machen?"

„Ewald hat wirklich nur einmal zugeschlagen. Der Graf wird schon wieder zu sich kommen", verteidigte der alte Verwalter seinen Sohn. Um seinen Worten Nachdruck zu verleihen, schlug er dem Bewusstlosen mit der flachen Hand einige Male ins Gesicht. Seine Methode wirkte; Caspar stöhnte leise und bewegte sich leicht. Schließlich schlug er die Augen auf. Doch sein Blick schien merkwürdig leer, so als wüsste er nicht, was mit ihm geschah. Dann verdrehten sich seine Augäpfel, so dass nur noch das Weiße zu sehen war und sein Körper schüttelte sich krampfhaft.

„Verdammt, ihr Tölpel habt ihm wirklich den Schädel eingeschlagen. Himmel und Hölle, - wehe euch, er stirbt, bevor er mir das Versteck verraten kann..."

Wie besessen begann er, Caspar zu schütteln, so dass dessen Kopf haltlos hin und her pendelte. Als Theodor die Blutspuren sah, die auf der Bank zurückblieben, kam er wieder zur Besinnung und hielt inne. Ratlos blickte er in das Gesicht seines Neffen, dann nahm er dessen Kopf zwischen seine Hände, achtete nicht auf das Blut, das ihm dabei über die Finger lief. Fast sachte hob er Caspars Kopf an, schüttelte ihn behutsam.

„Caspar!" rief er eindringlich. „Wach auf. Wo ist das Versteck? Du musst es mir sagen."

Doch falls Caspar ihn hörte, so reagierte er nicht. Zwar öffnete er den Mund, doch statt Worten kamen Schaum und Speichel hervor, liefen seine Wangen herunter und versickerten in den Ärmeln der Robe seines Onkels.

Angeekelt ließ Theodor Caspars Kopf auf die Bank zurück gleiten. Sein kalter Blick strich berechnend über die Gestalt seines sterbenden Neffen. Er wusste, Caspars Mund würden nichts mehr preisgeben. Grimmig presste er die Lippen zusammen und dachte nach. Dann hatte er einen Entschluss gefasst.

Ohne zu zögern riss er die Kleidung seines Neffen auseinander. Die Knöpfe des Hemdes sprangen ab und hüpften leise klickend über den Steinboden. Er achtete nicht darauf, seine Hand griff nach der Kette, die um Caspars Hals lag. An ihr hing ein Medaillon und ein Schlüssel. Theodors Augen weiteten sich triumphierend und er riss die Kette mit einem harten Ruck entzwei. Nach einem flüchtigen Blick in das Medaillon warf er es achtlos in eine Ecke. Es schlitterte bis zum Beichtstuhl und verschwand darunter. Keiner der Männer schaute hinterher, ihre Blicke hingen wie gebannt an dem Schlüssel, den Theodor nun fast andächtig in die Höhe hielt.

„Der Schlüssel zum Schatz", flüsterte er ergriffen. „Und wenn es einen Schlüssel gibt, dann gibt es auch eine Türe dazu. Auch wenn du es mir nicht mehr verraten kannst, ich werde sie finden und wenn ich jahrelang suchen muss."

Sein Blick wurde wieder kalt und er deutete auf Caspar. Barsch befahl er den Männern: „Schafft ihn mir aus den Augen, ich brauche ihn nicht mehr. Und nehmt auch seinen Köter mit, sie sollen zusammen verrotten."

Kapitel 14:   Endlich Gewissheit

Stumm befolgten die Männer den Befehl ihres neuen Herrn und zerrten Caspars Körper unsanft in die Höhe. Ohne auf seine schwere Kopfverletzung Rücksicht zu nehmen, schleppten sie ihn durch die kleine Kapelle, vorbei an Christinas Sarg. Keiner gönnte der toten Gräfin auch nur einen flüchtigen Blick.

Wilhelm, der noch immer betend an Christinas Seite saß, blickte auf als sein Cousin vorbei geschleift wurde. Seine glasigen Augen schauten verwirrt, so als wisse er nicht, was gespielt wurde. Er hatte schon am vorangegangenen Geschehen keinerlei Interesse gezeigt.

„Vermutlich ist er wieder einmal sturzbetrunken", durchbrach Caspars Stimme die unwirklich anmutende Szene. Erklärend wandte er sich Angie und Oliver zu. „Wilhelm war leider Gottes einem guten Tropfen nicht abgeneigt, er trank - zum Missfallen seines Vaters, oft sehr exzessiv. Wenn ihn Kummer oder Sorgen plagten trank er oftmals tagelang. Vermutlich hat ihn Christinas Tod so sehr belastet, dass er sein Leid im Alkohol ertränken musste. Seht nur seine Hände, wie sie zittern und sein Blick ist glasig..."

„Glaubst du, er war an Christinas Ermordung beteiligt? Oder wusste er zumindest davon?" wollte Angela wissen. Sie betrachtete Wilhelm genauer und erkannte, der Mann war tatsächlich so betrunken, dass er sich kaum noch auf dem Stuhl halten konnte. Was sie für inniges Beten gehalten hatte, war vermutlich nur trunkenes Selbstmitleid.

Caspars Augen ruhten einen Moment nachdenklich auf seinem Cousin. Dann schüttelte er entschieden den Kopf. „Nein, ich denke nicht. Wilhelm war zwar seinem Vater fast hörig und befolgte die meisten seiner Befehle widerspruchslos. Und er mochte mich nicht, das kann ich ohne Zweifel behaupten. Aber Christina vergötterte er, - er hätte sie auch zur Frau genommen, trotzdem sie mein zweites Kind trug. Nie und nimmer hätte er zugestimmt, dass sie ermordet wird.

Aber meinem Onkel war es einfach zu riskant, dass ein männlicher Erbe geboren würde. Das hätte all seine Pläne zunichte gemacht und er wäre niemals an den Titel und an Ruthardthaus herangekommen. Seht nur, wie stolz er auf sich ist, er meint, mit dem Schlüssel dem Familienschatz nahe zu sein. Doch in der nächsten Zeit wird er ein paar große Enttäuschungen erleben..."

„Du meinst dein geändertes Testament?" warf Oliver ein und Caspar nickte.

„Genau, das Testament. Ich hatte es bereits kurz nach Claras Geburt ändern lassen. Und um sicherzugehen, dass es nicht abhandenkam, ließ ich es in der Verwahrung des Notars. Er hat es der Familie vorgelesen, als feststand, dass ich nicht mehr auftauchen würde. Ich wäre gerne dabei gewesen um das Gesicht meines Onkels zu sehen..."

„Und was hatte es mit dem Schlüssel auf sich, den du um den Hals trugst?" wollte Oliver weiter wissen. „Ich sehe ihn heute zum ersten Mal und habe auch nie davon gehört oder gelesen. Handelte es sich dabei wirklich um den Schlüssel zum Versteck des Familienschatzes?"

Nun lächelte Caspar verschmitzt, zum ersten Mal, seit er in ihre Träume gekommen war. Dann wedelte er abfällig mit der Hand. „Nein, natürlich nicht, es war nur ein ganz gewöhnlicher Schlüssel. Ich trug ihn bei mir, weil ich mit einem Überfall auf meine Person rechnete. Wenn es dazu käme, so dachte ich mir, wollte ich etwas haben, das ich den Wölfen zum Fraß vorwerfen konnte. Denn ich war selbstverständlich nicht erpicht darauf, das Versteck des Schatzes aus mir heraus prügelt zu bekommen. Sollte das der Fall sein, wollte ich den Feigling mimen und den Schlüssel samt angeblichem Versteck preisgeben. Dass man so weit gehen und mich ermorden würde, hätte ich allerdings niemals gedacht."

„Dann hat dein Onkel den Schlüssel wahrscheinlich aus Zorn und Scham fortgeworfen, nachdem er Ruthardthaus vergeblich von oben bis unten nach dem Schatz abgesucht hat" vermutete Oliver grinsend, wurde dann aber schnell wieder ernst. Er deutete auf den nun fast leeren Innenraum der Kapelle. Nur Wilhelm saß noch einsam und in sich zusammengesunken neben dem Sarg.

„Wo sind sie alle hin? Nicht, dass wir sie noch verlieren." Doch Caspar beruhigte ihn.

„Keine Sorge, wir folgen einfach meinem Körper. Solange noch Leben in ihm ist, bereitet mir das kein Problem. Allerdings dürfte das nicht mehr allzu lange der Fall sein. Folgt mir bitte, lasst uns keine Zeit verlieren."

Erneut drangen sie durch dicke Mauern und fanden sich kurz darauf an einem anderen Ort wieder. Es war die Gruft unter der Kapelle, wie sie schnell erkannten.

„Also doch!" rief Angela triumphierend aus. „Ich ahnte es gleich, dass deine Gebeine in der Nähe des Friedhofes ruhen müssen. Aber seht nur..."

Stumm sahen sie den Männern zu, die Caspars Körper einfach in einer Ecke abgelegt hatten. Noch war Leben in ihm, das sah man an den unregelmäßigen Atemzügen, die seine Brust leicht hoben und senkten. Er schien nichts von dem zu bemerken, was um ihn herum vorging. Von seinen Augen sah man nur das Weiße und aus seinem Mund sickerte Schaum.

Keiner der Männer kümmerte sich um ihn, sie waren alle damit beschäftigt, den schweren Marmordeckel von einem der beiden Sarkophage zu hebeln. Dazu benutzten sie Werkzeuge, die Brecheisen ähnlich sahen. Auf dem Boden lagen Keile und dicke Holzbalken, die wohl unter den Deckel geschoben werden sollten sobald es gelang ihn anzuheben. Aber noch war es nicht so weit, der Deckel war auf den Zentimeter genau in den Rand des Sarkophags eingepasst. Immer wieder rutschten die Brecheisen von dem glatten Stein ab.

„Probiert es hier einmal", befahl Theodor und deutete auf einen winzigen Spalt an einer Ecke des Sarkophags. „Verdammt, wir müssen den Kasten aufbekommen.

Er ist der ideale Ort, den *geflohenen* Grafen ein für allemal verschwinden zu lassen. Er muss vom Erdboden verschwinden, als hätte es ihn nie gegeben. Und in dem Sarkophag wird ihn niemand vermuten."

Einer der Männer setzte sein Brecheisen an dem Spalt an und begann daran zu hebeln. Plötzlich knackte es laut und ein Brocken flog durch die Luft. Der Mann hatte ein etwa faustgroßes Stück aus dem Marmor gesprengt.

„Verdammt, pass doch auf, du Idiot", schimpfte Theodor unbeherrscht und bückte sich nach dem Bruchstück. Er versuchte vorsichtig, es wieder einzupassen und es gelang. Nur ein haarfeiner Riss war zu sehen, der kaum auffiel. Vorsichtig pulte er das Marmorstück wieder heraus. Dann deutete er auf die herausgebrochene Lücke.

„Wenn ihr hier vorsichtig das Werkzeug ansetzt, so könnt ihr den Deckel hochstemmen. Aber achtet darauf, nicht noch mehr zu beschädigen."

Er trat zurück und überließ es den Männern, den schweren Deckel hoch zu wuchten. Stumm und verbissen arbeiteten sie, nur ihr Keuchen und das Knirschen des Werkzeugs auf dem Stein war zu hören. Dann war es endlich geschafft, der Deckel lag quer auf dem Sarkophag.

„Pfui Teufel, das ist ja ein widerlicher Gestank", ächzte Theodor und hielt sich eilig sein seidenes Halstuch vor die Nase. Auch die Männer vergruben ihre Nasen in den Ärmeln ihrer Jacken. Nach einiger Zeit verflog der Gestank nach Moder und Fäulnis ein wenig, der dem Sarkophag entstieg. Theodor gab neue Anweisungen:

„Legt ihn hinein und werft seinen Köter dazu. Dann schnell den Deckel drüber und fertig, alles andere erledigt die Zeit. Macht schon, sputet euch."

Die Männer beeilten sich, seinen Anweisungen zu folgen. Doch als sie Caspar anhoben, begann er laut zu stöhnen.

„Was, wenn er im Inneren des Sarges weiter stöhnt?", fragte der Verwalter und blickte seinen neuen Herrn stirnrunzelnd an. „Wie lange kann er da drin Luft bekommen? Am Ende lebt er morgen früh noch, wenn der Pfarrer die Messe liest. Vielleicht ruft er sogar nach Hilfe."

„Missmutig schaute Theodor auf seinen Neffen herab, der nun unablässig weiter stöhnte. Die monotonen Laute hallten in dem kleinen Raum schaurig wieder. Schließlich meinte Theodor unwirsch:

„Morgen früh ist er bestimmt hinüber. Aber meinetwegen, verpasst ihm zur Vorsicht einen Knebel, darauf kommt es nun auch nicht mehr an. Beeilt euch aber damit, ich möchte endlich an die frische Luft kommen."

Der Verwalter riss Caspars Halstuch ab, knüllte es zusammen und stopfte es ihm gewaltsam zwischen die Zähne. Als der Schwerverwundete zu würgen begann, nahm er sich sein eigenes Tuch ab, legte es ihm um Mund und Nase und band es hinter seinem Kopf zusammen. Als er seine Hände hervorzog waren sie voller Blut. Er wischte es angeekelt an Caspars Hemd ab.

Mit vereinten Kräften stopften die Männer ihren ehemaligen Herrn in das enge Gefängnis. Er kam auf den Überresten seines Urahns zu liegen, von dem nur noch Knochen und ein paar brüchige Reste seiner Kleidung übrig waren. Bevor sie den Deckel wieder einpassten, warfen sie noch den Kadaver des Hundes hinein.

Nach der anstrengenden Arbeit stand den Männern der Schweiß auf der Stirn. Theodor umrundete den Sarkophag und untersuchte ihn nach etwaigen verräterischen Spuren. Doch nicht wies auf die Schändung der Grabstätte hin. Zum Abschluss passte er noch sorgfältig das ausgebrochene Marmorstück ein und sah sich sein Werk zufrieden an. Einer der Männer war bereits damit beschäftigt, Caspars Blut vom Boden aufzuwischen. Danach streute er aus einem mitgebrachten Säckchen feinen Aschestaub über die Stelle und verwischte ihn mit dem Fuß. Falls überhaupt jemand in nächster Zeit in die Gruft herunterkam, so würde ihm der unscheinbare Fleck sicher kaum auffallen.

„Gute Arbeit, Männer", lobte der neue Graf zu Ruthardt und

fügte gleich warnend hinzu: „Ihr wisst ja, es darf nie ein Sterbenswörtchen von unserem Tun an die Öffentlichkeit dringen. Am besten, ihr vergesst diese Nacht ganz und gar. Ansonsten werdet ihr es bereuen."

Seine vier Komplizen murmelten Beteuerungen und beeilten sich dann, den Ort ihres Verbrechens so schnell als möglich zu verlassen. Theodor folgte ihnen langsam und drehte sich auf der Treppe nochmals um. In spöttischem Ton sagte er in Richtung des Sarkophags: Ich hoffe, es gefällt dir, Neffe, inmitten deiner Urahnen zu ruhen. Falls nicht, so steht es dir frei, fortan als Gespenst durch Ruthardthaus zu geistern."

Keiner der drei unsichtbaren Zuschauer fand passende Worte zu dem zynischen Abschied Theodors. Oliver und Angie schauten Caspar mitleidig an. Schließlich meinte der lockerer als ihm wahrscheinlich zu Mute war: „Nun denn, ich konnte ihn damals zwar nicht mehr hören, dennoch habe ich seinen Rat befolgt. Ich vermute allerdings, dass es mehrere Jahre gedauert hat, bis ich ein echtes Gespenst war. In der ersten Zeit nach meinem Tode irrte ich orientierungslos durch namenlose Sphären. Es war eine schlimme Zeit in der ich nicht wusste ob ich tot war oder lebte. Ich war nicht wirklich, besaß weder einen Körper noch war ich ein Geist, so wie heute. Eigentlich war nur noch mein Wille übriggeblieben. Und ich gierte nach Rache für meinen und Christinas Tod. Ab und zu sah ich sie von weitem, doch es gelang mir nie, sie zu erreichen. Ich hörte, wie sie nach mir rief, mich bat, ihr zu folgen. Doch ich konnte es nicht tun. Meine Wut und meine Rachegelüste hielten mich auf der Erde zurück."

„Ist es das immer noch, was dich hier festhält?" wollte Angie wissen. „Wut und Rache? Nun, da die Schuldigen an deinem Tod schon so lange unter der Erde liegen."

Caspar wiegte nachdenklich den Kopf, dann sah er sie bestimmt an. „Nein, das ist längst vorbei. Zudem habe ich meine Rache gehabt. Sobald ich mich zum Geist entwickelt hatte, bin ich ihm erschienen, meinem geliebten Onkel. Und im Laufe seiner restlichen Jahre habe ich ihn in den Wahnsinn getrieben. Als er starb, war er nur noch ein jammerndes Bündel Mensch. In seiner Todesstunde stand ich an seinem Bett und reichte ihm die Hand. Er flehte mich um Vergebung an und bat mich, ihm beizustehen. Doch selbst, wenn ich gewollt hätte, ich hätte seine Seele nicht zu retten vermocht. Sie kroch wie schwarzer Rauch aus seinem toten Körper auf und wurde dann ins Nichts gezogen. Falls es eine Hölle gibt, so ist er nun dort."

Es war schon heller Morgen, als Oliver erwachte. Vom geöffneten Fenster her erklang das geschäftige zschilpen der Spatzenschar, die unter dem vorspringenden Dach nistete. Von unten drangen gedämpfte Stimmen herauf.

Olivers Blick glitt zum Radiowecker neben dem Bett und er setzte sich erschrocken auf. „Mein Gott, es ist schon acht Uhr vorbei. In der Klinik warten bereits die ersten Patienten auf mich. Peter wird sich wundern, wo ich bleibe."

Während er eilig aus dem Bett floh und im Bad verschwand, öffnete Angela verschlafen die Augen. Sofort kam ihr der Traum der vergangenen Nacht in den Sinn, die schrecklichen Ereignisse, deren Zeuge sie beide geworden waren. Keine Sekunde zweifelte sie am Wahrheitsgehalt des Traumerlebnisses, ebenso wusste sie, dass auch Oliver das gleiche erlebt hatte.

Nachdem sie den Männern aus der Gruft gefolgt waren, hatte sich Caspar ziemlich abrupt verabschiedet. Seine Gestalt hatte durchscheinend gewirkt, ein Zeichen, dass seine Energie aufgebraucht war. Doch es war ihnen auch nicht verborgen geblieben, wie erschöpft der Geist emotional gewirkt hatte. Kein Wunder, dachte Angela mitleidig. Auch wenn Caspar schon so lange tot war, so stellte sie es sich doch grässlich vor, ohnmächtig das eigene Leiden und Sterben verfolgen zu müssen. Der alte Geist tat ihr unendlich leid und sie hoffte inständig, dass sein Schmerz bald ein

Ende finden und er neben seiner geliebten Christina Frieden finden konnte.

Oliver kam aus dem Bad zurück und unterbrach ihre Gedanken. Er beugte sich zu ihr herunter und drückte ihr einen schnellen Kuss auf die Stirn. „Wir sehen uns später. Schlaf noch ein bisschen. Nach den Schrecken der Nacht hast du dir ein wenig Ruhe verdient. Wir reden heute Abend darüber."

Nach einem weiteren Kuss verließ er das Zimmer und sie hörte ihn die Treppen hinunter eilen. Rasch verlor sich der Klang seiner Schritte. Sie dachte einen Moment über seinen Vorschlag nach, entschied sich aber dann, sofort aufzustehen. Sie fühlte sich weder müde noch erschöpft, wie immer hatten die Träume ihrem körperlichen Befinden nicht geschadet. Deshalb warf sie entschlossen die Decken zurück und stieg aus dem Bett.

Inge lächelte als sie die Küche betrat. Verschwörerisch blinzelte sie ihr zu. „Mir scheint, die Sommerzeit macht dir und Oliver zu schaffen. So oft hat er noch nie verschlafen..."

Angela murmelte ein paar unverständliche Worte und setzte sich von Inge abgewandt an den Tisch um die Röte zu verbergen, die ihr ins Gesicht stieg. Doch ihre neue Freundin lachte nur unbekümmert und meinte tröstend: „Nun schau nicht so verschämt. Peter und ich waren auch mal jung verliebt und haben so manchen Morgen verschlafen. Da ist doch nichts Schlimmes dabei. Was möchtest du zum Frühstück?"

„Brötchen mit Butter und Marmelade reicht mir, mach dir bitte keine Umstände. Ich brauche vor allem frische Luft und werde mit Lara eine Runde durch den Park drehen. Ich kann davon gar nicht genug bekommen. Seltsam, in Frankfurt war es mir sogar zu viel, die zehn Minuten bis zu meinem Arbeitsplatz zu laufen. Meist bin ich mit der U-Bahn gefahren. Und hier genieße ich jeden Moment im Freien."

„Na, das wundert mich nicht. Ich ziehe Bäume und Sträucher auch jeder Menschenansammlung vor. Und auf stinkende

Autos und überfüllte Straßen kann ich ebenso gut verzichten. Ich könnte mir nie vorstellen, in der Stadt zu leben. Wie hast du das bloß ausgehalten?"

„Reine Gewohnheit", antwortete Angie lachend und fügte hinzu. „Mir graut schon davor, wieder zurückzufahren. Wenn's auch nur für kurze Zeit ist. Weißt du, wo sich Tobias mit seinen Freunden aufhält? Ich möchte ihnen nicht unbedingt über den Weg laufen."

Inge nickte mitfühlend, erzählte aber, Tobias sei mit dem Auto weggefahren. In Begleitung seiner Kumpane. „Er hat nicht gesagt, wohin sie wollen oder wann sie zurückkommen. Das hat dieser eingebildete Schnösel ja nicht nötig. Na, ich werde jedenfalls nicht mit dem Essen auf sie warten. Sollen sie doch sehen, wie sie zurechtkommen."

Während sie weiter schwatzend die Spülmaschine einräumte und sich dann der Vorbereitung des Mittagessens widmete, aß Angela eine Semmel und trank zwei Tassen Kaffee dazu. Dann stellte sie ihr benutztes Geschirr zu dem anderen in die Spülmaschine und verabschiedete sich mit einem kurzen „Bis später" von Inge.

Lara lag, demonstrativ die geschlossene Türe im Auge behaltend, mitten in der Eingangshalle. Sie bewegte sich nicht, verdrehte nur ihre Augen so in Angelas Richtung, dass die meinte, sie würden der Hündin aus dem Kopf springen.

„Gehst du mit mir spazieren, Lara?" fragte sie harmlos. Sie hätte ebenso gut ein Feuerwerk zünden können, so enthusiastisch sprang der Hund auf. Wie ein weißer Derwisch tanzte Lara um sie herum, tat, als sei sie seit Tagen nicht mehr aus dem Haus gekommen. Da Angie das überschäumende Temperament der Boxerdame inzwischen zur Genüge kannte, ignorierte sie den Freudentaumel und öffnete die Haustüre. In gemächlichem Laufschritt folgte sie dem Hund, der sofort in Richtung des Parks davonstürmte. Schon nach ein paar Minuten hatte sie Lara eingeholt, die nun so hingebungsvoll an einem Busch schnupperte als hätte sie alle Zeit der Welt. Gemeinsam schlenderten sie dahin und genossen, jede auf ihre Art, die Schönheit des Sommermorgens.

Als gäbe es nur diesen einen Weg durch den Park, fand sich Angie wenig später vor der kleinen Kapelle wieder, die friedlich in der Morgensonne lag. Wie immer ging Lara nicht in die Nähe des Gebäudes sondern schnüffelte in einigem Abstand ausgiebig an einem Maulwurfshügel. Nachdem sie durch eifriges Gescharre die nächtliche Arbeit des Maulwurfs zerstört hatte, drehte sie sich einige Male um die eigene Achse und ließ sich dann bedächtig auf der feuchten Erde nieder. Ihre braunen Augen schienen zu sagen: Lass dir ruhig Zeit, ich warte hier auf dich.

Unschlüssig betrachtete Angela die Kapelle. Nun wusste sie endlich, welches Geheimnis das uralte Gemäuer in sich barg. Am liebsten hätte sie es sofort gelüftet, Caspars Gebeine aus dem Sarkophag geholt um sie endlich an der Seite seiner geliebten Frau zu begraben.

Aber das ging natürlich nicht. Nicht nur, weil sie gar nicht über die körperlichen Kräfte verfügte, die Grabstätte zu öffnen. Auch sonst standen einige Hindernisse im Wege, bevor Oliver seinem Urahn die verdiente letzte Ruhe gönnen konnte. Sie wusste nicht, was zu beachten wäre, sobald der Sarkophag erst einmal geöffnet war, und den Beweis eines grausigen Verbrechens offenbarte.

Vermutlich musste die Polizei, wahrscheinlich sogar die Mordkommission eingeschaltet werden. Unter Umständen würden Caspars Gebeine sogar in ein Institut verbracht werden, um das Alter des Leichnams und die vermutliche Todesart zu bestimmen. Bei dem Gedanken wurde ihr bange zumute. Wie würde der alte Geist reagieren, wenn seine Gebeine an einen ihm völlig fremden Ort gebracht wurden? Wohin sollte er sich zurückziehen, wenn seine Kräfte aufgebraucht waren und er sich regenerieren musste? War er vielleicht sogar gezwungen, Ruthardthaus zu verlassen um in der Nähe seiner Gebeine zu sein?

Gerne hätte sie mit Caspar über all diese Fragen gesprochen.

Aber sie konnte seine Anwesenheit nicht spüren. Natürlich nicht, sagte sie zu sich selbst. Nach der vergangenen Nacht, die ihn wahrscheinlich nahe an seine Grenzen gebracht hatte, würde er Stunden, wenn nicht sogar Tage benötigen, um seine Energie zurückzugewinnen. Und ganz gewiss musste er sich auch emotional von dem Gesehenen erholen. Auch wenn er äußerlich völlig ruhig und kühl seinem eigenen grausamen Ende zugesehen hatte, so hatte er sie doch nicht täuschen können. Es war ganz sicher ein sehr aufwühlendes Erlebnis für ihn gewesen.

Langsam wandte sich Angie von dem Kirchlein ab und schlug den Weg zum Friedhof ein. Plötzlich verspürte sie das Bedürfnis, Christina zu erzählen, dass ihr Mann bald für immer bei ihr sein würde. Beschwingt folgte sie den engen Pfaden, die sie zwischen den alten Gräbern hindurch führten, pflückte hier und da eine besonders schöne Blume, die sie Christina mitbringen wollte. Neben ihr erklang nun wieder das vertraute Hecheln und sie lächelte, als Lara sorglos über die alten Grabstätten hüpfte um ein Eichhörnchen zu verfolgen. Natürlich entkam ihr das wendige Tierchen und keckerte erbost von einem Baumstamm auf den Hund herunter.

Wie immer kam ihr das Fleckchen Erde, unter dem die tote Gräfin ruhte verzaubert und friedvoll vor. Sie legte die Blumen auf die Seiten des steinernen Buches und nahm dafür die Mohnblume weg, die längst verdorrt war.

„Er wird nun bald bei dir sein, dein geliebter Caspar", erzählte sie, so als wäre Christina zugegen. „Ich hoffe, dass euch beiden, wo immer ihr auch sein werdet, all das vergolten wird, was ihr auf Erden erleiden musstet. Ich wünsche euch so sehr, ihr werdet endlich glücklich sein..."

Eine Träne lief über ihre Wangen und fiel auf ein Blütenblatt. Für einen winzigen Moment brach sich die Sonne in dem Tröpfchen und lies es wie einen Edelstein erglühen.

Ein sanfter Windhauch strich über sie hinweg als wolle er sie liebkosen. Sie hob den Kopf und sah Christina neben dem

Engel stehen. Obwohl die transparente Erscheinung nicht länger als ein paar Sekunden sichtbar war, erkannte sie die junge Frau sehr deutlich. Es war, als blicke sie in ihr eigenes Gesicht. Christina lächelte ihr zu und löste sich dann auf wie ein Nebelstreif in der Sonne.

Kapitel 15: Der Schlüssel zum Schatz

Angie kam erst am Abend dazu, mit Oliver über den Traum der letzten Nacht und ihr Erlebnis am Morgen zu reden. Wieder einmal hatte der junge Tierarzt alle Hände voll zu tun, seine vierbeinigen Patienten zu versorgen. Schon am Vormittag hatte ihn ein Anruf der Polizei erreicht. Ein Viehtransporter war auf der Landstraße ins Schleudern gekommen und umgekippt. Nur etwa die Hälfte der Rinder überlebte das Unglück und befreite sich aus dem umgestürzten Anhänger. Sie irrten verstört umher und mussten eingefangen, beruhigt und ärztlich behandelt werden. Als Oliver am Nachmittag erschöpft in der Tierklinik ankam, warteten dort ebenfalls noch kranke Tiere auf ihn. Erst gegen einundzwanzig Uhr wurde der letzte Vierbeiner von seinem Besitzer vom Hof gekarrt.

Angie wärmte das Abendessen, das Inge für Oliver beiseite gestellt hatte. Die Arbeit ging ihr so problemlos von der Hand, als würde sie sie schon jahrelang tun. Und sie konnte sich gut vorstellen, es auch in Zukunft zu tun. Es machte ihr Freude, Oliver beim Essen Gesellschaft zu leisten und ihn ein wenig zu verwöhnen. Besonders, da sie merkte, wie sehr er ihre Fürsorge genoss. Fast wie ein altes Ehepaar, ging es ihr durch den Kopf und sie musste bei dem Gedanken lächeln. Es war wirklich einmalig, wie sie beide harmonierten. So zufrieden hatte sie sich in Thomas' Gegenwart nie gefühlt.

„Du siehst müde aus", sagte sie jetzt und strich ihm liebevoll über das kurze Haar. „Sicher möchtest du nach diesem anstrengenden Tag früh zu Bett gehen."

Zu ihrer Verwunderung schüttelte er den Kopf. „Nein, ich bin nicht müde. Ich war nur hungrig wie ein Wolf. Außer ein paar Kräckern, die ich zwischendurch gegessen hatte, habe ich heute noch nichts in den Magen bekommen. Wie hast du den Tag verbracht? Nach dieser aufregenden Geschichte, die uns Caspar in der Nacht präsentierte. Ich hatte bislang leider kaum Zeit, gründlich darüber nachzudenken. Möchtest du darüber sprechen?"

Natürlich wollte Angie das, sie fieberte schon den ganzen Tag darauf. Deshalb erzählte sie zuerst von ihrer Begegnung mit Christina.

„Woher weiß sie nur, was wir mit Caspars Hilfe herausgefunden haben? Und sagte er nicht, sie wäre kein Geist?" endete sie schließlich.

Aber auf diese Fragen wusste Oliver ebenfalls keine Antwort. „Vielleicht gelingt es jedem Verstorbenen, ab und zu für kurze Momente wiederzukehren", mutmaßte er. „Zumindest denen, die noch etwas zu erledigen haben. Das hat Christina zweifellos, sie will ihren Mann zu sich holen. Ich wünsche den beiden so sehr, endlich für immer vereint zu sein. Auch aus diesem Grund habe ich heute versucht, Bewegung in die Angelegenheit zu bringen..."

„Wie hast du an einem so hektischen Tag dazu die Gelegenheit gefunden?" wunderte sich Angela. „Uns was hast du getan?"

„Nun, ein paar Minuten für ein Telefongespräch waren schon drin. Die Idee kam mir, als ich einem Pferd mit Verdacht auf Kolik den Darm ausräumte. Diese Arbeit gehört nicht unbedingt zu meiner Lieblingsbeschäftigung, deshalb denke ich dabei an alles Mögliche, nur nicht an das, was ich da mache. Ich grübelte also darüber nach, wie wir den Sarkophag aufbekommen könnten und was danach zu tun und zu beachten sei. Wenn sich tatsächlich alles so abgespielt hat, wie Caspar es uns gezeigt hat, - und daran zweifele ich nicht, - dann finden wir im Grab meines Ur- Urahns die sterblichen Überreste von zwei Menschen und einem Hund. Doch nur die Knochen des zuunterst liegenden Mannes gehören da hinein. Ebenfalls wird ersichtlich sein, dass ein Verbrechen geschehen und vertuscht worden ist. Obwohl dieses Verbrechen schon vor eineinhalb Jahrhunderten begangen wurde, wird sich dennoch die Kriminalpolizei dafür interessieren. Das heißt, unter Umständen haben wir tagelang die

Männer einer Mordkommission auf dem Gelände. Vielleicht nehmen sie Caspars Gebeine sogar mit, um sie gründlich zu untersuchen. Ich bin mir ziemlich sicher, dass er damit auf gar keinen Fall einverstanden wäre..."

„Genau dieselben Gedanken habe ich mir heute auch schon gemacht", pflichtete Angie ihm bei und schaute ihn gespannt an. „Allerdings ist mir keine Lösung des Problems eingefallen. Dir anscheinend schon, oder?"

Grinsend wie ein Schuljunge, dem ein Streich gelungen ist, nickte Oliver und begann auch sogleich zu erzählen. „Ich überlegte, wer mir helfen könnte dieses Problem zu meistern. Und ziemlich bald fiel mir Uwe Schönauer ein, ein früherer Studienfreund. Er studierte Medizin und wir belegten gemeinsam ein paar Fächer, die sowohl für angehende Ärzte als auch für Tierärzte vorgeschrieben sind. Wir verstanden uns recht gut und trafen uns auch nach dem Studium noch ab und an. Dann entschloss Uwe sich, Pathologe zu werden und begann erneut zu studieren. Seither haben wir uns nicht mehr gesehen. Ich beschloss aufs Geradewohl, ihn anzurufen und hatte Glück. Er war zu Hause, weil er sich einige Tage Urlaub genommen hat um seine Wohnung zu renovieren."

„Ein Pathologe?" fragte Angie verwundert. „Sind die nicht für frisch verstorbene Leichen zuständig? Wie soll dieser Uwe dir bei einem Haufen Knochen weiterhelfen können? Und musst du nicht trotzdem die Polizei einschalten?"

„Nein, keine Sorge, Uwe ist sogar geradezu perfekt für diese Untersuchung. Er ist nämlich seit etwa einem Jahr der Leiter der pathologischen Abteilung der Würzburger Kripo. Somit ist er für alle ungewöhnlichen Todesfälle zuständig, die in deren Einzugsbereich liegen. Auch Knochenfunde gehören dazu."

„Das ist aber wirklich ein großer Zufall. Oder wusstest du davon?"

„Ich wusste, dass er sich um den Job beworben hat und vermutete einfach, dass er ihn auch bekommen hat. Uwe ist ein Mann der bei seinen Mitmenschen, einen bleibenden

Eindruck hinterlässt. Er wirkt kompetent, egal von was er spricht oder was er tut. Bislang hat er dadurch alles erreicht, was er sich vorgenommen hat. Du wirst ihn ja bald kennen lernen, er kommt am Freitag hier her und wird bei der Öffnung des Sarkophags dabei sein..."

Oliver erklärte ihr weiter, er habe bereits auch eine Firma beauftragt, den Sarkophag zu öffnen. Die Männer kämen ebenfalls am Freitagmorgen und brächten allerlei Gerätschaften mit.

„Leider wird der ganze Aufmarsch nicht unbemerkt bleiben", meinte er bedauernd. „Mein neugieriger Stiefbruder wird auf jeden Fall mitbekommen, was geschieht. Lieber wäre mir gewesen, ich hätte es vor ihm verheimlichen können. So wird er es sich nicht nehmen lassen, so dicht wie möglich am Ort des Geschehens zu sein. Genau wie ich vermutet er, dass Caspar das Geheimnis des Familienschatzes mit ins Grab genommen hat. Im wortwörtlichen Sinn. Das heißt für mich, ich darf ihn nicht aus den Augen lassen. Er ist ein gerissener Fuchs und ich traue ihm nicht über den Weg."

„Was hast du eigentlich deinem Freund Uwe erzählt?" interessierte sich Angela. „Weiß er, was es mit den Knochen auf sich hat, die er untersuchen soll? Du hast ihm doch sicher nicht von Caspars Geist erzählt."

Doch Oliver erstaunte sie, als er offen grinste. „Genau das habe ich getan. Sogar schon während unserer Studienzeit. Uwe ist einer der wenigen Menschen, die sich durchaus vorstellen können, dass die Seelen mancher Verstorbener keine Ruhe finden. Wir haben früher oft und lange über derlei Dinge diskutiert und eines Tages erzählte ich ihm von meinem ruhelosen Urahn. Er war fasziniert und wollte Ruthardthaus eigentlich schon lange einmal besuchen um vielleicht dem Geist zu begegnen. Doch bislang ist nichts daraus geworden. Deshalb sagte er auch sofort zu, als ich ihm mein Anliegen vortrug."

„Und wie soll die Sache vor sich gehen?"

„Wie gesagt kommt Uwe am Freitagmorgen um die Öffnung des Sarkophags zu überwachen. Er wird dann die Krypta wie einen Tatort behandeln. Das heißt, er wird sie vor neugierigen Augen, - besonders denen meines Bruders, - abschotten und erst einmal mit den bei solchen Fällen üblichen Untersuchungen beginnen. Er meinte, bis Montag wäre er wahrscheinlich spätestens fertig. Wenn er das Alter der Knochen bestätigen kann, gibt er mir eine offizielle Bescheinigung über die Freigabe der Gebeine. Damit bin ich dann abgesichert und darf die Überreste meines Urahns auf dem Friedhof begraben. Das ist vielleicht nicht ganz legal, aber es kann mir auch niemand an den Karren fahren."

Pünktlich um neun Uhr am Freitag trafen die Männer der Firma ein, die Oliver mit der Öffnung des Sarkophags beauftragt hatte. Sie brachten neben starken Lampen schwere Gerätschaften mit, bei denen auf den ersten Blick nicht klar war, wozu sie taugten. Doch schon bald wurde ersichtlich, dass es sich um eine Art Flaschenzug mit Motorantrieb handelte. Damit würde es ein Leichtes sein, den schweren Steindeckel anzuheben.

Noch während die Männer die diversen Stahlteile montierten kam auch Uwe Schönauer. Oliver begrüßte den Freund herzlich und stellte ihm Angela vor. Er führte ihn kurz durchs Haus, das Uwe ehrlich bewunderte und zeigte ihm dann sein Zimmer. Er war mit Angela übereingekommen, Uwe im Herrenzimmer einzuquartieren. Er selbst würde solange in Angelas Zimmer nächtigen. Das brachte für sie beide keine Umstände, da sie sowieso jede Nacht in einem Bett schliefen. Nachdem Uwe seine wenigen Sachen im Schrank verstaut hatte, machten sie sich gemeinsam auf den Weg zur Kapelle. Der junge Pathologe zeigte sich vom Park ebenso begeistert wie vom Haus. Überschwänglich lobte er das Gebäude samt Anwesen und bezeichnete Oliver als wahren Glückspilz, dass ihm all das gehörte. Natürlich war ihm klar, wie kostspielig es war, Haus und Grundstück zu unterhalten.

Ebenso wusste er um die Zwietracht zwischen den Stiefbrüdern.

„Es wäre eine Schande, Haus und Gelände zu verkaufen um ein Hotel darauf zu stellen", meinte er ehrlich entrüstet zu Oliver. „Du hat schon Recht getan, den Verkauf zu verhindern. Obwohl ein Geist als Zugabe sicher viele spiritistisch interessierte Leute angelockt hätte. Ich hoffe doch sehr, dieser Caspar zeigt sich mir. Wenn er mir schon verdankt, dass er bald in geweihter Erde ruhen darf wär das nur fair. Ist er dir schon erschienen, meine Liebe?"

Die Frage war an Angela gerichtet und sie nickte lachend. „Das ist er allerdings. Und beim ersten Mal hat er mich ganz schön erschreckt. Schließlich war ich ahnungslos. Aber Caspar ist harmlos und sehr nett, bestimmt wirst du ihn kennenlernen."

Sie waren schnell übereingekommen, sich zu duzen. Angie mochte Uwe auf Anhieb, obwohl ein wahrer Hüne an Gestalt, schien er einen fröhlichen und unkomplizierten Charakter zu haben. Er lachte oft und so herzhaft, dass es unmöglich schien in seiner Gesellschaft Trübsal zu blasen. Hinter seinen Brillengläsern blitzen seine Augen voller Humor und Intelligenz.

Oliver stand die Freude ins Gesicht geschrieben, seinen alten Studienfreund wiederzusehen. Die beiden flachsten und scherzten den ganzen Weg entlang. Dabei wirkten sie überraschend jung und unbeschwert, so dass Angie sich gut vorstellen, konnte wie sie während ihrer Studienzeit gewesen waren. Selbst Lara schien von der guten Laune angesteckt, sie tollte übermütig durch die Wiesen und wurde nicht müde, ihr Bällchen herbei zu tragen und es ihnen abwechselnd vor die Füße zu werfen.

Erst als sie an der Kapelle ankamen verfinsterte sich Olivers Miene leicht. Tobias stand mit seinen Freunden vor der offenen Türe. Er hielt die Arme vor der Brust verschränkt und starrte ihnen finster entgegen.

„Du dachtest wohl, ich bemerke nichts von deinen Absichten, wie?" fragte er mürrisch an Oliver gewandt. Dann glitt sein Blick zu Uwe und er schluckte unsicher. Gegen den hünenhaften Mann wirkte selbst Oliver, - der mit seinen zirka ein Meter neunzig Körpergröße gewiss nicht klein war, - höchstens durchschnittlich groß. Gegen den wesentlich kleineren Tobias sah er aus wie ein Riese. Ein schneller Blick in sein Gesicht zeigte Angie, dass Uwe, wenn es sein musste, auch ernst und autoritär sein konnte. Er griff in die Innentasche seines Anzugs und zog eine Polizeimarke heraus, die er Tobias unter die Nase hielt.

„Das ist eine polizeiliche Untersuchung, bei der Unbefugte nichts zu suchen haben. Darf ich fragen wer Sie sind?"

Sein strenger Ton wirkte. Tobias erbleichte und hatte Mühe sich zu sammeln. Oliver half ihm aus der Verlegenheit und stellte ihn vor. Daraufhin meinte Uwe gnädiger: „Wenn Sie zur Familie gehören, so dürfen Sie an den Untersuchungen teilhaben. Das gilt allerdings nicht für Ihre Freunde. Ich muss die Herren bitten, außerhalb der Absperrung zu bleiben."

Diese Absperrung legte er nun mit Olivers Hilfe an. Ein Plastikband, auf dem ein polizeilicher Sperrvermerk aufgedruckt war, wurde großräumig um die gesamte Kapelle geführt und rundum an den Bäumen befestigt. Danach folgten Oliver, Angie und Tobias Uwe durch die kleine Kirche und hinunter in die Gruft. Falls es Tobias in den Sinn kam, dass auch Angie nicht zur Familie gehörte, so verkniff er es sich, darauf hinzuweisen. Brav stellte er sich in eine Ecke, von der aus er gute Sicht auf das Geschehen hatte, ohne im Wege herumzustehen.

Heute erstrahlte das Innere der Gruft in hellem Licht von Scheinwerfern, die jede Ecke ausleuchteten. Geschäftig hantierten die Männer des Bestattungsunternehmens am Sarkophag. Sie schienen genau zu wissen, was zu tun war und nach einer Weile wurde die schwere Deckplatte mittels des Flaschenzuges langsam angehoben und dann vorsichtig auf den bereitliegenden Holzbohlen abgesetzt. Ein unangenehm modriger Geruch entstieg dem geöffneten Sarg und legte sich wie eine Dunstglocke über den kleinen Raum.

Neugierig starrten die Arbeiter in den geöffneten Sarkophag, bevor sie dann mit knappem Gruß die Gruft verließen. Sie wurden heute nicht mehr gebraucht und würden erst in einigen Tagen wieder erscheinen, um der Sargdeckel wieder aufzulegen.

Der Pathologe trat als erstes an die geöffnete Grabstätte heran. Um besser an die sterblichen Überreste im Inneren gelangen zu können war ein hölzernes Podest davor errichtet worden. Während Dr. Schönauer stumm mit der ersten Sichtung begann, raunte Tobias Oliver aufgebracht zu: „Wie kamst du darauf, dass dein Urahn hier in der Gruft liegt? Das weißt du doch nicht erst seit gestern. Du hast wohl gehofft, ich würde nicht bemerken, wenn du die alten Knochen ausbuddelst. Und mit ihnen den Schlüssel zum Familienschatz. Aber da hat du dich geschnitten, Bruderherz. Ich werde dir nicht von der Seite weichen."

Oliver schaute ihn ausdruckslos an und meinte leichthin. „Ich wollte dir nichts verheimlichen. Du bist es doch, der mir ständig aus dem Weg geht. Ich laufe dir gewiss nicht nach, um dich über den Stand meiner Nachforschungen zu unterrichten. Das tust du ja auch nicht."

„Und wie bist du zu diesem Stand gekommen? fragte Tobias bissig, ohne auf den Vorwurf einzugehen. Da Oliver mit dieser Frage gerechnet hatte, hatte er sich bereits eine passende Antwort zurechtgelegt.

„Angela hat eine entsprechende Notiz in der Familienchronik ausfindig gemacht. Darin stand, dass Caspars Gebeine in diesem Sarkophag liegen würden. Um alle Einzelheiten zu erfahren, musst du allerdings selbst nachlesen..."

Er wusste genau, dass Tobias das niemals tun würde. Sein abfälliges Knurren bestätigte es ihm und er lächelte zufrieden. Dann fuhr er fort: „Allerdings weiß ich so wenig wie du, ob tatsächlich stimmt, was dort geschrieben steht. Doch das werden wir bald erfahren."

Wie zur Bestätigung seiner Worte rief sie Dr. Schönauer jetzt zu sich heran. Nachdem er sie ermahnt hatte, nichts zu berühren, ließ er sie in das Innere des Sarkophags blicken.

Trotzdem sie auf das vorbereitet waren, was sie erblicken würden, machte es Oliver und Angie doch zu schaffen, das ganze Ausmaß von Caspars Tragödie vor Augen zu haben. In dem Sarkophag lagen zwei, zum Teil mumifizierte menschliche Leichen und das mit Fellresten überzogene Skelett eines Hundes. Da beide Männer voll bekleidet bestattet worden waren, konnte man zwischen den Knochen Reste ihrer Kleidung und Schmuckstücke erkennen.

Caspar lag in verkrümmter Haltung auf den Überresten seines Urahns, auf den ersten Blick war deutlich erkennbar, dass er keines natürlichen Todes gestorben war. Neben seinem Brustkorb ragten seine Arme ein Stück hervor und man konnte noch immer die Stricke sehen, mit denen seine Hände gebunden waren. Ebenso das Tuch, zwar morsch und brüchig, das um seinen Kopf geschlungen war, damit er den Knebel nicht ausspucken konnte. Sein skelettierter Schädel, an dem noch einige lange schwarze Haare auszumachen waren, lag zur Seite geneigt. Am hinteren Schädeldach war eine Delle zu sehen, die an eine eingeschlagene Eierschale erinnerte. Dort hatte ihn der mörderische Schlag getroffen, der ihn getötet hatte. Angie fand, es war sehr verwunderlich, dass er mit dieser schweren Verletzung überhaupt noch so lange gelebt hatte. Sie schauderte bei dem Gedanken, was für Qualen er durchgestanden haben musste, bevor ihn der Tod erlöste.

Auf Caspars Brust lag Meta, oder besser gesagt, das, was von ihr übrig geblieben war. Auch dem Hund war der Schädel eingeschlagen worden, sein Stirnbein klaffte einige Zentimeter auseinander und um den Fang waren noch Reste des ledernen Bandes zu erkennen, das darum gewunden war.

Voller Mitleid wandte Angela die Augen von dem schrecklichen Anblick ab und blickte über das Sarkophag hinweg auf die drei Männer, die auf der anderen Seite standen. Uwe war damit beschäftigt, Oliver den ersten Eindruck zu erklären, den er gewonnen hatte und Tobias stand dicht daneben, damit ihm auch ja nichts entging. Alle drei blickten in das Sarginnere.

Eine schemenhafte Bewegung hinter ihnen zog Angelas Blick an und sie erkannte die durchscheinende Statur Caspars. Er war kaum sichtbar, anscheinend hatte er sich noch immer nicht genügend regenerieren können. Es musste ihn sehr viel Kraft gekostet haben, seinen Leidensweg in Olivers und ihre Träume zu senden. Dennoch wollte er es sich offensichtlich nicht entgehen lassen, beim Bergen seiner Gebeine dabei zu sein.

Er löste seinen Blick über die Schulter des vor ihm stehenden Tobias in das Sarginnere und richtete ihn stattdessen auf Angie. Sie konnte in seinem Mienenspiel ebenso Bestürzung wie Erleichterung sehen.

vermutlich erinnerte ihn das verkrümmte Skelett an seine letzten Minuten, in denen er um Luft ringend mit dem Tode gekämpft hatte. Erleichterung hingegen, dass seine Gebeine endlich gefunden wurden. Nun konnte es nicht mehr allzu lange dauern, bis er endgültige Ruhe fand.

Der Gedanke, dass er bald nicht mehr im Ruthardthaus spuken würde machte Angie merkwürdig beklommen. Sie hatte sich längst an sein Erscheinen gewöhnt und würde ihn vermissen. Oliver erging es vermutlich ähnlich, schließlich begleitete ihn der Geist schon sein ganzes Leben lang.

Als könne er in ihren Gedanken lesen, lächelte Caspar gerührt. Dann führte er eine Hand an seinen Hals und berührte die fast handtellergroße silberne Brosche, die als Verschluss seines Umhangs diente. Danach deutete er in das Grab und Angie folgte mit den Augen seiner Handbewegung.

Halb in den Resten seiner Kleidung verborgen erspähte sie die auffällige Brosche am Hals des Skeletts. Sie erkannte das Familienwappen darauf und ihr war sofort klar, dass es perfekt in die Vertiefungen in den Balken der Bibliothek

191

passen würde. Diese Brosche war der lange gesuchte Schlüssel zum Familienschatz.

Spät am Abend standen sie zu dritt in der Bibliothek vor den beiden Balken. Angie und Uwe starrten gebannt auf Olivers Hand, in der er die Brosche hielt. Bedächtig steckte er sie in die Vertiefung im Holz, sie passte perfekt hinein. Er drehte sie langsam nach links worauf hin ein leises Knacken ertönte, sonst tat sich nichts. Daraufhin probierte er es an dem anderen Balken, drehte die Brosche nochmals.

Wie in einem Märchen aus tausend und eine Nacht schwang plötzlich lautlos das zwischen den Balken befindliche Bücherregal auseinander. Dahinter befand sich ein Hohlraum, der etwa die Größe eines Kleiderschrankes hatte. Auf Holzregalen standen dort mehrere kleine Truhen, alle fein säuberlich beschriftet. Für Angela war es kein Problem, die alte Handschrift zu entziffern, Caspars Schrift, wie sie erkannte. Doch es war nicht nötig, sie vorzulesen denn die Truhen waren allesamt nicht abgeschlossen.

Zögernd, fast andächtig griff Oliver nach der ersten und klappte den Deckel auf. Seine Augen weiteten sich als er den Inhalt sah. Es waren Goldmünzen, die zu Caspars Zeiten als Zahlungsmittel dienten. Obwohl vermutlich der größte Teil der Bevölkerung niemals ein solches Goldstück in Händen gehalten hatte. Die Truhe war zu dreiviertel damit angefüllt. Wie viele es waren, und was sie heutzutage wert waren konnten sie höchstens erraten.

In den anderen Truhen befanden sich Teile des Familienschmucks, auf Samt gebettet lagen da wertvolle handgearbeitete Halsketten mit dazu passenden Ohrringe und Armreifen. Oder auch Broschen, Anstecknadeln und Krawattenhalter, alles Dinge, die für ihre adeligen Besitzer ein Muss waren. Funkelnde Edelsteine glitzerten mit Gold- oder Silberfassungen um die Wette. In einer weiteren Truhe wurden Edelsteine aufbewahrt, getrennt in naturbelassene und geschliffene Steine.

Uwe fand als erster Worte. Er hieb Oliver auf die Schulter und brummte anerkennend: „Mein lieber Freund, durch diese Schätze bist du bis an dein Lebensende alle finanziellen Sorgen los. Dein Urahn hat da wirklich ein unglaubliches Vermögen gehütet."

„Leider ist es sowohl ihm als auch seiner Frau zum Verhängnis geworden", antwortete Oliver leise. „Wie grausam er dafür sterben musste, hast du ja mit eigenen Augen gesehen."

„Deshalb musst du aufpassen, dass dich nicht ein ähnliches Schicksal ereilt", ertönte eine bekannte Stimme hinter ihnen. „Neider gibt es auch in deiner Zeit."

Kapitel 16: Endlich Hoffnung

Sie fuhren alle drei herum, doch nur Uwes Augen weiteten sich vor Erstaunen als er Caspars durchscheinende Gestalt erblickte. Noch immer hatte der Geist nicht genug Energie getankt um mehr als ein Zerrbild zu sein. Dennoch wollte er es sich nicht entgehen lassen, dabei zu sein, wenn sein Ur-Urenkel endlich den Familienschatz in Händen hielt. Die Anwesenheit eines Fremden schien ihn nicht zu irritieren. Von Oliver wusste er bereits um Uwes Wunschtraum, einmal einen leibhaftigen Geist kennenzulernen.

Er kam ein paar Schritte näher und blickte Dr. Schönauer offen ins Gesicht. „Ich vermute, Ihr wisst, wen Ihr vor Euch habt", meinte er und deutete eine leichte Verbeugung an. Lächelnd fuhr er fort: „Ich würde Euch gerne die Hand reichen, aber leider lässt das mein momentaner Zustand nicht zu. Dennoch möchte ich es jedoch nicht versäumen, Euch für Euer Kommen zu danken. Mit Eurer Hilfe werde ich bald endgültig von dieser Welt gehen können."

Dem sonst so redegewandten Uwe hatte es die Sprache verschlagen. Fasziniert schaute er dem Geist ins Gesicht und konnte die Augen gar nicht mehr von ihm lösen. Schließlich brachte er stammelnd heraus. „Es ist mir ein Vergnügen, Ihnen behilflich zu sein. Mein Gott, ich glaube zu träumen. Ein wahrhaftiger Geist. Ich hatte es nie ganz glauben können, obwohl mir Oliver schon vor Jahren von Ihrer Existenz berichtet hat."

„Nun, mir selbst fällt es noch heute schwer, zu akzeptieren, dass ich körperlos bin. Und im Vertrauen gesagt, hätte ich zu meinen Lebzeiten jeden für nicht richtig im Kopf gehalten, der mir ernsthaft von Spuk erzählte. Aber so Gott will, ist Ruthardthaus bald kein Spukhaus mehr."

„Was ich ehrlich bedauern werde", mischte sich Angela leise ein. Ihr Blick hing ebenfalls an Caspars Gesicht und er konnte Trauer und Wehmut in ihren Augen sehen. Leicht schüttelte er den Kopf.

„Du musst nicht traurig sein, wenn ich nicht mehr hier bin. Gönne mir die Ruhe, die ich so lange schon ersehne. Ruhe und Frieden an der Seite meiner geliebten Christina. Oliver, mein Nachfahre und Ebenbild wird dich immer an mich erinnern. Wenn ich weiß, dass ihr beiden zusammen bleibt, so scheide ich frohen Herzens von hier."

Sein Blick wanderte zu Oliver und wurde streng: „Du wirst sie doch heiraten?!" Es klang gleichermaßen wie eine Frage und ein Befehl. Dann milderte er seine Worte etwas ab: „Jetzt, da der Familienschatz in deinen Händen ist, steht eurer Hochzeit nichts mehr im Wege. Du hast Geld und Zeit genug, eine Familie zu gründen und Erben großzuziehen."

Oliver verzichtete auf einen Disput mit seinem Vorfahren. Wie hätte er ihm auch erklären sollen, dass er auch dann nicht die Absicht hatte seinen Beruf aufzugeben, wenn er reich wäre. Ein Versprechen wollte er ihm jedoch gerne geben:

„Ich heirate Angie so schnell es uns möglich ist; vorausgesetzt natürlich, sie will mich zum Mann. Und wenn du es nicht gar so eilig hast, in die Ewigkeit zu entfliehen, so hätte ich dich sehr gerne zu meinem Trauzeugen ernannt. Was hältst du davon?"

Caspars Blick wanderte erneut zu Angela zurück und als sie lächelnd nickte, senkte er würdevoll sein Haupt. „Dann soll es so sein, ich werde bei eurer Hochzeit anwesend sein und danach beerdigt ihr meine Gebeine neben denen meiner Frau."

Seine Erscheinung begann zu flimmern und löste sich immer mehr auf. Auch seine Worte klangen nur noch wie ein verwehender Hauch. Sie waren an Uwe Schönauer gerichtet: „Ich bitte Euch, sorgt dafür dass meine Gebeine hier auf Ruthardthaus bleiben. Ihr dürft sie nicht mitnehmen..." Im nächsten Augenblick war er verschwunden.

„Mann war das ein starker Auftritt", ließ sich Uwe nach einer kleinen Weile vernehmen, die er benötigte um sich zu sammeln. „Es ist wirklich schade, dass der alte Knabe schon bald nicht mehr unter uns spukt. Verdammt, warum bin ich deiner Einladung nicht schon eher gefolgt. Ich hätte wirklich sehr viele Fragen an Caspar gehabt."

„Nun, dazu gibt es sicher noch Gelegenheit", tröstete Oliver ihn. „Wenn du magst, kannst du gerne noch eine Weile hier bleiben. Und zur Hochzeit musst du auf jeden Fall kommen. Schließlich brauchen wir auch lebende Trauzeugen. Und wer anderes, als ein Freund, wäre besser dafür geeignet. Was hältst du von meinem Vorschlag, Liebling?"

Die Frage war an Angie gerichtet und sie nickte begeistert. „Das wäre sehr schön. Und der andere Zeuge muss natürlich Peter sein. Wir werden ihn gleich nachher fragen..."

Während sie sich über die bevorstehende Hochzeit unterhielten, sichteten sie weiter den Familienschatz. Schließlich kamen sie zu dem Ergebnis, dass es unmöglich war, dessen Wert einzuschätzen. Sie würden dazu Experten benötigen. Und später Notare, die über die gerechte Verteilung wachten. Denn es musste ja alles seine Richtigkeit haben, Oliver wollte weder seinen Bruder übervorteilen, noch das Finanzamt hintergehen, das sicher einen hübschen Batzen an Erbschaftssteuer einfordern würde.

Sicher war nur eines; es war wirklich ein sehr, sehr wertvoller Schatz, den Caspar da gehortet hatte. Alleine die uralten Schmuckstücke und Goldmünzen waren ein Vermögen wert. Wie es sich mit den Besitzurkunden über große Ländereien verhielt, die sie in einer der Truhen gefunden hatten, wussten weder Oliver noch Uwe zu sagen. Das würde sich wahrscheinlich erst in ferner Zukunft aufklären lassen.

„Meinst du, du kannst Caspars Wunsch berücksichtigen, seine Gebeine hier zu lassen?" kam Oliver später auf die Bitte seines Urahns zurück. „Ich denke, es ist ihm wichtig. Vermutlich hat er Sorge, keinen Rückzugsort mehr zu besitzen, sollten sich seine Knochen außerhalb des Geländes von Ruthardthaus befinden."

„Ich denke schon, dass es möglich ist, auf ihn Rücksicht zu

nehmen. Ich benötige ja nur höchstens einen Knochen von ihm, die ich mitnehmen muss um das Alter des Skeletts zu bestimmen. Das kann ebenso ein Fingerglied oder auch eine Rippe sein. Und darauf wird Caspar vermutlich verzichten können, - wenn er es überhaupt bemerkt. Der Rest seiner Gebeine kann ich ebenso gut in der Gruft lassen. Ich werde die Kapelle zusperren und versiegeln, damit kein Unbefugter eindringen kann. Und sobald ich das Alter und die Identität deines Vorfahren offiziell bestätigen kann, darfst du ihn endgültig bestatten. Das ist nur noch eine Formsache, ich konnte alleine aus dem Zustand der Knochen ablesen, dass dieser Mord bereits über hundert Jahre zurückliegt. Einen Täter werden wir demzufolge nicht mehr ermitteln können."

„Was machen wir vorerst mit dem Schatz?" fragte Angie und sprach damit ein wichtiges Thema an. Noch ahnte Tobias nicht, dass sein Stiefbruder das Familienvermögen gefunden hatte. Er war von Uwe Schönauers Auftreten so beeindruckt gewesen, dass er ohne Widerworte das Feld geräumt hatte als der ihn dazu aufforderte. Erst nachdem er verschwunden war, hatte Uwe dem Skelett die Brosche abgenommen und sie Oliver gegeben. Zu dritt waren sie dann auf Schatzsuche gegangen und, dank Angelas vorangegangener Detektivarbeit, auch sofort fündig geworden.

Oliver hatte natürlich nicht die Absicht, seinem Bruder den Schatz vorzuenthalten, hingegen hegte er keine Zweifel, dass Tobias nichts unversucht lassen würde, sich möglichst sofort daran zu bereichern. Er kannte dessen unehrenhaften Ansichten zur Genüge und wusste auch, er würde sich nicht scheuen, ihn zu übervorteilen. Das wollte er auf keinen Fall zulassen. Deshalb hatte er auch bereits eine Werttransportfirma angefordert, die den Schatz zu einer renommierten Schätzstelle bringen würde. Das konnte jedoch erst im Laufe des nächsten Vormittages geschehen, da das Unternehmen eher kein Personal frei hatte. Es galt also, den Familienschatz bis zum nächsten Tag vor Tobias' neugierigen Augen zu verbergen.

„Lass ihn doch einfach wo er ist. Ich kann mir nicht denken, dass er ihn ausgerechnet heute Nacht findet, nachdem er so lange vergeblich danach gesucht hat", meinte Uwe und deutete auf das Versteck. Wenn du alles wieder in seinen Originalzustand versetzt und den Schlüssel bei dir aufbewahrst, kann eigentlich nichts passieren."

Das sah auch Oliver ein und er nickte. „Ja, du hast sicher Recht. Ich muss zugeben, dass es mich nervös macht, solch ein Vermögen im Hause zu haben. Bisher konnte ich nur halb und halb an seine tatsächliche Existenz glauben. Himmel, ich meine noch immer zu träumen, - welch ein Reichtum. Ich hoffe nur, Tobias ist mit seiner Hälfte zufrieden und lässt mich und Ruthardthaus dann endlich in Ruhe."

Es zeigte sich am nächsten Tag, dass Tobias zuerst einmal sehr böse auf die Neuigkeit reagierte. Oliver sagte es ihm erst, als der Transporter des Schutzdienstes bereits die Auffahrt herauf fuhr. Nun, da er sich von drei kräftigen Männern beobachtet fühlen musste, würde Tobias es nicht wagen, den Schatz auch nur anzufassen. Er stand mit versteinertem Gesichtsausdruck da und beobachtete grimmig, wie die Truhen in den gepanzerten Lieferwagen geladen und dort in Safes verstaut wurden. Das Einschnappen der Sicherung der gepanzerten Autotür klang endgültig.

Oliver atmete hörbar auf, als der Transporter samt seiner wertvollen Ladung das Tor passierte und verschwand.

„Das hast du dir ja prima ausgedacht", fauchte Tobias ihn an und kniff die Augen wütend zusammen. „Falls du jedoch meinst, du kannst mich bescheißen, so bist du schief gewickelt. Ich werde jeden Cent verlangen, der mir zusteht."

„Nun hab dich nicht so", bemühte sich Oliver, gelassen zu bleiben. Wie einem störrischen Kind erklärte er: „Auf diese Art und Weise ist doch am ehesten gewährleistet, dass alles seinen richtigen Gang geht. Wir brauchen uns um nichts zu kümmern, außer vielleicht, an wen wir die Schmuckteile verkaufen wollen. Weder du noch ich können abschätzen, was das Zeug tatsächlich wert ist. Und die Firma, die ich mit der Schätzung beauftragt habe, ist für ihre Seriosität bekannt. Danach läuft alles über die Notare, wie soll ich dich da bescheißen können. Ganz davon abgesehen, dass ich mich niemals mit diesem Gedanken trug. Aber vielleicht war es ja deine Absicht, mich zu hintergehen...?" Die Worte deine und mich betonte er besonders.

Tobias hielt seinem provozierenden Blick einen Moment stand, dann senkte er die Augen und hieb ärgerlich mit der Hand durch die Luft. Die Worte, die er im Weggehen brummte konnte Oliver nicht verstehen. Ist vielleicht auch besser so, dachte er bei sich und grinste grimmig.

„Ich kann mir nicht helfen, ich habe ein mulmiges Gefühl" sagte Angela leise als Tobias außer Hörweite war. „Er hatte ganz sicher die Absicht, sich den Löwenanteil unter den Nagel zu reisen. Und ich fürchte, er will es immer noch. Wegen dieses Schatzes ist schon genug unschuldiges Blut vergossen worden. Was wenn sich das fortsetzt? Am Ende liegt ein Fluch über dem Familienschatz..."

„Du hast zu viele Gruselgeschichten gehört, das hat dich ängstlich gemacht. Aber mach dir keine Sorgen, damit alles mit rechten Dingen zugeht, habe ich ja veranlasst, dass der Schatz in kompetente Hände gelangt. Auch wenn er sich noch so bemüht, mein Bruder wird nicht mehr als seinen Anteil bekommen. Und danach werden wir sicher nie mehr von ihm hören." Er nahm sie in die Arme und küsste sie zärtlich.

„Du wirst einen steinreichen Kerl zum Mann bekommen, meine Süße, nicht den armen Schlucker, als den du mich kennengelernt hast. Wirst du mich trotzdem heiraten wollen?" Seine Augen blitzten sie übermütig an.

Angelas Miene zog sich in gespielter Unschlüssigkeit zusammen. Gedehnt sagte sie: „Ich weiß nicht, ich werde darüber noch ein paar Nächte schlafen müssen. Am besten wird sein, der steinreiche Kerl verbringt diese Nächte mit mir. So erkenne ich am ersten, ob ich mir ein Leben mit ihm vorstellen kann."

Lachend kuschelte sie sich an ihn und er küsste sie erneut. Ein Räuspern erklang neben ihnen.

„Nun macht mal einen eingefleischten Junggesellen nicht neidisch. Ich bin ja fast versucht, mir ebenfalls eine Frau zu suchen. Das Glück, das aus euren Augen strahlt ist direkt ansteckend..."

Es war Uwe, der das lächelnd brummte. Dann fuhr er ernst fort: „Auch mir ist nicht recht wohl, wenn ich an deinen Bruder denke. Ich habe ihn beobachtet, scheint ein eiskalter Typ zu sein. Und nach allem, was du mir schon über ihn erzählt hast, solltest du zumindest vorsichtig sein. Allerdings fällt auch mir nichts ein, wie er dir momentan schaden könnte. Es war aber auf jeden Fall richtig, dass du den Stein des Anstoßes erst einmal aus dem Haus geschafft hast."

Er schlug Oliver leicht auf die Schulter und reichte Angela die Hand. „Ich werde mich ebenfalls verabschieden. Eine Rippe deines Urahns habe ich dabei, falls er ihr Fehlen bemerkt, versichere ihm, ich bringe sie zurück. Gebt mir Bescheid, wann die Hochzeit stattfindet, damit ich rechtzeitig hier bin. Ich möchte mich noch sehr gerne mit Caspar unterhalten, bevor er nicht mehr hier ist. Richtet ihm das bitte aus."

Er umarmte und drückte sie beide kurz, dann ging er zu seinem Wagen und fuhr davon. Nachdem er weg war, wandte sich Oliver an Angie. „Was hältst du von einem Ausritt? Im Trubel der letzten Tage sind wir nicht dazu gekommen. Die Pferde hätten ein wenig Bewegung dringend nötig. Und ich habe nichts vor, da ich veranlasst habe, dass alle kranken Tiere zu meiner Vertretung geschickt werden."

Angela war sofort von seinem Vorschlag angetan. Ein Ausritt würde ihnen beiden guttun. „Eine prima Idee, ich werde gleich Inge Bescheid sagen, damit sie kein Essen für uns mit kocht. Außerdem will ich mich noch schnell umziehen. Was meinst du, hält das Wetter?"

„Es sieht nicht nach Regen aus", brummte Oliver nach einem Blick zum Himmel. „Aber nimm dir vorsichtshalber eine Regenjacke mit. Sicher ist sicher."

Erst kurz vor der Dunkelheit trafen sie wieder beim Ruthardthaus ein. Nachdem die Pferde versorgt waren und sie sich beide frisch gemacht hatten, setzten sie sich im Wohnzimmer zu Inge und Peter um noch ein wenig zu plaudern. Natürlich war die Entdeckung des Schatzes das Hauptthema.

Ich kann es noch immer nicht glauben", meinte Inge gerade kopfschüttelnd. „Da haben Generationen nach dem Familienschatz gesucht und nie nur eine Spur davon entdeckt. Und dabei stand alles in den Chroniken aufgezeichnet. Warum hat die keiner gelesen?"

Da weder Inge noch Peter von Caspars Existenz wussten, hatte Oliver mit Angie abgesprochen, dass sie bei der Version bleiben sollten, die sie auch schon Tobias aufgetischt hatten.

„Inge würde Ruthardthaus nie mehr betreten, wenn sie wusste, dass es einen Geist beherbergt", hatte Oliver ernst erläutert. „Sie erzählte mir einmal, wieviel Angst sie vor Geistern und Gespenstern hat, sie schaut sich noch nicht einmal unheimliche Filme an. Und da ich wohl kaum noch einmal eine so gute Haushälterin finden werde, wollen wir ihr lieber keine Geistergeschichte auftischen. Außer, du möchtest fortan alleine den Haushalt führen", hatte er grinsend gemeint.

Das wollte Angela auf keinen Fall. Deshalb erklärte sie jetzt ernst: „Es war wirklich ein fast unleserliches Gekritzel. Ich hatte selbst große Mühe es zu entziffern. Außerdem war die entsprechende Seite unter dem Einband der Chronik versteckt. Ich entdeckte sie nur, weil ich für derlei Dinge ein geübtes Auge entwickelt habe. Wahrscheinlich ist dieses Versteck nie zuvor jemandem aufgefallen."

„Na, die Hauptsache ist, dass du es überhaupt entdeckt hast", meinte Peter grinsend und fügte an Oliver gewandt hinzu. „Wenn du jetzt bald ein reicher Mann bist, wirst du die Praxis vielleicht an den Nagel hängen wollen. Arbeiten musst du doch dann bestimmt nicht mehr..."

Obwohl er es locker gesagt hatte, war in seinen Augen doch leise Sorge zu erkennen. Schließlich hing sein Job davon ab, ob Oliver die Tierklinik weiter unterhielt. Doch die Antwort seines Arbeitgebers und Freundes beruhigte ihn schnell wieder.

„Du glaubst doch nicht, dass ich meinen Beruf aufgebe, ich würde ja vor Langeweile umkommen. Außerdem hänge ich daran, das müsstest du doch wissen. Nein, nein, ich werde eher noch vergrößern und vielleicht ein oder zwei Assistenzärzte anstellen. Denn wenn ich demnächst eine Familie habe, will ich nicht mehr Tag und Nacht abkömmlich sein müssen."

Man sah Peter die Erleichterung deutlich an und Oliver steigerte sie noch, indem er vorschlug: „Ich plane auch noch weitere Pfleger einstellen und dich zu ihrem Chef zu ernennen. Natürlich nur, wenn du damit einverstanden bist." Keine Frage, dass Peter einverstanden war, besonders da sein neuer Posten mit einer dicken Gehaltserhöhung verbunden sein würde. Auch Oliver war glücklich, den langjährigen treuen Freunden endlich den Lohn zahlen zu können, der ihnen zustand. Nachdem sie alle vier auf eine bessere Zukunft angestoßen hatten, kam er auf die Frage, die ihn am meisten beschäftigte.

„Wo steckt eigentlich mein Stiefbruder? Als ich ihn zuletzt sah, war er ziemlich wütend. Und ich fürchte, seine Laune hat sich nicht gebessert."

„Das hat sie allerdings nicht. Er lief den ganzen Morgen grimmig dreinblickend herum und ist dann gegen Mittag weggefahren. Übrigens auch seine Kumpane, es sah aus, als würden sie abreisen, denn sie trugen ihr Gepäck zum Auto. Die ganzen Gerätschaften haben sie ebenfalls mitgenommen. Abgemeldet hat sich allerdings keiner..."

„Hauptsache, sie sind endlich verschwunden. Jetzt, da der Schatz gefunden ist, wird sich auch Tobias sicher bald verziehen. So sehr wie er Ruthardthaus hasst, bleibt er bestimmt nicht länger als nötig. An sein Geld kommt er ohnehin über den Notar, dazu muss er nicht hierbleiben."

Tobias' Freunde waren zwar tatsächlich ausgezogen, aber er selbst blieb, was Oliver insgeheim verwunderte. Immerhin bewohnte er nun wieder seine eigene Wohnung.

Die Stiefbrüder gingen sich geflissentlich aus dem Weg und sprachen kaum ein Wort miteinander. Und immer, wenn sie sich begegneten, warf Tobias seinem Bruder grimmige Blicke zu. In seinem Kopf schien es ständig zu arbeiten, so als hecke er einen Plan aus.

Der Hochzeitstermin stand inzwischen fest, in drei Wochen würde Oliver Angela zu seiner Frau nehmen. Die Festlichkeit sollte in einem nahen Hotel abgehalten werden. Dort waren auch bereits Zimmer für diejenigen Gäste gebucht, die von weiter her kamen.

Die Trauung würde in der kleinen Kapelle abgehalten werden, sowohl Oliver als auch Angela fanden, das war der einzig würdige Ort dafür. Und nicht zuletzt wegen der großzügigen Spende des Grafen zu Ruthardt für die neue Kirchenorgel fand sich der Pfarrer gerne bereit, die Zeremonie in der Familienkapelle abzuhalten.

Doch bevor es soweit war, wollte Angela zuerst nochmal nach Hause fahren. Sie musste ihre Wohnung auflösen und ein paar Besorgungen für den großen Tag machen. Sie hoffte, alles in etwa einer Woche über die Bühne zu bringen. Oliver hätte sie gerne begleitet, doch noch war er in seiner Klinik unabkömmlich. Er hatte bereits Annoncen aufgegeben, in denen er nach geeigneten Mitarbeitern suchte und bekam jeden Tag Bewerbungen, die er sichten musste.

„Ich bin ja bald wieder hier", tröstete Angela ihn lächelnd, als er sie zum Abschied küsste. „Beim Kauf meines Brautkleides darfst du sowieso nicht dabei sein, du weißt doch, das würde Unglück bringen. Und wir wollen eine glückliche Zukunft haben, du, ich und unser Baby."

Sie wusste erst seit einigen Tagen, dass sie schwanger war und hatte es Oliver mit gemischten Gefühlen erzählt. Er war vor Begeisterung ganz aus dem Häuschen geraten und wollte sie seitdem nicht mehr aus den Augen lassen. Auch jetzt bekam er wieder seinen Beschützerblick und schloss sie noch fester in die Arme.

„Pass bitte gut auf dich auf", bat er leise und legte seine Hand auf ihren noch makellos flachen Bauch. „Auf dich und auf unser Kind. Und jetzt fahr endlich, sonst überlege ich es mir doch noch und komme mit."

Nachdem er sie nochmals innig geküsst hatte, gab er sie lachend frei. Er schaute ihr nach, bis ihr kleines Auto nicht mehr zu sehen war. Dann pfiff er nach Lara, die interessiert einen Busch in der Nähe der Einfahrt beschnüffelte und machte sich auf den Weg zur Klinik.

Kapitel 17: Oliver in Not

Ihre moderne Wohnung empfand Angela fast als fremd, so sehr hatte sie sich bereits an den altmodischen Charme von Ruthardthaus gewöhnt. Früher war die kleine Mansarde ihre Zufluchtsstätte gewesen in die sie sich nach anstrengenden Arbeitstagen gerne zurückgezogen hatte. Doch heute kamen ihr die modernen Möbel kalt und abweisend vor. Was hatte sie nur an den nüchternen Designerstücken gefunden, die sie gemeinsam mit Thomas ausgesucht hatte? fragte sie sich jetzt.

„Werde nicht sentimental, Angie", schalt sie sich selbst uns schnitt ihrem Spiegelbild eine Grimasse als sie an der Garderobe vorbei ging. „Du bist kaum zwei Stunden von Ruthardthaus weg und schon plagt dich Sehnsucht nach dem alten Gemäuer."

Nun, eigentlich war es vor allem Sehnsucht nach Oliver, gestand sie sich ein. Bei Thomas hatte sie nie so empfunden, selbst wenn sie sich tagelang nicht gesehen hatten.

Alles in ihrer Wohnung erinnerte sie an ihre Zeit mit Thomas. Und es löste ein ziehendes Gefühl in ihrer Magengegend aus. Seltsam, sie hatte die ganze Zeit nicht mehr an ihren früheren Verlobten gedacht, was jetzt leichte Schuldgefühle in ihr aufsteigen ließ. Doch dann beruhigte sie sich mit dem Gedanken, dass es besser war, so wie es gekommen war. Sie hatte gerade noch rechtzeitig bemerkt, wie wenig sie zueinander passten. Wahrscheinlich hätte eine Ehe mit ihm schon bald in einem Fiasko geendet.

„Ach Frau Berger, habe ich doch richtig gehört, dass sie zurück sind. Mein Gott, wo waren sie denn so lange? Ich habe mir schon Sorgen um Sie gemacht."

Angela drehte sich beim Klang der Stimme ihrer Nachbarin um und lächelte der alten Frau freundlich zu. „Guten Tag, Frau Kaiser, schön Sie zu sehen. Ja, es hat etwas länger gedauert als ich vermutet hätte. Vielen Dank, dass sie meine Blumen so gut gepflegt haben, sie sehen prächtig aus.

Sie haben ein gutes Händchen für Pflanzen. Bei mir wären sie nicht so gut gediehen."

Die alte Frau kicherte geschmeichelt und meinte mit listigem Zwinkern. „Das hat mein Karl auch immer gesagt, Gott hab ihn selig. Hedwig hat er gesagt, alles was du anfasst entwickelt sich und wird groß und stark. Du musst Zauberhände haben."

Angela unterhielt sich eine Weile mit ihrer Nachbarin und lud sie für den Abend auf ein gemütliches Schwätzchen bei einem Glas Wein ein. Sie mochte die alte Dame sehr gerne und war gespannt, wie sie auf die Neuigkeiten reagieren würde, die sie ihr zu berichten hatte.

Nachdem sie ihre Sachen in den Schränken verstaut hatte, verließ sie ihre Wohnung wieder, um in der Stadt einige Besorgungen zu erledigen. Je eher sie ihre Vorhaben in die Wege leitete, umso schneller konnte sie nach Ruthardthaus zurückkehren.

Zuerst suchte sie das Büro der Wohngesellschaft auf, um ihre Wohnung zu kündigen. Zufrieden erfuhr sie, dass es keine Schwierigkeiten geben würde, schnell einen Nachmieter zu finden. In Frankfurt waren Wohnungen wie die ihre rar und die Warteliste lang. Bestimmt würde ihr Nachmieter gerne selbst die Renovierung übernehmen, wenn er dafür schon in einigen Tagen einziehen konnte.

Danach suchte sie einen kleinen Laden auf, der Brautmoden verkaufte. Bereits nach kurzer Suche entdeckte sie ein traumhaftes Brautkleid, wie eigens für den schönsten Tag ihres Lebens geschaffen. Es schien sehr alt, aus erlesenem Stoff und man konnte an der sorgfältigen Verarbeitung sehen, dass es mit der Hand genäht war. Aber es war in tadellosem Zustand und es passte ihr wie angegossen, stellte sie verwundert fest. So, als sei es für sie persönlich angefertigt worden.

„Es ist mein schönstes Kleid", raunte ihr die Ladenbesitzerin verschwörerisch zu. „Es wurde mir erst vor kurzem angeboten und war wirklich sündhaft teuer. Aber ich konnte nicht widerstehen, obwohl weder Schnitt noch Stoff der heutigen Mode entsprechen. Es ist ein sehr altes Stück, aber tadellos in Ordnung. Und ich würde es gewiss nicht jeder Kundin empfehlen, Sie jedoch scheinen dafür geradezu prädestiniert. Angeblich soll es einst einer wunderschönen Adeligen gehört haben, die darin ihren Allerliebsten, einen jungen Grafen heiratete. Es passt zu Ihnen, als wäre es eigens für Sie angefertigt worden. Hier, diesen Schleier dazu und sie sehen aus, wie einem Bild aus früheren Tagen entstiegen. Wunderschön..."

Sie setzte Angela das kunstvolle Krönchen mit dem zarten Schleier auf und schob sie vor den großen Spiegel, damit sie sich darin betrachten konnte. Dann entschuldigte sie sich und eilte davon, da vorne im Laden die Türglocke erklang. Angela stand alleine vor dem Spiegel und schaute verwundert auf Christina, die sie daraus anzublicken schien. Ganz genauso sah die junge Gräfin auf dem Bild aus, das in der Galerie von Ruthardthaus hing. Und wie auf dem Bild erschien jetzt hinter ihr Caspar und schaute mit ruhigem ernstem Blick auf sie nieder.

„Seltsam, es war gar niemand im Laden", erscholl nun die verwunderte Stimme Frau Schürgers, der Ladenbesitzerin und riss Angie aus ihrer Verzauberung. Sie drehte sich zu der Frau um, die wieder neben sie trat und eine winzige Falte an dem Kleid glatt zupfte. „Wirklich wunderschön!" rief sie erneut aus und nötigte Angela abermals, in den Spiegel zu schauen. Nur sie und die Frau waren darin zu sehen, Caspar war verschwunden...

„Nanu, Frau Kaiser ist aber früh dran", murmelte Angela und warf einen verwunderten Blick auf ihre Armbanduhr. Sie hatte ihre Nachbarin doch erst für neunzehn Uhr eingeladen und jetzt war es gerade mal achtzehn Uhr vorbei. Was soll's, dachte sie bei sich und ging zur Türe um zu öffnen. Sie hatte alles erledigt, was sie sich für den Tag vorgenommen hatte, da konnte sie auch eine Stunde früher mit der Nachbarin plauschen.

Doch vor der Türe stand nicht Frau Kaiser sondern Thomas. Er grinste sie ein wenig verlegen an und bat dann: „Darf ich reinkommen? Ich muss unbedingt mit dir reden."

Völlig perplex trat sie beiseite und ließ ihn eintreten. Mit jedem anderen hätte sie heute Abend gerechnet, nur nicht mit ihm. Woher wusste er überhaupt, dass sie wieder hier war? Als hätte er ihre Gedanken gelesen, erklärte er leichthin: „Ich sah zufällig, dass dein Auto wieder auf deinem Stellplatz parkt. Da wollte ich dich gerne mit meinem Besuch überraschen..."

Sein Blick glitt über die Weingläser und die geöffnete Flasche Rotwein, die sie bereitgestellt hatte und er sah sie misstrauisch an. „Erwartest du Besuch? Ich will nicht stören..."

„Frau Kaiser kommt nachher herüber, wir wollen ein wenig plaudern. Aber sie wird noch eine Weile brauchen. Wir können also reden, wenn du dich kurz fasst." Mit einer Handbewegung bot sie ihm an, sich zu setzen und nahm dann auf dem Sessel ihm gegenüber Platz. Er registrierte ihre Flucht aus seiner unmittelbaren Nähe mit gerunzelter Stirn, sagte aber nichts dazu. Es schien ihm nicht so recht klar zu sein, wie er anfangen sollte, deshalb räusperte er sich einige Male und blickte wie suchend durchs Zimmer.

Angela beobachtete ihn schweigend, nicht gewillt, zuerst das Schweigen zu brechen. Schließlich begann er zögernd zu sprechen:

„Nach meiner übereilten Abreise aus diesem schrecklichen alten Haus hatte ich lange Zeit, über dich und mich nachzudenken. Und ich bin zu dem Ergebnis gekommen, dass ich dich nicht verlieren möchte. Ich gebe zu, es lag an mir, dass wir uns zerstritten, ich war zu sehr auf mich und meine Bedürfnisse konzentriert und dachte zu wenig an dich. Aber das will ich von nun an ändern. Es war falsch, dir zu verbieten, nach unserer Hochzeit weiter zu arbeiten. Du hast ein Recht auf ein erfülltes Leben, genauso wie ich. Und wenn es dich glücklich macht, in alten Büchern herum zu kratzen, so sollst du das auch tun."

Er holte tief Luft und sah sie bittend an. „Gib unserer Liebe noch eine Chance, Angela. Lass uns nochmals von vorne beginnen."

Sie blickte lange in seine Augen, dann schüttelte sie sanft den Kopf. „Es ist zu spät, Thomas", sagte sie leise. „Auch ich habe lange über uns nachgedacht, nachdem du gegangen bist. Doch ich bin zu dem Schluss gekommen; es hat keinen Sinn mehr mit uns beiden. Wir sind so verschieden, wir würden uns nur streiten und uns immer hässlichere Dinge sagen. Und ich möchte nicht, dass es so endet. Wir passen nicht zueinander, deshalb gibt es keine zweite Chance für dich und mich."

Thomas starrte sie eine Weile stumm an, dann meinte er niedergeschlagen: „Es ist dieser Tierarzt, nicht wahr? Er hat dir den Kopf verdreht. Ich Narr hätte das damals schon wissen sollen."

Schärfer fuhr er fort: „Was ist es, das er hat und ich nicht? Geld kann es nicht sein, das besitzt er meines Wissens nicht. Ist er besser im Bett? Oder was sonst findest du so unwiderstehlich an ihm?"

Angela ließ sich nicht provozieren, sondern blickte ihn weiter ruhig an. Dann erklärte sie sanft: „Er und ich, wir sind füreinander geschaffen, so einfach ist das. Ich kann nicht sagen, wieso es mit ihm so anders, so perfekt und gut ist. Es ist einfach so. Wir werden heiraten, bereits in drei Wochen. Und ich erwarte ein Kind von ihm..."

Es war alles zwischen ihnen gesagt und Thomas musste es schließlich akzeptieren. Nach einer Weile ging er und Angie wusste, sie würde ihn nie mehr wiedersehen. Ein klein bisschen Traurigkeit rührte sich in ihr doch bald überwog die Erleichterung.

Kaum war Thomas gegangen, kam Frau Kaiser. Ihr Geplapper brachte Angela bald wieder auf angenehmere Gedanken. Sie erzählte der alten Frau freimütig von ihrer neuen Liebe und lud sie zu der bevorstehenden Hochzeit ein. Frau Kaiser freute sich mit ihr, sie konnte Thomas nie besonders gut leiden. Sie versprach feierlich, der Hochzeit beizuwohnen und war schon neugierig auf Ruthardthaus.

Es war fast zweiundzwanzig Uhr, als die Nachbarin gute Nacht wünschte und in ihre Wohnung ging. Bevor sie zu Bett ging, rief Angela nochmals bei Oliver an. Sie hatte es schon am frühen Abend versucht, doch da war er mitten in einer schwierigen Operation gewesen. Jetzt hatte er Zeit für sie, er wollte gerade ebenfalls bei ihr anrufen meinte er lachend. Sie sei ihm nur um Sekunden zuvorgekommen.

Die Neuigkeiten des Tages waren schnell erzählt, wobei Angela verschwieg, was sie während der Anprobe des Brautkleides erlebt hatte. Das Kleid sollte eine Überraschung für ihn werden. Hingegen erzählte sie ihm ausführlich von ihrer Begegnung mit Thomas. Er hörte ihr schweigend zu und meinte dann nur leise. „Ich liebe dich, Angie. Komm bald zu mir zurück."

In den nächsten Tagen erledigte sie weitere wichtige Dinge und führte zudem potentielle Nachmieter durch die Wohnung. Sie war erleichtert als sie von der Wohnungsgesellschaft erfuhr, ein Nachmieter sei gefunden. Der junge Mann hatte Interesse bekundet, ihre Möbel zu übernehmen, was Angela nur Recht war.

In Gedanken bereitete sie sich bereits auf ihre Rückkehr nach Ruthardthaus vor. Sie würde nur wenige ihrer einstigen Besitztümer mitnehmen. Ein wenig kam es ihr vor, als würde sie ein ganz neues Leben beginnen. Aber das, so überlegte sie lächelnd, würde sie ja tatsächlich tun. Und sie konnte es kaum erwarten.

Gleich nach dem Aufstehen rief sie Oliver an um ihm zu sagen, dass sie im Laufe des Tages zurückkommen würde. Um diese frühe Zeit war er sicher noch oben in seiner Wohnung Doch er hob nicht ab, so lange sie es auch klingeln ließ. Kopfschüttelnd legte sie auf, vielleicht war er ja gerade unter der Dusche. Doch als sie nach einer Viertelstunde nochmals anrief, ging er noch immer nicht ans Telefon und sie ließ besorgt den Hörer auf die Gabel sinken. Etwas stimmte nicht, sie fühlte es mit jeder Faser ihres Körpers. Kurz entschlossen wählte sie die Nummer des Anschlusses der unteren Räume. Fast sofort wurde abgehoben und sie konnte Peters erregte Stimme vernehmen.

„Ja, hallo, wer ist dran?" hörte sie ihn angespannt sagen. Das war gar nicht seine Art, normalerweise klang er am Telefon immer sehr ruhig. Doch jetzt konnte sie unschwer einen hysterischen Unterton heraus hören. Auf ihre Frage, wo Oliver stecke, schwieg er lange. Erst als sie schärfer nachfragte, entschloss er sich zu einer Antwort:

„Wir wissen es nicht, Angie. Er ist seit gestern Abend verschwunden. Er wurde spät abends noch zu einem Notfall gerufen, sagte aber nicht, wohin. Ich solle nicht auf ihn zu warten, meinte er, falls er meine Hilfe bräuchte, würde er mir Bescheid sagen. Das war aber nicht der Fall und deshalb ging ich zur gewohnten Zeit zu Bett. Heute Morgen stand auch sein Auto wie gewohnt auf seinem Platz, wir merkten erst, dass er nicht da ist, als er nicht zum Frühstück erschien. Ich machte mich auf die Suche nach ihm, doch er ist nirgends zu finden. Und auch Lara ist verschwunden... Spazieren gegangen sind die beiden aber nicht, das hätte ich bemerkt. Ich bin schon seit fünf Uhr auf, um eine Operation vorzubereiten."

Angie fühlte, wie Panik in ihr aufstieg. Oliver weg und auch der Hund, das konnte nicht mit rechten Dingen zugehen. Die Szene erinnerte sie fatal an Caspars Geschichte. Sollte auch Oliver für immer verschwinden, genau wie sein Urahn? Lag doch ein Fluch über Ruthardthaus?

„Ich komme, so schnell ich kann!" meinte sie bestimmt, ohne Peter nochmals zu Wort kommen zu lassen. Dann legte sie einfach auf und schnappte sich ihre Autoschlüssel vom Wandbord. Ohne sich darum zu kümmern, dass sie nur Freizeitkleidung trug, verließ sie ihre Wohnung und rannte fast die Treppen hinab und zum Stellplatz ihres Wagens. Vergessen war ihr Termin mit dem Nachmieter in einer Stunde, und sie nahm sich auch keine Zeit für eine Nachricht an Frau Kaiser.

Während sie ihr Auto startete und sich zwang, auf den Verkehr zu achten, kreisten ihre Gedanken um Olivers mysteriöses Verschwinden. Sie dachte an den vergangenen Abend; sie hatte gerade mit ihm telefoniert, als im Hintergrund sein Handy klingelte. Er hatte sich voller Bedauern entschuldigt: „Anscheinend ein Notfall, Angie, wir müssen leider aufhören. Aber du kommst ja schon bald zurück, ich freue mich schon auf dich..."

...nach einem letzten schmatzenden Kuss durchs Telefon legte Oliver den Hörer auf und griff seufzend nach seinem Handy. Warum mussten Tiere ausgerechnet immer in seiner sowieso sehr begrenzten Freizeit erkranken? haderte er mit seinem Schicksal. Doch sein Frust war nur oberflächlich, sobald er auf die Wiedergabetaste drückte, war er mit seinen Gedanken schon ganz bei der Sache. Und als er die aufgeregte Stimme vernahm, konzentrierte er sich voll und ganz auf das, was der Anrufer sagte. Ein Pferd war aus seiner Weide ausgebrochen und hatte sich auf seiner Abenteuertour in einem achtlos abgelegten Knäuel alten Stacheldrahtes verfangen.

„Es hat sich wohl in seiner Panik daraus befreien wollen, sich aber immer mehr darin verheddert", klagte der Besitzer des Tieres. Er klang nervös. „Es gelingt mir einfach nicht, es so weit zu beruhigen, dass ich den Draht durchschneiden kann. Sobald ich mich ihm nähere, bäumt es sich auf und verstärkt seine Fluchtbemühungen. Dabei verwickelt es sich immer mehr in den Draht. Es blutet schon aus unzähligen Wunden..."

Zuerst versuchte Oliver den Pferdebesitzer so weit zu beruhigen, dass der ihm den genauen Weg beschreiben konnte. Zum Glück kannte er den Ort, den der Mann nannte und er versprach, so schnell als möglich zu kommen.

Nachdem er aufgelegt hatte, schaute er in seiner Notfall-
tasche nach, ob er Betäubungspfeile darin hatte. Sie wurden
mittels eines Blasrohres verschossen und bei verängstigten
Tieren benötigt, an die man sonst nicht heran kam Denn ohne
das Pferd zuvor zu betäuben, würde er es nicht aus dem
Stacheldraht befreien können. In der Tasche befanden sich
drei Pfeile und auch die Flasche mit dem Narkotikum war
noch halb voll. Das würde reichen. Zufrieden klappte er die
Tasche zu und ging zur Türe.

Lara, die auf einem Sessel döste, sprang auf und stellte sich
schwanzwedelnd neben ihn. Ihre braunen Augen bettelten
darum, mitkommen zu dürfen. Mit einem leisen Lächeln
meinte Oliver: „Na meinetwegen, komm mit. Aber versprich
dir nicht zu viel davon, du musst im Auto bleiben, sonst
machst du den Gaul am Ende noch mehr verrückt."

Lara wedelte noch stärker mit dem Schwanz und hüpfte
voller Vorfreude an der Türe hoch. Es war ihr wie immer
egal, wohin sie fuhren, Hauptsache, sie durfte mitkommen.

„Dabei sein ist alles, hmm?" fragte Oliver lächelnd und
öffnete die Türe. Wie ein weißer Blitz flitzte Lara die
Treppen hinunter und saß dann wartend an der Eingangstüre.

Peter kam aus der Küche und sah Oliver fragend entgegen.

„Ein Notfall", erklärte der knapp. „Ich denke nicht, dass ich
dich brauche. Ein Pferd hat sich in einem Stacheldraht
verheddert. Sobald es befreit und verarztet ist, kann es der
Besitzer vermutlich mit nach Hause nehmen. Falls es wider
Erwarten in die Klinik muss, rufe ich dich an, damit du mit
dem Hänger kommst. Wenn du in der nächsten Stunde nichts
von mir hörst, kannst du schlafen gehen."

Peter nickte grunzend und ging dann nach kurzem Gruß zur
Küche zurück. Sie waren ein langjährig eingespieltes Team,
und kamen auch ohne viele Worte aus.

Lara sprang ohne Aufforderung in den hinteren Teil des
Geländewagens und schaute mit ernster Boxermiene aus
dem Rückfenster. Oliver stellte seinen Notfallkoffer auf den
Beifahrersitz und legte die starke, batteriebetriebene Lampe

daneben, die er für solche Fälle immer bereithielt. Der alte Hof, auf dem das Pferd verunglückt war, wurde schon längst nicht mehr bewirtschaftet. Er konnte also nicht damit rechnen, dass es dort Licht gab.

Während der Fahrt dachte er grimmig darüber nach, wie unverantwortlich es war, alten, rostigen Stacheldraht herumliegen zu lassen. Er war ohnehin ein Gegner dieser Einzäunungsmethode. Schon öfter hatte er Kühe oder Pferde verarzten müssen, die sich schlimme Verletzungen zugezogen hatten, weil sie in Stacheldraht gelaufen waren. Aber noch immer gab es Landwirte, die ihre Koppeln oder Äcker damit einzäunten.

Nach etwa zwanzig Minuten fuhr er langsam auf das Gelände des alten Hofes. Im Licht der Scheinwerfer suchte er nach dem Pferd und seinem Herrn. Durch das geöffnete Seitenfenster drangen nur die normalen Nachtgeräusche an seine Ohren. Kein schmerzvolles Wiehern oder unruhiges Stampfen und Schnauben war zu hören, so wie er es eigentlich erwartete. Seltsam, überlegte er und hielt den Wagen an um auszusteigen. Aber vielleicht war es ja dem Besitzer des Pferdes inzwischen gelungen, sein Tier aus dem Draht zu befreien.

„Hallo, wo sind Sie?" rief er in die Nacht und ging ein paar Schritte vor den Wagen. Neben einem halb zerfallenen Schuppen bewegte sich etwas und er ging darauf zu. Eine dunkle Gestalt kam auf ihn zu, ein Mensch, kein Tier. Sie hielt etwas in der Hand und als sie näher kam, erkannte er eine Pistole. Doch noch immer schöpfte er keinen Verdacht. „Sie haben doch hoffentlich das Pferd nicht erschossen", meinte er vorwurfsvoll. „Eine Verletzung durch Stacheldraht ist selten lebensbedrohlich. Warum haben Sie nicht auf mich gewartet...?"

Er kniff die Augen zusammen, weil ihm die Gestalt plötzlich seltsam bekannt vorkam. Und dann durchzuckte ihn Schreck, der Mann mit der Pistole war sein Stiefbruder. Und die Waffe in seiner Hand zielte eindeutig auf seine Brust.

„Du...?" stieß er hervor und seine Gedanken überschlugen sich. Wie kam Tobias hier her? Er war nicht der Mann am Telefon gewesen, da war er sich sicher. Seine Stimme hätte er erkannt. Außerdem käme Tobias nie auf die Idee, einen solch realistisch klingenden Notfall vorzutäuschen. Oder etwa doch? Sein Gehirn weigerte sich, zu akzeptieren, dass er wieder einmal in eine Falle seines Bruders gelaufen war.

„Falls du nach dem Pferd suchst, so muss ich dich enttäuschen. Es gibt keines hier. Du und ich, wir sind ganz alleine..."

„Was hat du vor?" fragte Oliver in einem möglichst neutralen Tonfall. Dabei versuchte er die Pistole in der Hand seines Bruders zu ignorieren. Doch so, wie sie unbeirrt auf seine Brust zielte, war sie kaum zu übersehen. Ebenso war nicht zu übersehen, dass er mausetot war, sollte Tobias abdrücken. Da wo er stand gab es keinerlei Deckung, die Kugel würde ihn auf jeden Fall treffen. Die einzige Möglichkeit, sein Leben zu verlängern war Reden.

„Ich beende, was ich schon längst begonnen habe. Und diesmal wirst du nicht so viel Glück haben. Dein Leben ist verwirkt und ich bekomme endlich, was ich schon die ganze Zeit haben will; den Familienschatz."

Oliver zwang sich, ruhig zu bleiben. Mit leicht abgespreizten Armen stand er reglos da, nur seine Augen blickten eindringlich und beschwörend in die seines Stiefbruders. „Die Hälfte davon gehört dir doch sowieso. Wenn du das Geld gut anlegst, wird es dir bis an dein Lebensende reichen..."

Ein höhnisches Lachen drang aus Tobias' Kehle und er blickte Oliver voll boshaften Spottes an. „Wenn du das Geld gut anlegst, wird es dir bis an dein Lebensende reichen", äffte er Oliver nach. Giftig starrte er ihn an. „Ich will es aber nicht anlegen sondern ausgeben. Ich wollte schon immer in Saus und Braus leben, mein Leben in vollen Zügen genießen. Und um das zu können, reichen mir die paar Kröten nicht lange aus. Habe ich jedoch deinen Anteil dazu, mitsamt dem alten

Kasten, den ich auch noch versilbern kann, dann sieht die Sache schon anders aus."

„Meinst du nicht, der Verdacht fällt sofort auf dich, sollte man meine Leiche finden. Mit einer Kugel im Leib kannst du niemandem mehr weismachen, ich sei an einem Unfall gestorben..."

„Du weißt es also, dass ich dich schon zweimal um die Ecke bringen wollte. Warum hast du keiner Menschenseele davon erzählt? Warst dir wohl selbst nicht ganz sicher, he? Aber das ist jetzt auch egal. Diesmal geht meine Rechnung auf. Und mach dir keine Gedanken, deine Leiche wird niemand finden. Du selbst hast mich auf die richtige Idee gebracht. Du und dein Urahn. Du wirst sein Schicksal teilen und spurlos verschwinden."

Kapitel 18: In tödlicher Gefahr

Oliver durchfuhr eisiger Schrecken. Was hatte Tobias mit ihm vor? Wollte er ihn ebenfalls in den Sarkophag sperren? Aber nein, beruhigte er sich selbst. Wie sollte er das bewerkstelligen können? Inzwischen war die Grabstätte längst wieder verschlossen und die Werkzeuge nebst dem Flaschenzug zum erneuten Öffnen des Grabes befanden sich wieder in der Werkstatt des Begräbnisinstitutes. Und in den Sarg, der noch in der Gruft stand und nun Caspars Gebeine barg, würde ihn Tobias nicht unbemerkt einsperren können. Es würde schon am Gewicht auffallen, dass mehr darin lag als ein paar bloße Knochen.

Seine Grübelei wurde rüde unterbrochen. Tobias kam einige Schritte näher an ihn heran und stieß ihn mit der Pistole vor die Brust. Seine Stimme war voller Häme.

„Dieses Mal wird mir kein Fehler unterlaufen, ich habe an alles gedacht. Wie ich schon sagte, wirst du spurlos verschwinden. Ich brauche noch nicht einmal Hand anzulegen, dich ins Jenseits zu befördern. Das wirst von ganz alleine geschehen. Und sollte dich tatsächlich jemand finden, bevor du zu Staub zerfallen bist, so wird nichts darauf hinweisen, dass ich mit deinem Tod etwas zu schaffen hatte. Ich werde den traurigen Bruder spielen und sogar eine Belohnung für denjenigen aussetzen, der dich lebend findet. Das macht einen guten Eindruck und dass ich das Geld nie ausgeben muss, weiß nur ich alleine."

Er stieß ihn erneut mit der Pistole vor die Brust und meinte böse. „Genug gequatscht, ich habe nicht ewig Zeit. Geh zu deinem Wagen und setze dich auf den Beifahrersitz. Deinen Doktorkoffer hast du doch sicher dabei, den werden wir brauchen..."

Oliver drehte sich langsam um und ging zu seinem Auto, der Druck der Pistole, die nun in seinen Rücken stach, sagte ihm, dass Widerstand zwecklos war. Er öffnete die Beifahrertüre, da erscholl schon Laras warnendes Knurren. Mit sicherem

Instinkt merkte sie, dass ihr Herr in Gefahr war. Sie machte ernsthafte Anstalten über die Sitzbank zu springen und Oliver zu verteidigen.

„Lass ja den Köter nicht raus, sonst erschieße ich ihn auf der Stelle." Vorsichtshalber duckte sich Tobias hinter die viel größere Gestalt Olivers und zielte nun an dessen Rücken vorbei auf den wütenden Hund.

„Ruhig, Lara, ganz ruhig, setz dich", sprach Oliver auf die Boxerhündin ein, die widerstrebend gehorchte. Sie ließ Tobias jedoch nicht aus den Augen und würde sich auf einen knappen Befehl ihres Herrn sofort auf ihn stürzen.

„Mach den Koffer auf und hol das Betäubungszeugs heraus", befahl Tobias nervös. „Zieh eine Spritze auf und betäube den Köter." Als er merkte, wie Oliver zögerte, stieß er ihn mit der Pistole an.

„Mach schon, beeil' dich. Du kannst das Vieh von mir aus auch gleich einschläfern, sie wird nämlich sowieso dein Schicksal teilen. So ersparst du ihr, genauso elend zu verrecken wie du."

Obwohl Oliver meinte, vor Nervosität kaum noch einen klaren Gedanken fassen zu können, entschloss er sich nach kurzem Nachdenken, Lara nicht einzuschläfern. Vielleicht würde er es bereuen, sie einem elenden Tod auszusetzen, aber er brachte es einfach nicht über sich, sie zu töten. So zog er nur so viel Narkotikum auf die Spritze, dass der Hund für ein paar Stunden schlafen würde. „Komm her, meine Gute", murmelte er leise und griff nach einem ihrer Vorderbeine als sie gehorchte. Mit geübten Fingern suchte er nach der Vene und stieß die Nadel hinein. Lara schaute ihn zwar vorwurfsvoll an, wehrte sich aber nicht. Blindlings vertraute sie ihm ihr Hundeleben an.

Schon nach einigen Sekunden begann sie zu schwanken und brach dann lautlos zusammen. Oliver bettete sie auf den Rücksitz und öffnete ihren Fang, zog die Zunge ein Stück heraus, damit sie nicht daran erstickte. Dann drehte er sich langsam um und musterte seinen Stiefbruder.

„Jetzt du", befahl der und lächelte dabei böse. „Ich hoffe doch, du kannst dir selbst eine Spritze setzen. Wenn nicht, so muss ich dich leider erschießen. Obwohl das nicht in meinen Plan passen würde. Also..."

Auffordernd wedelte er mit der Pistole und Oliver konnte am Blick seiner Augen erkennen, wie ernst ihm mit seiner Drohung war. Deshalb griff er erneut in seinen Koffer und zog eine weitere Spritze mit Narkosemittel auf.

„"Nicht so zimperlich", meinte Tobias, der ihn genau beobachtete. „Für dich gilt das gleiche wie für den Köter, wenn du nicht leiden willst, so nimm gleich eine tödliche Dosis. Es wird dann auch für dich leichter."

Es kam Oliver jedoch auch nicht in den Sinn, sich selbst zu töten. Solange er lebte, bestand Hoffnung, meinte er und dosierte das Narkosemittel so, dass er ebenfalls nach ein paar Stunden wieder erwachen würde. Dabei hoffte er, die für einen Menschen verträgliche Menge richtig einzuschätzen. Während seines Studiums hatte er es zwar einmal gelernt, es aber nie gebraucht und deshalb wieder vergessen. Es blieb ihm nichts anderes übrig als die Dosis nach seinem Gewicht einzuschätzen und zu hoffen, dass sie einigermaßen hinkam. Um noch ein wenig Zeit herauszuschinden, bevor er sich selbst betäubte und damit sein weiteres Schicksal in die Hände seines Stiefbruders gab, fragte er über die Schulter: „Wie bist du überhaupt auf die Idee mit dem Pferd und dem Stacheldraht gekommen. Ich hätte nicht gedacht, dass du über solche Dinge überhaupt Bescheid weisst. Du hattest nie Interesse für Tiere..."

„Da staunst du, nicht wahr. Tiere und ihr Schicksal haben mich zwar nie interessiert, da hast du Recht. Aber da ich schon lange nach einer Möglichkeit suche, dich endgültig von der Erbenliste zu tilgen, machte mich das erfinderisch. Eigentlich kam mir diese Idee, als ich aus Langeweile die tierärztlichen Fachzeitschriften durchblätterte, die in deiner Wohnung rumliegen. Da stieß ich auf einen Artikel, der über die Gefahr von Stacheldraht für Rindviecher und Pferde berichtete. Da die Sache mit dem Bullen damals in die Hose ging, grübelte ich darüber nach, wie ich dir eine Falle stellen konnte, ohne dich misstrauisch zu machen. Dazu kam dann noch die Erleuchtung, wie ich dich für immer verschwinden lassen konnte, als dein lange verschollener Urahn gefunden wurde. Ich dachte ein paar Tage lang gründlich nach und das Ergebnis dieses Nachdenkens wird mich bald zum alleinigen Erben eines immensen Reichtums machen. Natürlich werde ich einige Jahre warten müssen, bis ich dich nach deinem spurlosen Verschwinden endgültig für tot erklären lassen kann. Aber bis dahin wird mein eigener Anteil hoffentlich reichen."

„Bist du sicher, dein Mitwisser hält dicht? Vielleicht erpresst er dich mit seinem Wissen."

„Pah, du meinst den Kerl, der dich angerufen hat? Der kann mir nicht gefährlich werden. Er kennt mich nicht, ist irgend-eine Schnapsdrossel, dem ich von einer Wette erzählte. Er wusste noch nicht einmal, mit wem er es zu tun hatte und wird sich von den zwanzig Euro, die ich ihm gab, inzwischen kräftig die Nase begossen haben. Falls der überhaupt von deinem Verschwinden erfährt, wird er es nie mit mir in Verbindung bringen."

Erst jetzt schien Tobias zu bemerken, dass Oliver ihn hinhalten wollte. Ärgerlich kniff er die Augen zusammen und knurrte böse: „Ich denke, wir haben genug geschwafelt. Also mach schon, gib dir die Spritze, damit wir es hinter uns bringen. Ich muss schließlich längst zu Hause sein, wenn dein Verschwinden bemerkt wird."

Oliver wurde klar, dass er sein Los nicht weiter hinauszögern konnte. Er überprüfte routinemäßig die Spritze und drückte die Luftblase aus der Flüssigkeit. Er wollte sich nicht versehentlich Luft in die Adern spritzten und so seinen sicheren Tod verursachen.

Da es ein warmer Abend war, trug er nur ein T-Shirt. Nachdem er nochmals tief Luft geholt hatte, setzte er die Spritze an seiner Armbeuge an. Da die Innenbeleuchtung des

Wagens angeschaltet war konnte er die pulsierende Vene gut erkennen.

„Halt, halt, nicht so schnell", hielt ihn Tobias nochmals auf und er hielt inne. Ärgerlich blaffte sein Stiefbruder: „Setz dich erst auf den Beifahrersitz und schnalle dich an. Meinst du, ich will mir einen Bruch dabei heben, dich ins Auto zu wuchten."

Wortlos tat er, was Tobias befahl. Nachdem er angeschnallt auf dem Beifahrersitz saß, stieß er sich die Nadel in die Vene und schloss die Augen, während er langsam den Kolben herunterdrückte. Es dauerte nur ein paar Sekunden, dann wurde ihm heiß und er meinte, er müsse sich übergeben. Doch ehe Panik in ihm hochsteigen konnte, verlor er schon das Bewusstsein. Schlaff rutsche er im Sitz zusammen und sein Kopf sank auf seine Brust.

Das Erwachen ging längst nicht so abrupt vor sich wie das Einschlafen. Er wusste nicht, wie lange er sich in einem Zustand des Dahindämmerns befunden hatte, bevor es ihm gelang, die Augen zu öffnen. Zuerst sah er nur helle und dunkle Flecken, die ineinander zu laufen schienen. Sie tanzten vor seinen Augen und machten ihn schwindelig. In seinen Ohren war ein ständiges Rauschen, das jedes andere Geräusch überdeckte. Matt schloss er die Augen und dämmerte erneut in Schlaf.

Jemand zerrte an ihm, er meinte, dass seine Füße über den Boden schleiften und registrierte träge, dass er einen Schuh dabei verlor. Seine Ferse schmerzte, als sie an etwas Spitzes stieß. Dann wurde er abrupt losgelassen und fiel unsanft zu Boden.

Durch die rüde Behandlung kehrten seine Lebensgeister zurück, vielleicht auch, weil er in etwas kaltem, nassen lag. Seine Hände tasteten über den Boden und erfühlten Wasser. Er lag in einer flachen Pfütze. Das Wasser durchdrang schnell seine Kleidung, die Kühle ließ ihn frösteln. Er öffnete endgültig die Augen.

Hoch über ihm wölbten sich dunkle Steine von denen ab und zu Wassertropfen fielen. Die Steine bildeten ein regelmäßiges Muster und als sein Verstand klarer wurde, erkannte Oliver, dass es eine gemauerte Decke war, zu der er aufstarrte.

Eine Bewegung neben ihm lenkte ihn ab und er drehte den Kopf. Tobias kam auf ihn zu, er zog den Körper Laras, die er am Nackenfell gepackt hielt neben sich her und ließ ihn jetzt einfach zu Boden fallen. Die weiße Hündin rührte sich nicht, sie war noch immer tief betäubt. Doch ihre Flanken hoben und senkten sich regelmäßig und kräftig, was darauf hindeutete, dass es ihr gut ging.

Tobias starrte missmutig auf ihn herunter und knurrte ungehalten. „Das Zeug hat ja nicht lange gewirkt, du hofftest wohl, du könntest mich überlisten. Aber da hast du falsch gedacht, ich habe dich dort, wo ich dich haben wollte. Und lebend wirst du diesen Ort nicht mehr verlassen. Finden wird dich hier niemand, außer, hier würden eines fernen Tages einmal Häuser gebaut und dieser Keller wird dabei ausgegraben. Aber da das Gelände nun bald mir gehört, wird das so schnell nicht geschehen."

Als er sah, wie Oliver irritiert die Augenbrauen zusammenzog, lachte er meckernd los. „Du weißt nicht, wo du dich befindest, he. Dabei war es einmal dein geheimer Lieblingsort. Wo du ihn doch früher so sehr liebtest ist er doch ungemein passend für dein Grab, findest du nicht auch? Du solltest mir dankbar sein, dass ich dich zum Sterben in dein heiß geliebtes kleines Reich gebracht habe."

„Der alte Weinkeller", krächzte Oliver mühsam und bewegte den Kopf hin und her um den düsteren Raum besser in Augenschein nehmen zu können. Er befand sich tatsächlich im alten Weinkeller, stellte er fest. Seit seiner Jugendzeit war er hier nicht mehr gewesen.

Der Weinkeller befand sich ein ganzes Stück vom Haus entfernt, gehörte aber noch zum Gelände. Er war unter einem Hügel erbaut, auf dem dereinst Weinreben rankten.

Das war schon sehr lange her, schon längst wurde hier kein Wein mehr angebaut. Nur noch ein paar uralte Rebstöcke wuchsen auf dem Hügel, da sie sich selbst überlassen waren, waren sie verwildert und trugen kaum noch Trauben.

Das Gewölbe des Weinkellers war bereits vor über hundert Jahren nach einem schweren Unwetter undicht geworden. Damals waren große Teile des Hanges abgerutscht und das darunter liegende Gewölbe wurde so schwer beschädigt, dass der Weinkeller nicht mehr zu gebrauchen war. In der Decke waren große Risse entstanden, die ständig Wasser durchsickern ließen. An einigen Teilen war sie bereits eingestürzt.

Als Junge war Oliver oft heimlich hierhergekommen. Für ein naturbegeistertes Kind wie ihn gab es hier viel Abenteuerliches zu entdecken. Allerlei seltenes Getier lebte in dem feuchten Gewölbe. Molche, Salamander, Frösche und Schlangen bevölkerten den Boden, die Decke wurde von Fledermäusen besiedelt.

Als Tobias in die Familie kam, hatte Oliver ihn einmal mit in sein geheimes Reich genommen. Doch der hatte nichts Besseres zu tun gehabt, als es seinen Eltern zu petzen. Daraufhin wurde es Oliver streng verboten, den vom Einsturz bedrohten Keller nochmals zu betreten. Sein Vater ließ sogar den Eingang mit Brettern zunageln. Mit den Jahren war er dann so von Farn, Büschen und Efeu überwuchert worden, dass man dahinter nichts außer einen Erdhügel vermuten würde.

Schon damals hatte Oliver bereut, Tobias jemals hierher geführt zu haben. Und nun sollte ihm das endgültig zum Verhängnis werden. Denn kaum jemand wusste überhaupt noch um diesen alten Weinkeller.

Doch, Peter kannte ihn, kam ihm in den Sinn. Sie waren früher oft gemeinsam hier gewesen. Doch ob er darauf komme würde, dass Oliver ausgerechnet hier gefangen saß, war sehr unwahrscheinlich.

Nein, er gab sich keinen Illusionen hin, wenn kein Wunder

geschah, so würde ihm dieses Gewölbe tatsächlich zum Grab werden. Und Tobias würde schon zu verhindern wissen, dass dieses Wunder eintrat.

Das er seinem Stiefbruder keine Chance zur Flucht geben würde, stellte Tobias jetzt auch gleich klar, als er mit dünnen Stricken in den Händen auf ihn zutrat.

„Hanfseile", gab er ungefragt Auskunft und ließ die Stricke vor Olivers Gesicht hin und her baumeln. „Gutes, stabiles Material. Die halten etwas aus."

Oliver hörte kaum hin, seine Gedanken arbeiteten fieberhaft. Vielleicht konnte er Tobias ja überwältigen, sobald der sich zu ihm herunter bückte. Versuchen musste er es auf jeden Fall. Sein Bruder hatte außer den Stricken nichts in den Händen, die Pistole steckte in seinem Hosenbund. Anscheinend war er sich sehr sicher, ihn bereits besiegt zu haben. Um diesen Eindruck zu verstärken, krümmte er sich zusammen und begann jämmerlich zu würgen.

„Wenn du an deiner Kotze erstickst, hast du es wenigstens schnell überstanden", brummte Tobias ungerührt, bückte sich und griff nach Olivers Handgelenk, um die Schnur darum zu winden. Doch der hatte nicht die Absicht, sich ohne jegliche Gegenwehr fesseln zu lassen. Er packte Tobias seinerseits am Arm und riss ihn zu sich herunter.

Sein viel leichterer Bruder stieß einen überraschten Schrei aus und wollte zurückspringen, was jedoch der eiserne Griff um sein Handgelenk nicht zuließ. Durch seine Arbeit mit oft widerspenstigen Tieren waren Olivers Muskeln gestählt und er verfügte über zähe Kraft. Ganz anders als sein verweichlichter Stiefbruder, der sich körperlich kaum betätigte. Deshalb sah es auch so aus, als würde er die Oberhand behalten.

Doch Tobias wand sich wie eine Schlange und irgendwie gelang es ihm, seine Pistole aus der Jackentasche zu ziehen. Das bedrohliche Klicken, das beim Spannen des Hahns entsteht ertönte genau neben Olivers Ohr und er fühlte den kühlen Stahl an seiner Schläfe.

„Mach noch eine Bewegung und du bist tot". Tobias Stimme klang schrill aber dennoch entschlossen. Deshalb ließ Oliver ihn widerstrebend los. Im nächsten Augenblick traf ihn ein schmerzhafter Schlag am Kopf und ließ ihn Sterne sehen. Dann wurde es dunkel um ihn.

Als er das nächste Mal erwachte, lag er auf dem Bauch und seine Hände waren auf dem Rücken gefesselt. In seinem Mund steckte ein dicker Knebel und Tobias war gerade damit beschäftigt, ihm ein Tuch über Mund und Nase zu binden.

Der Knebel verursachte würgenden Brechreiz in seiner Kehle und Oliver traute sich nur noch, flach zu atmen. Erst nach einer Weile ließ der Würgereiz ein wenig nach. Tief sog er die Luft durch die aufgeblähten Nasenflügel.

Mit einem Ruck wurde er herumgedreht und starrte seinem Stiefbruder ins feixende Gesicht. „Zu was die Lehrstunde in der Gruft nicht alles gut war", sagte er höhnisch. „Ich habe genau aufgepasst. Ein Knebel, damit du nicht um Hilfe rufen kannst, und ein Tuch über Mund und Nase, damit du den Knebel nicht ausspucken kannst. Da du deinen Urahn stets so verehrt hast, solltest du es als Ehre ansehen, genauso wie er zu verrecken. Naja, den Schädel habe ich dir anscheinend nicht eingeschlagen, aber viel fehlte nicht dazu. Zumindest blutest du wie ein abgestochenes Schwein."

Oliver fühlte zwar, dass Blut an seiner linken Kopfhälfte herunter sickerte, besondere Schmerzen verspürte er allerdings nicht, eher ein taubes Gefühl. Er beachtete es nicht, seine Aufmerksamkeit war voll und ganz auf Tobias gerichtet, der ihn jetzt unter den Armen packte und ihn ächzend zu einem der zerbrochenen Holzpfeiler schleppte, die einst die Decke abstützten. Der dicke Pfosten war mit glitschigem Moos überzogen und ein paar Pilze wuchsen darauf, was vermuten ließ, dass er zumindest teilweise verrottet war. Doch als Tobias Oliver mit dem Rücken daran lehnte, merkte er, dass der Stamm stabiler war als er aussah.

Bald war er mit weiteren Stricken so an den Stützpfosten

gebunden, dass ihm klar war, er würde sich nicht aus eigener Kraft befreien können. Die Erkenntnis seiner immer hoffnungsloser werdenden Lage ließ Panik in ihm aufsteigen. Er musste zwanghaft schlucken, was den Würgereiz zurückbrachte. Er konzentrierte sich darauf, ruhig zu atmen und der Reiz ließ wieder nach.

Nachdem Tobias ihm noch ein paar schmähende Spottworte gesagt hatte, verließ er endlich den Weinkeller. Oliver, der ihn genau beobachtete, sah, wie er an der verquollenen und daher klemmenden Türe herum riss. Sobald er einen genügend großen Spalt für seinen schmächtigen Körper geschaffen hatte, schlüpfte Tobias hindurch. Von außen rüttelte er erneut an der Türe, damit sie wieder zuginge. Ein morsches Knirschen ertönte und ein Holzstück brach unten aus der Türe. Mit leisem Fluchen trat Tobias das faulige Holz in die entstandene Lücke zurück. Danach hörte Oliver noch, wie er sich zuerst durch die Bretterbarrikade zwängte und sich danach durch die Büsche und Ranken kämpfte, die den Eingang verdeckten.

Da Tobias die Lampe mitgenommen hatte, war es nun stockfinster in dem Gefängnis, so sehr Oliver auch die Augen aufriss, er konnte rein gar nichts um sich herum erkennen. Auch war es sehr still in dem alten Gewölbe, nur Laras regelmäßige Atemzüge und sein eigenes mühsames Luftholen konnte er hören.

Plötzlich spürte er die Nachwirkungen der Spritze übermächtig und er beschloss, dem Gefühl der Schwäche einfach nachzugeben. Alles war besser, als über das nachzugrübeln, was ihm noch bevorstand. Er ließ sein Kinn auf die Brust sinken und verfiel in einen bleiernen Schlaf.

Laras Winseln schreckte ihn auf und er drehte verstört den Kopf in die Richtung des Lautes. Zu seiner Verwunderung konnte er den Hund deutlich erkennen. Es war nicht mehr finster in der Höhle, allerdings auch nicht hell. Von irgendwo her fiel jedenfalls genügend Licht, ausreichend seine Umgebung zu erkennen. Soweit es seine Verschnürung zuließ, drehte er Kopf und Oberkörper um zu sehen, wo das Licht herkam.

Die Decke war an einer Stelle heruntergebrochen, stellte er schließlich fest. Zwar wucherte Efeu und anderes Gestrüpp über das klaffende Loch, doch es drang dennoch genügend Tageslicht hindurch. Und auch durch die Lücke in der Türe kroch matter Lichtschein.

Laras energischeres Winseln ließ ihn erneut in ihre Richtung blicken. Sie stand ein paar Schritte von ihm entfernt, konnte aber nicht zu ihm, da auch sie mit einem Strick an einen Pfosten gebunden war. Im Gegensatz zu ihm, konnte sie sich jedoch frei bewegen, der Strick war nur um ihren Hals geschlungen. Sie zerrte daran, doch er war zu stabil, ihn zu zerreißen.

Gerne hätte Oliver zu der Hündin gesprochen, sie beruhigt. Doch mit dem Knebel in seinem Mund war das unmöglich. Der zusammengeknäulte Stoff kam ihm heute noch dicker vor, wahrscheinlich war er durch seine Spucke aufgequollen. Das nasse Gewebe sonderte einen eigenartig stumpfen Geschmack ab, der ihn erneut würgen ließ. Da er jedoch wusste, dass es sein Todesurteil war, wenn er sich erbrach, hielt er sich eisern unter Kontrolle. Doch wie lange konnte er das durchstehen? Er musste eine Möglichkeit finden, sich von dem Knebel zu befreien.

Während er so flach als möglich atmete, drehte er sich, soweit es seine Fesselung zuließ. Aus vor Anstrengung schielenden Augen musterte er den Pfosten, an den er gebunden war. Der Holzstamm war zum Teil faulig und für seine Absicht ungeeignet. Doch dann entdeckte er ein schräg stehendes Aststück, das bisher dem langsamen Verfall entgangen war. Er musste versuchen mit dem Hinterkopf an dieses schräge Teil zu gelangen um daran das Tuch, das um seinen Kopf gewunden war abzustreifen.

Ein schwieriges Unterfangen, wie er bald darauf feststellte. Da das Aststück nur wenige Zentimeter lang war, rutschte der Stoff des Tuches immer wieder davon ab. Er verrenkte sich den Hals so gut er konnte und überhörte dabei geflissentlich Laras immer lauter werdendes Gejaule. Sie hampelte und zerrte immer stärker an ihrem Strick, sie konnte einfach nicht fassen, dass sich ihr geliebtes Herrchen nicht um sie kümmerte. Irgendwann war sie so aufgebracht, dass sie zornig in das Seil biss und darauf herumkaute. Als sie merkte, dass es nachgab, kaute sie eifriger bis es plötzlich entzwei war.

Oliver bemerkte es vorerst nicht, verbissen kämpfte er seinen eigenen Kampf mit dem Tuch. Er hielt erst erschrocken inne, als Lara ihn freudig anrempelte und voller Begeisterung, endlich bei ihm zu sein, sein Gesicht ableckte. Das Tuch störte sie dabei und sie bearbeitete es deshalb ebenso energisch mit ihren Zähnen und auch mit den Pfoten, wie zuvor den Strick.

Obwohl sie Oliver dabei schmerzhaft das Gesicht zerkratzte, ließ er sie gewähren. Was waren schon ein paar Kratzer, wenn er dafür endlich diesen verdammten Knebel loswurde. Was ihm nicht gelungen war, gelang dem Hund schon nach wenigen Minuten. Das Tuch verrutsche so weit, dass er endlich den ekligen Stoffballen ausspucken konnte, der ihn fast erstickt hatte.

Mit krächzender Stimme lobte er Lara überschwänglich für ihre Hilfe und ließ es sich gerne gefallen, dass sie ihm erneut begeistert das Gesicht ableckte. Vorsorglich kniff er Lippen und Augen zusammen, denn Lara machte auch nicht vor Stellen halt, an denen nasse Hundeküsse für Menschen eher unangenehm waren. Endlich beruhigte sich der Hund und setzte sich auf seine Hinterkeulen, die bernsteinfarbenen Augen fragend auf das Gesicht ihres Herrn gerichtet.

Oliver sprach leise und beruhigend auf sie ein, während er überlegte, wie er die Freiheit des Hundes nutzen konnte, sich selbst zu befreien. Lara zu befehlen, sie solle ihm die Fesseln zerbeißen, würde nicht gelingen. Die junge Hündin war zwar intelligent und von schneller Auffassungsgabe.

Abgerichtet war sie jedoch nicht, sie würde nicht begreifen, was er von ihr wollte. Doch schließlich fiel ihm eine, wenn auch vage Möglichkeit ein.

„Lara such Fährte", spornte er sie auffordern an und deutete mangels einer freien Hand mit dem Kinn auf die verbarrikadierte Türe. Der Hund erhob sich und wedelte mit dem Schwanz. Fährte suchen war ein neues Spiel, das sie erst vor kurzem gelernt hatte. Auf dem Hundeplatz wurde es zwar anders gelehrt, aber vielleicht begriff sie ja trotzdem, was er von ihr wollte.

Als sie begann, auf dem Boden herumzuschnüffeln, feuerte er sie erneut an: „Ja, braves Mädchen. Such schön die Fährte, such Tobias."
Eher unschlüssig roch Lara den Boden ab, mehrmals blickte sie fragend zu ihrem Herrn oder kam zu ihm zurückgelaufen. Geduldig schickte er sie immer wieder los. Irgendwann schien sie endlich begriffen zu haben und lief auf Tobias Spur zur Türe wo sie sich erneut umdrehte. Oliver lobte sie knapp, damit sie nicht zu ihm zurückkam und gab ihr mit lockender Stimme einen neuen Befehl:
„Such das Mäuschen, Lara, wo ist das böse Mäuschen?"
Mäuschen suchen war eines der liebsten Spiele des Hundes und sofort begann sie interessiert, den Boden abzusuchen in der Hoffnung ein Mauseloch zu entdecken. Als sie keines fand, schniefte sie geräuschvoll durch den Spalt, wo das Stück aus der Tür herausgebrochen war. Genau dort wollte Oliver sie haben.
„Ja, such das Mäuschen", feuerte er sie immer wieder an und der Hund begann an dem morschen Holz zu kratzen. Das war ganz in Olivers Sinne, mit begeisterter Stimme animierte er sie, weiter zu wühlen und Lara begann, angestrengt zu graben. Immer mehr morsches Holz und Erde flogen zwischen ihren Hinterbeinen hindurch. Damit sie schneller vorankam, biß sie in das faulige Holz der Eingangstüre, fetzte ganze Stücke heraus. Oliver feuerte sie solange an, bis

eine richtige Lücke in der Türe klaffte, groß genug, den Hund durchzulassen.

Erneut änderte er seinen Befehl: „Geh nach Hause, Lara. Geh zu Peter. Peter hat gutes Fresschen für dich. Los, geh nach Hause!"

Diesen Befehl kannte Lara, er hatte ihn ihr schon öfter gegeben, wenn sie bei ihm in der Klinik war und er sie bei der Arbeit nicht gebrauchen konnte. Dann schickte er sie zum Haus zu Peter oder Inge, die ihr dann immer ein paar Leckerlies spendierten. Auch jetzt hob sie sofort interessiert den Kopf und leckte sich die Schnauze. Dennoch wollte sie nicht gehen, unschlüssig trippelte sie in seine Richtung zurück. Ganz offensichtlich wusste sie, dass etwas nicht in Ordnung war und wollte ihn nicht alleine lassen. Deshalb gab er ihr jetzt mit energischer Stimme nochmals den Befehl, nach Hause zu gehen.

Sie hechelte unsicher und blickte zwischen ihm und der Türe hin und her. Erst als er sie anherrschte, lief sie zu dem Loch, zwängte sich hindurch und war verschwunden.

Kapitel 19: Caspar greift ein

Während ihrer Fahrt über die Autobahn versuchte Angela energisch, ihre immer größer werdenden Ängste zu verdrängen. Sicher ist gar nichts passiert und Oliver war bereits dabei, die für den Morgen angesetzte Operation durchzuführen, machte sie sich selber Mut. Wahrscheinlich hatte Peter nur übersehen, wie er mit Lara in Richtung des Parks lief. Oder ein dringender Notfall hatte ihn noch in der Nacht aus dem Bett geholt. Aber nein, dann stände ja sein Auto nicht auf seinem Platz.

Je mehr sie eine logische Erklärung für Olivers Verschwinden suchte, desto mehr wurde ihr im Innersten bewusst, dass nur ein Anschlag auf sein Leben dahinter stecken konnte. Aber warum? Tobias, der als einziger in Frage kam, würde nun doch keinen Grund mehr haben, seinen Stiefbruder zu beseitigen. Der Anteil, der für ihn beim Verkauf des Familienschatzes abfallen würde, würde ihn zum reichen Mann machen. Falls er nicht allzu verschwenderisch damit umging, konnte er sicher bis an sein Lebensende gut davon leben.

Aber Tobias ist ein Verschwender, sagte ihre innere Stimme zu ihr. Warum soll er sich mit seinem Anteil zufrieden geben, wenn er im Falle von Olivers Tod alles erben würde? Dass sie mit Olivers Erben schwanger war und somit dieses Kind den Anteil seines Vaters erben würde, konnte Tobias ja nicht wissen. Der Gedanke, dass dieses ungeborene Kind und auch sie selbst in Gefahr sein würden, ließ sie erbleichen.

Zum Glück kam die Ausfahrt in Sicht und sie musste sich aufs Abbiegen konzentrieren, dadurch kam sie ein wenig auf andere Gedanken. Es nützte nichts, sich hier und jetzt um Oliver, das Kind oder um sich selbst zu sorgen. Sie musste erst wissen, was wirklich los war. Erst dann konnte sie sich weitere Gedanken machen...

Sie war froh, als das alte Gemäuer vor ihr in Sicht kam. Doch heute schien ihr Ruthardthaus nicht friedlich, sondern bedrohlich. Die Einfahrt stand offen und es befanden sich mehrere Fahrzeuge im Hof, so dass sie gezwungen war, ihr kleines Auto in einer Ecke, nahe den Büschen zu parken. Anscheinend hatte man ihr Kommen bereits bemerkt, Inge kam aus dem Haus und lief ihr entgegen. Ihrer Miene konnte Angie unschwer entnehmen, dass Oliver noch nicht wieder aufgetaucht war.

Stumm nahm Inge sie in die Arme und drückte sie kurz an sich. Dann führte sie sie in Richtung der Türe. „Komm", sagte sie leise. „Drinnen sind schon alle möglichen Leute versammelt. Peter hat die Polizei eingeschaltet, die Männer kamen vor etwa einer halben Stunde hier an und sind noch immer mit ihren Befragungen beschäftigt."

„Was ist mit Tobias?" platzte Angela sofort heraus und sah, wie sich Inges Gesicht zornig verdüsterte. „Er ist ebenfalls dabei, spielt den besorgten Bruder und schwafelt etwas von einer Belohnung, die er demjenigen anbietet, der Oliver lebend findet. Ein bisschen voreilig, kommt mir vor, oder? Noch kann doch niemand sagen, was geschehen ist."

Das fand Angela auch, wenn Tobias Geld anbot, das er noch gar nicht besaß, dann war etwas faul. Wusste er etwa, dass er dieses Geld niemals ausbezahlen musste? Bei dem Gedanken zog sich ihr Magen angstvoll zusammen. Doch sie verdrängte energisch die aufsteigende Furcht und trat hinter Inge ins Haus. Im Wohnzimmer waren etliche Männer versammelt, von denen sie höchstens die Hälfte kannte. Alle blickten ihr neugierig entgegen.

Mit ausgestreckten Armen kam Tobias auf sie zu. „Meine liebste Angie, welch ein schwerer Schicksalsschlag so kurz vor eurer Hochzeit", meinte er theatralisch und schloss sie in die Arme. Als er merkte, wie sie sich versteifte, ließ er sie los und trat einen Schritt zurück. Sein Blick verdüsterte sich. Statt seiner trat ein anderer Mann vor und stellte sich als Hauptkommissar Naumann vor. Er begann sofort damit, Angela über ihren letzten Kontakt mit Oliver auszufragen und sie gab ihm bereitwillig Auskunft über die Uhrzeit und den Inhalt ihres Telefongespräches am vergangenen Abend. Während sie noch miteinander sprachen ertönte von draußen plötzlich erregtes Gebell. Sämtliche Menschen im Raum verstummten abrupt und starrten auf die Türe.

„Das ist Lara!" rief Peter aufgeregt aus und stürzte schon hinaus. „Ich erkenne zweifelsfrei ihre Stimme", rief er über die Schulter und war schon verschwunden. Alle im Raum folgten ihm eilig.

Es war tatsächlich Lara, die da den Parkweg entlang gerannt kam und dabei ihr aufgeregtes Boxergebell ertönen ließ. Sie stutzte kurz, als sie die vielen Menschen sah, doch dann kam sie angelaufen und begrüßte zuerst Peter und Inge über- schwänglich. Als sie auch noch Angela entdeckte, schien ihr Glück perfekt, wild mit dem Schwanz wedelnd, sprang sie an ihr hoch und jaulte dabei voller Begeisterung.

Schließlich gelang es Peter, die aufgeregte Hündin mit ein paar Futterbrocken zu beruhigen. Als sie das Futter gierig verschlang, griff er nach dem Strick, der noch immer um ihren Hals hing. Verwundert drehte er das abgekaute Ende zwischen den Fingern.

„Sie war damit irgendwo angebunden und hat das Seil durchgebissen", meinte er erregt. „Oliver hat das gewiss nicht getan, der Hund gehorcht ihm aufs Wort, es ist nicht nötig, dass er ihn anbindet. Und seht nur, hier..., da ist Blut an ihrer Schnauze und Brust. Aber ich kann keine Verletzung an ihr entdecken. Es muss sich um Olivers Blut handeln. Oder sie hat jemanden gebissen, was ich jedoch nicht glaube."

Die Erwähnung, das Blut könne von Oliver stammen, ließ Angies Knie zittern. Würde das bedeuten, er war tot? Der Gedanke machte sie so fertig, dass sie zu schwanken begann. Inge, die neben ihr stand, bemerkte es und griff hastig zu. Sie führte sie zu der kleinen Bank neben den Büschen. Sie schien zu wissen, wie es in Angela aussah.

„Er ist sicher noch am Leben", beruhigte sie die Freundin schnell und fuhr logisch fort: „Sonst wäre Lara nicht von seiner Seite gewichen. Er muss sie hergeschickt haben, vielleicht in der Hoffnung, dass sie Hilfe holt."

Sie sagte es so überzeugt, dass Angela einfach daran glauben wollte. Und je länger sie nachdachte, desto einleuchtender kam ihr Inges Aussage vor. Lara würde ganz sicher neben ihrem Herrn ausharren, sollte der schwer verletzt oder gar tot sein. Sie würde erst nach einigen Tagen, wenn überhaupt von seiner Seite weichen. Es musste so sein, wie Inge sagte. Vielleicht war Oliver gestürzt oder hatte sich anderweitig verletzt. Und weil er nicht mehr gehen konnte, hatte er Lara nach Hause geschickt um Hilfe zu holen. Ja, so musste es einfach sein. Über den durchgebissenen Strick konnte sie später noch nachdenken.

„Aber wie kriegen wir sie dazu, uns den Weg zu ihm zu zeigen? Kann sie das überhaupt?" fragte sie zaghaft und sah dabei Peter an. Wenn Lara, außer Oliver einem Menschen gehorchte, dann war das Peter. Nur er konnte sie hoffentlich dazu animieren, den Weg zurückzulaufen, den sie gekommen war.

Ratlos zuckte der Angesprochene mit der Schulter. Ich habe keine Ahnung, ob sie begreift, was wir von ihr wollen. Aber versuchen müssen wir es auf jeden Fall." Er wandte sich an seine Frau: „Gehst du und holst ihr Halsband und die lange Leine? Ich werde sie vorsichtshalber anbinden, damit sie nicht zu schnell läuft und wir sie aus den Augen verlieren."

Inge eilte davon und Peter wandte sich an die Leute, die ihn und die Hündin umstanden. Er meinte nachdenklich: „Es wird besser sein, wenn nicht allzu viele Fremde mitkommen, das könnte den Hund irritieren. Ich schlage vor, nur zwei der Herren von der Polizei kommen mit. Sie haben doch sicher ein Handy dabei, damit wir notfalls schnell einen Arzt oder Krankenwagen herbeirufen können?"

Der Kommissar zeigte sich einverstanden mit dem Vorschlag und gab seinen Männern ein Zeichen.

„Ich möchte auch mitkommen", sagte Angie schnell und stellte sich neben Peter. „Wenn Oliver etwas passiert ist, so muss ich es wissen. Ich komme jetzt schon fast um vor Angst um ihn. Außerdem kennt mich Lara, sie wird sich durch mich nicht gestört fühlen."

Da sie einen äußerst entschlossenen Eindruck machte, nickten die Männer nur kurz. Inge brachte Leine und Halsband und Peter legte es der Hündin um den Hals. Den Strick hatte er inzwischen abgeknüpft, einer der Polizisten hatte ihn bereits in einer Plastiktüte verstaut. Er würde unter Umständen im Polizeilabor untersucht werden müssen.

Wie Peter schon vermutet hatte, war es nicht ganz einfach, Lara zu erklären, was sie tun sollte. Sobald er Olivers Namen erwähnte, wedelte die Hündin freudig mit der Rute und spähte umher, ob ihr Herr irgendwo auftauchte. Erst als Peter mehrmals gedehnt befahl: „Suuuuch Oliver!" schien ihr zu dämmern, was er wollte. Unschlüssig drehte sie sich einige Male im Kreis und schnüffelte auf dem Boden umher. Kein Zweifel, sie suchte Olivers Spur. Aber die war ja nicht da.

Angela hatte schließlich die richtige Idee: „Wo ist Oliver, Lara?" fragte sie in munterem Ton, munterer als ihr zumute war. „Geh zu Oliver!"

Das schien die weiße Hündin zu verstehen. Sie blickte sich kurz um und zerrte dann an der Leine in Richtung des Parks. Die Menschen folgten ihr eilig und Angie feuerte sie immer wieder an, zu Oliver zu gehen. Sie konnten nur hoffen, das Lara tatsächlich zu ihrem Herrn zurückkehrte.

Schon als das Bellen draußen erklang, ahnte Tobias, dass etwas an seinem sorgfältig ausgeklügelten Plan schiefgelaufen war. Und als er hinter den anderen hinauslief und die weiße Hündin den Weg entlang kommen sah, wusste er es mit Gewissheit. Verdammt, warum hatte er diesen elenden Köter nur angebunden und nicht erschossen, solange er noch betäubt war. Doch er hätte nicht im Traum daran gedacht, dass der Hund den Strick durchbeißen und schnurstracks nach Hause rennen würde. Wie war er überhaupt aus dem Weinkeller herausgekommen? Er hatte sich doch extra noch die Mühe gemacht, die Türe wieder besonders gut zu verschließen.

Zu seinem Glück beachtete ihn keiner der übrigen Anwesenden, alle waren damit beschäftigt, hinaus zu laufen und den Hund zu begaffen. So bemerkte keiner, dass er vor Schreck kreidebleich geworden war. Er hatte genug gesehen und zog sich eilig wieder ins Haus zurück. Was sollte er nun tun? Würde der Hund den Weg zurück zu Oliver finden und war der noch am Leben oder vielleicht schon an seinem Knebel erstickt?

Er wusste nicht, was besser für ihn wäre, wenn man seinen Stiefbruder noch lebend, oder nur noch als Leiche fand. Falls er noch lebte, würde Oliver ihn zweifellos schwer belasten. Doch immerhin würde er dann höchstens wegen versuchten Mordes angeklagt werden können. War Oliver hingegen tot, konnte er sich eventuell von dem Verdacht befreien, überhaupt etwas mit der Tat zu tun zu haben. So oder so, es würde auf jeden Fall eine Menge Schwierigkeiten auf ihn zukommen, da war es sicher besser, erst einmal von der Bildfläche zu verschwinden.

Er schalt sich jetzt selbst einen Narren, weil er so übereilt gehandelt hatte. Hätte er bis nach der Hochzeit seines Bruders gewartet, - dann hätte er vielleicht eine Möglichkeit gefunden, Oliver samt seiner Frau zu beseitigen, bevor die beiden einen Erben zeugten. Und vor allem hätte sich dann bereits sein Anteil des Familienschatzes in seinen Händen befunden. Wie sollte er nun noch an das Vermögen kommen? Er hätte heulen mögen, bei dem Gedanken, dem Geld ferner den je zu sein. Aber alles Selbstmitleid nützte ihm jetzt nichts, er musste schleunigst von hier verschwinden, wollte er nicht bald in einer Gefängniszelle auf seinen Prozess warten. Deshalb hastete er nun die Treppen hinauf, um das nötigste seiner Habe zusammenzupacken. Und um das Bargeld mitzunehmen, das Oliver im Safe seines Büros deponiert hatte. Dort hin ging er zuerst, das Büro lag auf dem Weg zu seiner Wohnung.

Die Bürotür stand offen und ebenso das einzige Fenster, das eher einer schmalen Türe glich. Es reichte fast bis zur Decke und bestand aus vielen kleineren Glasscheiben die durch Bleiumrahmungen zusammengehalten wurden. Davor war ein etwa kniehohes schmiedeeisernes Gitter angebracht. Ein leichter Chiffonvorhang bauschte sich träge im Wind.

Natürlich war der Safe abgesperrt, aber zum Glück hatte er längst ausspioniert, wo Oliver den Schlüssel deponierte. Hastig wühlte er in der Schublade herum, bis er den Schlüssel in der Hand hielt. Eine Codenummer gab es nicht, um den Safe zu öffnen, im Allgemeinen bewahrte sein vorsichtiger Stiefbruder nicht allzu viel Geld darin auf. Er konnte nur hoffen, dass es wenigstens genug war, um ihn für die nächsten Tage über Wasser zu halten. Denn auf seinem eigenen Konto sah es äußerst düster aus, in der Erwartung des großen Geldsegens hatte er bereits kräftig über seine Verhältnisse gelebt.

Wütend hieb er mit der Hand an die Safetüre, als er nur etwa zweihundert Euro fand. Verdammt, hatte sich denn alles gegen ihn verschworen? Mit den paar Kröten kam er nicht weit. Doch halt, da lag noch ein schwarzes Kästchen in der hintersten Ecke des Wertfaches, er griff danach und öffnete neugierig den Deckel.

Ein anerkennender Pfiff entwich seinen Lippen als er das wertvolle goldene Halsband und die dazu passenden Ohrringe entdeckte. Diamanten und grüne Edelsteine, deren Name er nicht kannte, die aber ebenfalls teuer aussahen funkelten ihm entgegen. Auf den ersten Blick war zu erkennen, dass die Stücke sehr alt und sehr edel waren. Zweifellos stammten sie aus dem Familienschatz. Hatte Oliver sie etwa heimlich zurückbehalten?

Aber nein, das würde diesem akkuraten Spinner nie in den Sinn kommen, ganz sicher hatte er sie treu und brav von seinem Anteil abziehen lassen. Ein solcher Edelmut wäre Tobias nie in den Sinn gekommen, deshalb verzog er jetzt verächtlich den Mund. Wenn sein dämlicher Stiefbruder

Skrupel hatte, er besaß jedenfalls keine. Die Schmuckstücke würden ihm einen schönen Batzen Geld einbringen, seine nähere Zukunft sah plötzlich wieder rosiger aus.

Zufrieden griff er in die kleine Truhe und wollte den Schmuck gerade in seiner Hosentasche verschwinden lassen, als er neben sich eine leichte Bewegung wahrnahm. Erschrocken stieß er einen leisen Schrei aus und fuhr herum. Seine Augen wurden groß und rund.

„Du?" stammelte er verwirrt, fasste sich aber schnell wieder. Forscher als ihm wirklich zumute war, meinte er: „ Ich habe nicht damit gerechnet, dass du dich so schnell hast befreien können. Aber daran kannst du erkennen, dass ich es nicht ernst gemeint habe, als ich dich an den Pfosten im Weinkeller band. Ich wollte mir nur einen kleinen Scherz mit dir erlauben. Ich hoffe, du sagst das auch bei der Polizei aus..."

Verwirrt hielt er inne, als die Gestalt neben ihm nichts sagte und sich auch nicht bewegte. Hinter ihr kam nun ein weißer Hund ins Zimmer getrottet und blieb in einigem Abstand stehen.

Plötzlich wurde Tobias unsicher. Dieser Mann, der da stand, sah Oliver zwar verdammt ähnlich, aber nun, beim näheren Hinsehen erkannte er, es war ein Fremder. Sein Haar war lang und im Nacken gebunden, während Oliver einen praktischen Kurzhaarschnitt trug. Und dann diese Klamotten, nein, darin würde selbst Oliver, der nicht viel auf modische Kleidung gab, nicht herumlaufen. Auch der Hund war nicht Lara.

Jetzt endlich kam Bewegung in die Gestalt, doch als sie auf ihn zukam, erkannte Tobias, dass dieser Mann irgendwie unwirklich aussah. Wenn man ganz genau hinschaute, konnte man meinen, die Möbel durch seine Gestalt zu erkennen. Auch der weiße Hund schien auf seltsame Weise durchscheinend zu sein, bei ihm fiel es noch stärker auf, da er mal stärker und mal schwächer sichtbar wurde.

Ein Geist, ich werde verrückt, dachte Tobias voller aufkeimender Panik. Anders konnte er sich das Phänomen vor seinen Augen nicht erklären. War das etwa Olivers Geist, der da vor ihm stand? Hatte er das Abenteuer im alten Weinkeller doch nicht überlebt und war nun gekommen, sich für seinen Tod zu rächen?

Abwehrend hob Tobias die Hände und ging ein paar Schritte rückwärts. Dabei fiel ihm der Schmuck aus der Hand, er schaute nicht einmal hin, als er geräuschvoll auf dem Boden aufschlug. Seine Augen waren starr auf die geisterhafte Erscheinung gerichtet, die ihn langsam verfolgte.

„Bitte Oliver", stammelte er, „du musst mir glauben, dass ich dich nicht töten wollte. Es war ein Scherz, ich hätte dich doch wieder befreit..."

„Ich bin nicht Oliver", ließ nun die Gestalt ihre wohltönende Stimme erklingen, sie ähnelte der Olivers fatal. Emotionslos fuhr sie fort: „Ich kann dir aber sagen, dass Oliver lebt, er wird bald wieder hier sein. Das ist aber ganz gewiss nicht dein Verdienst, ginge es nach dir, wäre er bereits tot."

Tobias konnte sich noch immer nicht rühren. Fassungslos sah er, wie sich die Gestalt des Mannes zu verfestigen schien, als er langsam näher kam. Er konnte jetzt sogar die leisen Geräusche hören, die seine Schuhe auf dem Boden machten. Direkt vor ihm blieb die Gestalt stehen und Tobias roch den dezenten Duft nach Sandelholz, der seiner Kleidung anhaftete.

„Darf ich mich vorstellen", der Mann verbeugte sich formvollendet, so als wäre er auf einem Empfang. „Graf Caspar Matthias der zweite, zu Ruthardt." Schwarze Augen starrten durchdringend in Tobias' Gesicht. Der konnte vor Entsetzen kaum atmen, sein Blick zuckte unstet hin und her. Nachdem er vergeblich versucht hatte, zu schlucken, krächzte er mit trockenem Mund: „Caspar? Dieser Urahn, von dem Oliver immer spricht? Aber das kann doch nicht sein. Ich habe das Skelett in der Gruft gesehen. Nie und nimmer sind Sie dieser Mann. Außer, Sie wären ein Geist..."

„Ich bin ein Geist", sagte Caspar mit nachsichtigem Lächeln und ließ wie zum Beweis seiner Aussage seine Gestalt ein wenig blasser werden. Doch dann manifestierte er sich wieder und griff nach Tobias' Schulter. Der wollte zurückweichen, war aber nicht schnell genug. Er schrie leise auf, als sich Caspars Hand schwer auf seinen Oberarm legte. Der Griff war eisern, nichts deutete darauf hin, dass er von einem Geist ausging.

„Ich geistere schon seit sehr langer Zeit durch Ruthardthaus und bin mit allem bestens vertraut, was hier geschieht. Besonders dich beobachte ich schon seit deinem Einzug. Und ich muss sagen, es gefällt mir nicht, was ich sehen musste. Leider hat Oliver mir untersagt, mich in euren Zwist einzumischen. Das hat ihn fast das Leben gekostet und deshalb ist es nun an der Zeit, dich endgültig von Ruthardthaus zu vertreiben. Du kannst von Glück sagen, dass ich nicht der skrupellose Mörder bin, für den ich allgemein gehalten werde. Sonst hätte ich dir schon den Garaus gemacht. Doch nun ist meine Geduld erschöpft. Du verlässt dieses Haus noch heute und kehrst nie wieder hierher zurück. Solltest du es doch wagen, so werde ich dich töten. Doch bevor du gehst, schreibst du noch einen Abschiedsbrief in dem du auf deinen kompletten Anteil am Familienerbe verzichtest."

Als er das hörte, kehrte Tobias' Widerstandsgeist auf der Stelle zurück. Seine Geldgier überwog seine Angst vor dem Geist und er schüttelte störrisch den Kopf. „Niemals werde ich auf meinen Anteil verzichten. Ob du es akzeptierst oder nicht, ich bin ein Ruthardt. Olivers Vater hat darauf bestanden, dass ich einer von euch werde, also will ich nun auch den Vorteil genießen, der mir daraus erwächst."

Er duckte sich plötzlich und entwand sich so dem Griff Caspars, dann machte er schnell ein paar Schritte rückwärts um Abstand zwischen sich und den Geist zu bringen. Seine Augen funkelten voll wilder Bosheit. Dann fiel ihm wieder ein, dass er seinen Anteil vom Vermögen wohl kaum jemals sehen würde. Höchstens, nachdem er viele Jahre im Gefängnis abgesessen hatte. Doch ins Gefängnis wollte er um keinen Preis. Deshalb kämpfte er nun seine Angst vor dem Geist nieder und versuchte zu verhandeln.

„Ich schreibe den Brief unter einer Bedingung", begann er vorsichtig und seine Augen suchten dabei über den Boden. Er deutete auf das Geschmeide, das vor Caspars Füßen lag. „Sie geben mir dafür den Schmuck."

Der Geist blickte nach unten und bückte sich um das Halsband und die Ohrringe aufzuheben. Als er sich wieder erhob stand ein wehmütiger Ausdruck in seinen Augen. Er blickte zu Tobias hin und schüttelte entschieden den Kopf. „Nein, diesen alten Familienschmuck wirst du nicht verscherbeln. Es sind die Ruthardt´schen Juwelen, sie werden von einer Generation zur nächsten vererbt. Schon meine geliebte Frau trug sie an ihrem Hochzeitstag und bald werden sie Angela gehören."

Als Tobias das hörte, begannen seine Augen vor Habgier zu funkeln. Die Familienjuwelen! Dann waren die Klunker sicher noch viel wertvoller als er ursprünglich angenommen hatte. Jetzt wollte er sie auf jeden Fall haben. Und wenn er sich dafür mit Caspar anlegen musste.

Voller Genugtuung sah er, dass der Körper des Geistes sich langsam wieder aufzulösen begann. Anscheinend konnte er nicht allzu lange in fleischlicher Form existieren. Wenn er ihn noch ein wenig hinhielt, war Caspar womöglich gar nicht mehr in der Lage, ihn tätlich zu bedrohen. Und inzwischen war er über den Schrecken längst hinaus, einem echten Geist gegenüberzustehen. Er wollte nur noch den Schmuck, koste es was es wolle.

Seine Vermutung bestätigte sich bald, Caspar war nicht mehr in der Lage, das Geschmeide in der Hand zu halten, er legte es neben sich auf den Schreibtisch. Dann befahl er Tobias, sich an den Tisch zu setzen und sich ein Blatt Papier und einen Kugelschreiber zu nehmen. Der ging zum Schein darauf ein.

Langsam diktierte Caspar ihm, was er schreiben sollte. Es war ein Schuldeingeständnis und eine Verzichtserklärung, was seinen Erbteil betraf. Tobias schrieb bereitwillig, ließ sich dabei nicht anmerken, dass er nicht im Traum daran dachte, den Fetzen Papier dazulassen. Schließlich setzte er noch das Tagesdatum darunter und unterzeichnete schwungvoll. Dann erhob er sich aus seinem Stuhl und sah den Geist prüfend an.

Caspar war merklich durchsichtig geworden, Tobias bereitete es keine Schwierigkeiten, durch ihn hindurch die Möbel zu sehen. Der weiße Hund saß noch immer neben ihm, die Augen zu seinem Herrn aufgerichtet. Er hatte Tobias noch keines Blickes gewürdigt, so als bemerke er ihn überhaupt nicht.

Einen günstigeren Augenblick konnte er nicht mehr finden, befand Tobias und bewegte sich blitzschnell. Mit einer Hand riss er das Schreiben an sich knüllte es achtlos zusammen und steckte es ein. Mit der anderen Hand griff er bereits nach dem Schmuck.

Doch Caspar war noch schneller. Seine Hand schoss vor und packte Tobias am Handgelenk. Sein Griff war überraschend fest und Tobias riss ungläubig die Augen auf. Doch lange konnte der Geist die Kraft nicht entwickeln, zu sehr hatte er bereits seine Energie aufgebraucht.

Tobias bemerkte es mit Freude und raffte den Schmuck erneut an sich. Schnell drehte er sich um und wollte zur Türe hetzen. Da kam eine große, weiße Gestalt auf ihn zugeschossen und sprang ihn an. Es war der Hund, der sich plötzlich manifestiert hatte um seinem Herrn zur Hilfe zu eilen.

Sein schwerer Körper brachte Tobias aus dem Gleichgewicht, überrumpelt ließ er den Schmuck fallen und taumelte zurück. Der weiße Hund setzte erneut zum Sprung an, die Raubtierzähne bedrohlich gebleckt. Er trieb sein Opfer noch weiter zurück und plötzlich fühlte Tobias die Balustrade des Fensters in seinem Rücken. Halt suchend ruderten seine Arme durch die Luft, doch seine Hände bekamen nur den Vorhang zu fassen. Da erfolgte die zweite Attacke des

Hundes. Meta sprang ihm erneut an die Brust, der Anprall war so stark, das Tobias hintenüber kippte und samt dem Hund aus dem Fenster fiel. Ein langgezogener Schrei folgte, dann war nur noch ein dumpfer Schlag zu hören.

Kapitel 20: Die Rettung

Der Teil des Parks, in den Lara sie führte, war Angela völlig unbekannt. Die Anlagen verwilderten hier zusehends und bald konnten sie nur noch hintereinander auf dem kleinen Weg laufen. Weg war übertrieben, es handelte sich dabei eher um einen Trampelpfad durch hohes Gestrüpp und Unterholz, der manchmal fast gänzlich unter hohem Gras und Unkraut verschwand.

Lara führte sie jedoch unbeirrt weiter und schien genau zu wissen, wohin sie wollte. „Jetzt weiß ich, wo sie uns hinführt", ließ sich Peter plötzlich vernehmen. Er klang ganz aufgeregt. „Dieser Weg führt zum alten Weinkeller, ich erinnere mich genau. Als Kinder waren Oliver und ich oft hier gewesen. Dann hat er Tobias unseren geheimen Ort gezeigt und der hat uns verpetzt. Seit der Zeit wurde uns verboten, dort zu spielen. Der alte Graf ließ den Eingang sogar verbarrikadieren, damit wir nicht heimlich hingingen. Das alte Gemäuer war angeblich einsturzgefährdet."

„Nun, dann hat er euch vielleicht nur vor Schaden bewahren wollen, Tobias meine ich. Wenn es so gefährlich war, dort zu spielen..."

„Das wussten wir ja nicht. Für uns war es einfach nur ein Ort voller Geheimnisse und Abenteuer. Aber Tobias wollte uns bestimmt nicht vor Schaden bewahren, er hat uns nur verpetzt, weil es ihm gefiel, uns damit zu ärgern."

Das konnte sich auch Angie als einzigen Grund vorstellen. „Immerhin kennt er diesen Ort", meinte sie sinnend. „Es ist also durchaus möglich, dass er sich daran erinnert und Oliver unter einem Vorwand hierher gelockt hat. Hoffentlich ist der Keller nicht inzwischen eingestürzt. Meinst du, du kannst ihn noch finden? Ein Weg ist hier überhaupt nicht mehr vorhanden."

Das war tatsächlich der Fall, sie liefen inzwischen über Stock und Stein, immer Lara hinterher. Die Hündin verschwand jetzt sogar ganz hinter einem dichten Gestrüpp, nur noch ein

Stück der Leine schaute daraus hervor. Sie begann leise zu jaulen und ihr Scharren war zu hören.

Hinter diesen Büschen muss sich der Eingang befinden", behauptete Peter und zwängte sich ebenfalls durch das dichte Grün. Angie und die beiden Polizisten folgten ihm nach. Tatsächlich standen sie kurz darauf vor einer alten, arg ramponierten Holztür aus der unten ein großes Stück herausgebrochen war. Alte Latten waren kreuz und quer davor genagelt.

Lara war schon durch das Loch verschwunden und Peter musste die Leine losgelassen, damit er die Türe aufstemmen konnte. Als auch noch die Polizisten mithalfen, gab das morsche Holz schnell nach und die Männer fielen fast in den Keller. Sie knipsten sofort die starken Lampen an, die sie mitgebracht hatten und leuchteten damit in jede Ecke.

Angie, die hinter den Männern in den düsteren Keller drängte, entdeckte Oliver sofort. Als sie sah, dass er ihnen entgegen blickte, hätte sie vor Erleichterung am liebsten geheult. Er war am Leben, wenn er auch schlimm aussah. Seine linke Kopfhälfte war mit getrocknetem Blut verschmiert und er konnte sich kaum rühren weil er anscheinend an den Pfosten hinter sich gefesselt war. Deshalb musste er auch hilflos Laras begeisterte Liebesbezeugungen über sich ergehen lassen, ohne sich dagegen wehren zu können. Die Hündin gebärdete sich wie toll vor Freude, ihren Herrn wiederzuhaben. Sie stand mit den Vorderpfoten auf seiner Brust und leckte ihm innig das Gesicht ab. Seine matten Proteste schien sie zu überhören, sie schleckte solange weiter, bis Peter sie an der Leine zurückzog. Er befahl der Hündin, sich zu setzen, was sie widerwillig tat.

Peter beugte sich sogleich zu Oliver herunter um ihn nach eventuellen schweren Verletzungen abzusuchen. Als er nichts entdeckte, stieß er erleichtert die angehaltene Luft aus. „Ich bin nicht verletzt", bestätigte jetzt auch Oliver und sein Blick wanderte zu Angie, die sich neben ihn kniete und zärtlich und ängstlich seine Wange berührte.

Er sah die Tränen in ihren Augen und versuchte sie zu trösten: „Es sind nur ein paar Schrammen, die heilen bald wieder ab. Bis zu unserer Hochzeit werden sie kaum noch zu sehen sein."

Sein Mitleid mit ihr, obwohl er selbst doch so mitgenommen aussah, brachte das Fass zum Überlaufen. Angie konnte die Tränen nicht mehr zurückhalten, weinend presste sie sich an Olivers Brust. Erst als Peter sie sanft hochzog und vorschlug, zuerst solle man Oliver losbinden, fand sie ihre Fassung zurück. Sie murmelte eine Entschuldigung und ging neben Lara in die Hocke. Immer wieder strich sie der weißen Hündin über Kopf und Rücken und murmelte ihr Dankesworte ins Ohr. Lara ließ sich das gerne gefallen, sie versuchte nun, Angela abzulecken und wedelte begeistert mit dem Schwanz.

Endlich war Oliver von den Stricken befreit und Peter half ihm vorsichtig auf die Beine. Zuerst wackelte er ein bisschen, doch dann fand er schnell sein Gleichgewicht zurück. Erschöpft lehnte er sich an einen Holzpfahl.

„Es war Tobias", begann er mit rauer Stimme und erklärte dann in knappen Sätzen, was ihm widerfahren war. Schließlich endete er: „Wir sollten uns beeilen, nach Ruthardthaus zurückzukehren, allerdings vermute ich, dass er inzwischen getürmt ist."

„Kannst du überhaupt laufen?" frage Angela besorgt. „Oder sollen wir dir einen Krankenwagen bestellen? Wir haben Handys dabei."

Aber Oliver wehrte ab. „Ich brauche keinen Krankenwagen, mir geht es gut. Ein heißes Bad, eine Mahlzeit und ein Bett werden mich bald wieder auf die Beine bringen. Falls die Wunde an meinem Kopf genäht werden muss, kann das auch noch später geschehen."

Der Kommissar kam zurück, er hatte mit seinem Kollegen telefoniert, der beim Haus zurückgeblieben war. Da er in dem Keller keinen Empfang hatte, war er nach draußen gegangen.

„Wir sollten so schnell als möglich zum Haus zurück-
kehren", drängte er. „Es scheint dort etwas passiert zu sein.
Der Kollege konnte nicht viel sagen, weil gerade eben ein
Krankenwagen und ein Notarzt auf den Hof gefahren sind.
Ihre Martinshörner haben so viel Krach gemacht, dass wir
uns nicht mehr verständigen konnten."

So kam es, dass sie überstürzt aufbrachen, die Polizisten
unterließen es erst einmal, den Weinkeller zu versiegeln. Es
war auch kaum anzunehmen, dass ausgerechnet jetzt jemand
dort hinkam, der die Spuren verwischte.

Oliver hielt sich tapfer, er biss die Zähne zusammen und hielt
stur mit den schnellen Schritten der Polizisten mit. Was war
bloß geschehen? überlegte er beklommen. Hoffentlich hatte
Tobias nicht durchgedreht und jemanden verletzt oder gar
getötet. Über seine Grübeleien vergaß er sowohl Schmerzen
als auch Schwäche.

Sie bewältigten den Heimweg schneller als den Hinweg,
nach knapp zwanzig Minuten kamen sie beim Haus an. Im
Hof waren alle Mitarbeiter und auch die Polizisten versammelt, sie starrten stumm auf einen Körper, der reglos auf
dem Boden lag. Oliver überschaute schnell die versam-
melten Menschen, konnte aber nicht feststellen, ob jemand
fehlte. Da kam ihnen auch schon Inge entgegen gelaufen, die
anscheinend die ganze Zeit nach ihnen Ausschau gehalten
hatte.

„Oliver, Gott sei Dank, du lebst", waren ihre ersten Worte
und sie ließ es sich nicht nehmen, ihn kurz an sich zu
drücken. Dann fuhr sie mit gesenkter Stimme aufgeregt fort:
„Es ist Tobias. Er hat sich anscheinend aus dem Fenster
deines Büros gestürzt. Der Arzt meint, er war auf der Stelle
tot. In seiner Tasche wurde ein Schreiben gefunden, in dem
er sich selbst beschuldigte, fast deinen Tod verursacht zu
haben. Anscheinend wusste er keinen anderen Ausweg mehr
als den Freitod zu suchen. Seltsam, ich hätte ihm zwar alle
Schurkereien zugetraut, aber nicht, dass er plötzlich Skrupel
bekommt..."

Nach einigen Tagen kehrte endlich wieder Normalität auf Ruthardthaus ein. Oliver hatte auf Angies Drängen hin einen Arzt aufgesucht, der ihm bestätigte, dass er keinerlei körperliche Schäden aus seinem Abenteuer davongetragen hatte. Die Wunde an seiner Schläfe musste zwar mit ein paar Stichen genäht werden, doch es würde nur eine kleine Narbe zurückbleiben. Das Narkotikum hatte ebenfalls keinen Schaden angerichtet und die Schrammen in seinem Gesicht waren bereits fast verheilt. Er hatte die Praxis wieder geöffnet und sich mit wahrem Feuereifer in die Arbeit gestürzt.

Angela war nochmals nach Frankfurt zurückgekehrt um ihre Wohnung ordnungsgemäß an ihren Nachmieter zu übergeben. Der junge Mann zeigte sich sehr verständnisvoll, als sie ihm erklärte, ein familiärer Notfall hätte verhindert, den Termin einzuhalten. Er kaufte ihre sämtlichen Designermöbel zu einem fairen Preis auf, was Angela sehr gelegen kam. Die modernen Stücke hätten auf Ruthardthaus wie Fremdkörper gewirkt. Außerdem hingen zu viele Erinnerungen an Thomas daran, - ein weiterer Grund, sich von den Möbeln zu trennen.

Tobias war in aller Stille auf einem Friedhof im Wohnort seiner Mutter beerdigt worden. Außer ihr waren nur Oliver und Angela zugegen, als der Sarg mit seinen sterblichen Überresten in die Erde gesenkt wurde. Seine Mutter war untröstlich über ihren missratenen Sohn, obwohl ihr Oliver nur das nötigste erzählt hatte, wusste sie anscheinend über seinen schlechten Charakter bestens Bescheid.

„Er wollte immer reich sein, aber ohne viel dafür zu arbeiten", klagte sie unter Tränen. „Ein unseliges Erbe seines Vaters. Der war auch zeitlebens hinter dem schnellen Geld her. Aber immerhin ist er dafür nicht fast zum Mörder geworden. Mein Gott, wenn dein Vater geahnt hätte, was er mit der Adoption von Thomas angerichtet hat. Dabei hat er es nur gut gemeint. Nur gut, dass er nicht mehr erleben musste, was er damit heraufbeschworen hat. Er wollte unbedingt, das Ruthardthaus in der Familie bleibt.

Aber nun ist ja alles dir, mein Junge, dem einzigen rechtmäßigen Erben. So hätte es von Anfang an festgelegt sein sollen. Dann wäre all das nicht geschehen."

Oliver war nun tatsächlich der einzige Erbe von Haus und Familienbesitz. Sein Vater hatte in seinem Testament verfügt, sollte einer der Brüder zu Tode kommen, sollte das gesamte Erbe an den Überlebenden übergehen.

Tobias Mutter würde also leer ausgehen, aber da sie ihr gesichertes Einkommen und ihre kleine Wohnung hatte, verzichtete sie gerne. Sie hatte Ruthardthaus sowieso nie gemocht.

Bevor Tobias' Körper zur Beerdigung freigegeben wurde, hatte erst noch die Untersuchung der Polizei abgeschlossen werden müssen. Dabei waren einige Ungereimtheiten aufgefallen, die Rätsel aufgaben. So war in Olivers Büro der Safe offen und ausgeplündert vorgefunden worden. Der wertvolle Schmuck hatte aber auf dem Boden gelegen, als sei er achtlos fallengelassen worden, während das Bargeld in Tobias Hosentasche gefunden wurde. Warum, so grübelte die Polizei, hatte er erst seinen Bruder bestohlen, um dann den wertvollsten Teil der Beute wegzuwerfen und aus dem Fenster zu springen?

Aber ein Verschulden dritter konnte definitiv ausgeschlossen werden. Zum Zeitpunkt des Sprungs oder Falls waren alle, die auf Ruthardthaus wohnten oder arbeiteten, in den unteren Räumen gewesen und von den Polizisten vernommen worden. Und Oliver kam als Mörder seines Bruders selbstverständlich ebenfalls nicht in Frage.

Dr. Uwe Schönauer, der die Obduktion von Tobias totem Körper übernahm, sorgte außerdem dafür, dass die Verwirrung unter den ermittelnden Polizisten nicht noch größer wurde. Er unterließ es nämlich, - ganz gegen seine sonstige Akkuratesse, - in seinem Bericht die Abdrücke großer Hundepfoten zu erwähnen, die er auf der Brust des Toten entdeckt hatte.

Oliver hatte ihm in einem vertraulichen Gespräch erklärt,

wie es dazu gekommen war. Caspar war noch am Abend nach Tobias' Tod bei ihm aufgetaucht und hatte ihm genau berichtet, was im Büro vorgefallen war. Und Oliver hatte das Gehörte danach wortgetreu an Uwe weitergegeben. Worauf der kopfschüttelnd gemeint hatte:

„Das kann ich nie und nimmer in meinen Bericht schreiben. Ein Geist samt Geisterhund, ist für den Tod deines Bruders verantwortlich. Und der Hund manifestiert sich und springt Tobias an, um seinem Herrn, - einem Geist beizustehen. Wie soll ich das bringen? Die einzigen Hundehaare, die wir in deinem Büro gefunden haben, stammen von Lara. Und die war zur Tatzeit mit den Polizisten unterwegs um dich zu retten. Außerdem befand sich an der Leiche kein einziges Hundehaar... Nein, nein, so etwas schreibe ich nicht, ich will doch nicht als verrückt abgestempelt werden. Wir müssen uns eine einfachere, plausibel klingende Geschichte ausdenken..."

So wurde anstatt der verwirrenden Geisterstory die eher banal klingende Diagnose Selbstmord aus vermutlich geistiger Verwirrung gestellt. Es gab keine Spuren von Fremdeinwirkung, schrieb Uwe in seinen Bericht, der Verstorbene bekam vielleicht plötzliche Skrupel wegen seines schändlichen Tuns und wurde so von Reue überwältigt, dass er aus dem Fenster sprang. Das musste genügen, schließlich konnte auch ein Pathologe nicht ins Gewissen eines Toten sehen.

Der Morgen der Hochzeit begann für Angela früh. Schon kurz nach sieben kam die Frau, bei der sie das Hochzeitskleid gekauft hatte. Sie hatte gerne den Service Frau Schürgers in Anspruch genommen, der alle Dienstleistungen umfasste, die nötig waren, den Hochzeitstag für eine Braut zum schönsten Tag ihres Lebens zu machen. Sie begann damit, die ziemlich nervöse Angela zu frisieren und ihr dann ein dezentes Makeup aufzulegen.

Nachdem sie ihr Werk mit kritischem Blick betrachtet hatte, nickte sie zufrieden und half Angie dabei, in das Kleid zu schlüpfen. Die vielen kleinen Häkchen im Rückenteil zu schließen, erforderte ihre ganze Aufmerksamkeit. Dennoch plauderte sie munter drauf los, um der Braut von ihrer stetig größer werdenden Nervosität abzulenken.

Ihre Taktik ging auf, und als Angela später lächelnd vor dem Spiegel stand, meinte sie zufrieden. „So ist's recht, Kindchen, eine glückliche Braut die vor Freude strahlt. Ihr bezaubernder Anblick wird den Bräutigam um den Verstand bringen. So, jetzt noch die Schuhe, dann sind Sie bereit für den großen Moment."

Sie geleitete Angela die Treppen hinab, hielt die Schleppe und passte auf, dass sie nicht über den Saum des Kleides stolperte. Als sie in der Galerie am Hochzeitsporträt von Caspar und Christina vorbei kamen, blieb sie wie angewurzelt stehen und starrte auf das Bildnis. Dann ließ sie ihren Blick langsam zu Angie zurückwandern. Fassungslos vor Erstaunen stammelte sie: „Unglaublich, - es ist dasselbe Kleid, sehen Sie nur. Und Ihre Ähnlichkeit mit dieser Frau ist einfach nicht zu übersehen, man könnte meinen, das wären Sie auf dem Bild. Einzig die Juwelenkette und die wunderschönen Ohrringe fehlen."

„Aber nicht mehr lange", ertönte eine tiefe, sanfte Stimme hinter ihnen und Oliver kam aus seinem Büro. In den Händen hielt er den Familienschmuck.

„Darf ich?" fragte er leise und trat hinter Angie. Er legte ihr die mit Edelsteinen besetzte Kette um den Hals. Dann hielt er ihr die Ohrringe hin, die sie sich anlegte. Er schaute ihr fasziniert über die Schulter zu. Noch faszinierter zeigte sich Frau Schürger, die mit offenem Mund von Oliver zu Angela und dann zu dem Bild an der Wand starrte. Vermutlich hielt sie einzig der kurze Haarschnitt Olivers davon ab, das Brautpaar für eine Geistererscheinung zu halten. Außerdem trug Oliver einen hellen Anzug, im Gegensatz zu dem schwarzen, den Caspar auf dem Hochzeitsbild anhatte. Aber ansonsten waren es identische Gesichter, die sie auf dem Bild und in Natura vor sich sah.

„Die Familienähnlichkeit bei uns Ruthardt`s ist enorm", half Oliver ihr lächelnd über ihre Sprachlosigkeit hinweg. „Das Angela der einstigen Gräfin so ähnlich sieht, ist allerdings ein wunderbarer Zufall. Aber komm, meine Liebe, wir sollten den Priester und die Gäste nicht allzu lange warten lassen. Die kleine Kapelle ist sicher brechend voll."

Er reichte ihr die Hand und führte sie die restlichen Stufen hinunter und zum Eingang. Draußen wartete bereits eine Kutsche auf sie. Dunja und Sonja, glänzend geputzt und mit in die Mähnen geflochtenen weißen Blumen geschmückt, waren davor gespannt. Neben Peter, der ebenfalls prächtig herausgeputzt auf dem Kutschbock saß, thronte Lara. Zur Feier des Tages trug sie ein Halsband aus bunten Blumen. Sie hechelte aufgeregt und ihr Schwanz wischte wedelnd über den Sitz.

Die kurze Fahrt endete vor der Kapelle, deren Türen weit offen standen. Auch hier war alles mit Blumen geschmückt und das Brautpaar lief über ein wahres Blütenmeer zum Altar, wo sie der Priester bereits erwartete.

Nachdem die Brautleute sich das Eheversprechen gegeben und der Priester sie gesegnet hatte, schweifte Olivers Blick zu der Nische neben dem Beichtstuhl. Dort, vor den Augen der Hochzeitsgäste verborgen, stand Caspar und lächelte zufrieden. Er hatte sich nur so weit manifestiert, dass seine durchsichtige Erscheinung von einem zufälligen Beobachter wahrscheinlich für ein Spiel aus Licht und Schatten gehalten werden würde. Aber außer Oliver sah ihn nur Uwe, der als sein Trauzeuge neben ihm stand. Er knuffte Oliver als Zeichen seiner Entdeckung mit dem Ellbogen unauffällig leicht in die Rippen und grinste selbstzufrieden vor sich hin. Nach der Trauung stand für das Hochzeitspaar zuerst noch ein Termin mit dem Fotographen an. Oliver wollte, dass verschiedene Bilder gemacht wurden, deren Hintergrund markante Punkte von Ruthardthaus sein sollten. Da diese Aufnahmen einige Zeit in Anspruch nehmen würden, wurden die Gäste derweil von einem gemieteten Taxiservice zu dem Hotel gebracht, wo im festlich geschmückten Saal die Feierlichkeiten stattfanden.

Als Oliver und Angie schließlich ebenfalls dort eintrafen, wurde das Büfett eröffnet. Nach dem Essen spielte eine Kapelle und forderte zum Tanz auf. Oliver bat formvollendet seine Braut um den ersten Tanz. Als er sie in den Armen hielt, fragte er sie leise: „Und, wie fühlst du dich als Gräfin zu Ruthardt?"

„Ich weiß nicht", bekannte sie. „Es kommt mir noch seltsam fremd vor. Als ich auf dem Standesamt zum ersten Mal meinen neuen Namen schrieb, kam ich mir fast wie eine Hochstaplerin vor. Schließlich bin ich keine richtige Adelige."

Er lachte und nahm sie fester in die Arme, drückte ihr einen Kuss auf die Wangen. „Für mich ist nicht wichtig, ob du adelig bist oder nicht. Wie du weißt, mache ich mir selbst nichts aus dem Titel. Und zum Glück gibt es heutzutage keine Standesdünkel mehr, so wie noch zu Caspars Zeiten. Ich hätte dich auch zur Frau gewollt, wenn du als Bettlerin auf der Straße gelebt hättest."

„Wie hätte das gehen sollen?" fragte sie neckend. „Dann würdest du mich höchstwahrscheinlich gar nicht kennen. Oder schaust du jeder Bettlerin in die Augen, ob sie als zukünftige Gräfin taugt."

Grinsend wirbelte er sie zum Takt der Musik herum. Doch dann wurde er ernst. „Ich hätte dich erkannt, an deiner Ausstrahlung, deinem Charisma. Da bin ich mir ganz sicher. So wie ich es bereits im ersten Moment erkannt habe, als du vor mir standst."

Er blieb stehen und blickte ihr tief in die Augen. „Ich liebe dich, Angela, Gräfin zu Ruthardt. Und ich bin glücklich, das du meine Frau geworden bist."

Kapitel 21: Abschied

Die letzten Gäste, Angelas Eltern, verabschiedeten sich drei Tage nach der Hochzeit. Oliver und Angie brachten sie zum Flughafen und verabschiedeten sie dort herzlich. Herbert und Anni Berger hatten ihre Tochter schon seit Weihnachten nicht mehr gesehen, sie verbrachten ihr Rentnerdasein auf Mallorca, wo sie sich ein kleines Häuschen gekauft hatten. Deshalb standen sie mit ihrer Tochter überwiegend telefonisch oder brieflich in Kontakt. Nur ein, zweimal im Jahr, meist um die Weihnachtszeit, flog Angela nach Mallorca und verbrachte ein paar Wochen mit ihnen.

Ihre Eltern zog es nur noch selten nach Deutschland zurück, Angelas Mutter liebte die milde Wärme der Insel und ihren Garten, in dem sie Blumen zog und etliche herrenlose Katzen versorgte. Doch zur Hochzeit ihrer Tochter zu kommen, ließen sich die Bergers natürlich nicht nehmen. Doch nun zog es Anni vehement zurück. Der Sommer hatte eine Pause eingelegt und die kühlen Regentage taten ihren Knochen nicht gut, behauptete sie. Herbert richtete sich, wie fast immer, nach den Wünschen seiner Frau.

Angie verabschiedete ihre Eltern mit einem lachenden und einem weinenden Auge. Es würde eine Weile dauern, bis sie sie wiedersehen konnte. Vielleicht zur Weihnachtszeit, wenn sie es über sich brachten, ins kalte Deutschland zu kommen. Wegen ihrer, bis dahin weit fortgeschrittenen Schwangerschaft wollte Angela die Reise nach Mallorca nicht auf sich nehmen. Andererseits war sie glücklich, endlich mit Oliver wieder alleine zu leben. Sie freute sich richtig auf die alltäglichen Pflichten, die auf sie als frischgebackene Hausherrin zukamen. Inge würde ihr natürlich weiterhin zur Seite stehen. Doch bevor sie endgültig zum Alltag einer Tierarztfamilie übergehen konnten, gab es noch etwas Wichtiges zu erledigen: Die Beerdigung von Caspars Gebeinen. Es wurde höchste Zeit, der alte Geist wurde schon ungeduldig. Noch immer stand der Sarg mit seinen sterblichen

Überresten in der Gruft. Oliver hatte einen prächtigen Mahagonisarg für ihn ausgesucht, der eines toten Grafen würdig war. Gemeinsam hatte er mit Uwe dann die Gebeine hineingelegt. Sie hatten die losen Knochen so zusammengefügt, dass Caspar nun in einer würdigen Lage auf die seidenen Kissen gebettet lag. Seine knöchernen Finger umschloss ein Rosenkranz und sein Kopf lag auf der Seite, so dass man den eingeschlagenen Schädel nicht sah. Anstatt von Kleidung war er nun von einem seidenen schwarzen Tuch eingehüllt. Als sie mit der Umbettung fertig gewesen waren, hatte er plötzlich in der Gruft gestanden und ihnen zugesehen. Er schien zufrieden, so wie seine Gebeine nun dalagen. Er hatte sich auf den Rand des Sarges gesetzt und lange auf das gestarrt, was von ihm übrig geblieben war. Dann hatte er geseufzt und zu ihnen aufgeblickt. Eine Mischung aus Trauer und gleichzeitiger Zufriedenheit war in seinen Augen gestanden.

„Ich danke euch sehr für diesen Dienst", hatte er leise gesagt. „wie lange habe ich mich danach gesehnt, endlich Ruhe zu finden."

Seine Augen waren suchend durch die Gruft geglitten. „Wo sind Metas Knochen?"

Oliver hatte auf den Sack gedeutet, der neben dem Sarg lag. „Sie sind da drin. Ich wollte sie neben deiner letzten Ruhestätte vergraben. Hast du etwas anderes damit vor?"

Das hatte der Geist allerdings. „Legt sie bitte zu meinen Füßen in den Sarg. Meta hat mir ihr Leben geopfert und ist all die langen Jahre meines Geisterdaseins nicht von meiner Seite gewichen. Ich möchte, dass sie bei mir bleibt, dicht an meiner Seite, so wie es einst im Leben war. Sie hat es verdient."

Oliver hatte genickt und den Sack geöffnet. So wie sie es mit Caspars Gebeinen getan hatten, legten sie auch Metas Knochen in den Sarg, zu Füßen ihres Herrn. Caspar war noch einmal mit seiner Geisterhand über den zertrümmerten Schädel des Hundes gefahren, ehe Uwe auch Meta mit dem schwarzen Tuch verhüllte. Darüber waren nur noch der Schädel und die skelettierten Arme und Hände zu sehen gewesen. Nach einem letzten Blick in den Sarg hatten sie den Deckel aufgelegt und ihn verschlossen.

So stand der Sarg noch immer in der Gruft, ein Strauß weißer Lilien und roter Rosen lag darauf und davor standen mehrere brennende Kerzen.

Heute war es endlich soweit, der Sarg mit Caspars Gebeinen sollte beerdigt werden.

Schon am Tag zuvor hatten die Männer der Beerdigungsfirma das Grab ausgehoben und es mit Planen gegen den Regen geschützt. Jetzt stiegen sie hinunter in die Gruft und trugen den Sarg nach oben. Er wurde nochmals in der Kapelle abgestellt, wo der Pfarrer eine kurze Messe abhielt und seinen Segen darüber schlug. Weihwasser benetzte das Blumenbukett und perlte auf dem polierten Holz und der würzige Duft des Weihrauches erfüllte die kleine Kapelle. Sämtliche Bewohner von Ruthardthaus waren versammelt um dem längst verstorbenen Grafen die letzte Ehre zu erweisen.

Im strömenden Regen folgten sie langsam dem Sarg, der von vier Trägern zu Christinas Grab getragen wurde. Der Pfarrer segnete nochmals den Sarg und murmelte betende Worte dabei. Derweil hielt ein Messdiener einen großen schwarzen Schirm über ihn, damit er nicht nass wurde.

Die Männer ließen den Sarg an langen Bändern in die Grube gleiten und verneigten sich steif vor der offenen Grube. Dann traten sie beiseite, stoisch dem Regen trotzend, der ihre schwarzen Anzüge durchnässte.

Die wenigen Anwesenden hatten bald ihre Schaufel Erde ins Grab geworfen und beeilten sich nun, nach Hause ins Trockene zu kommen. Einzig Oliver und Angela standen noch am Grab, mit Wetterjacken und Schirmen so gut als möglich gegen den Regen geschützt. Sie traten nochmals dicht an die Grube und Angie warf den Blumenstrauß hinein, den sie mit eiskalten Händen umklammert hielt. „Leb wohl, Caspar", murmelte sie leise und eine Träne rann an ihrer Wange herab und fiel ins Grab. Ich hoffe, du bist nun endlich glücklich mit Christina vereint."

Oliver legte seinen Arm um sie und küsste sie zärtlich auf die Wange: „Komm, meine Liebe, lass uns zum Haus gehen. Nicht dass du dir bei dem Wetter noch eine Erkältung holst. Das würde Caspar nicht wollen. Wir werden später noch einmal herkommen, wenn das Grab geschlossen ist. Bis dahin hat es sicher aufgehört zu regnen. Sie nur, es klärt sich schon langsam auf."

Am späten Nachmittag kam endlich die Sonne wieder heraus und schien so warm, als wolle sie den Regen der vergangenen Tage ungeschehen machen. Gemeinsam mit Lara, die übermütig durch die nassen Wiesen rannte, spazierten Oliver und Angie gemächlich in Richtung des Friedhofes.

Das Grab war geschlossen und sogar schon neu bepflanzt. Auch das steinerne Buch lag wieder auf seinem Platz zu Füßen des Engels. In seine Seiten waren unter denen Christinas jetzt auch Caspars Geburts- und Sterbedaten eingraviert. Lange standen sie in Gedanken versunken vor der Grabstätte, selbst Lara saß artig daneben, so als fühle sie die besondere Bedeutung des Augenblicks.

Angie sah ihn zuerst und riss verwundert die Augen auf. „Caspar!" rief sie leise. „Du bist noch immer hier?" Besorgnis stand in ihren Augen. Konnte der alte Geist noch immer keine Ruhe finden?

„Dachtet ihr, ich entschwinde in die Ewigkeit, ohne mich gebührend von euch verabschiedet zu haben? Ich wusste, ihr würdet nochmals hierher kommen und habe auf euch gewartet." Er kam auf sie zu und nun sahen sie beide, dass er sich vollständig manifestiert hatte, es schien ein Mensch aus Fleisch und Blut, der da auf sie zuschritt. Neben ihm trippelte Metas geisterhafte Erscheinung, wie immer hatte sie keinen Blick für die Menschen übrig. Ihre Augen hingen an ihrem Herrn als sie sich ihm zu Füßen setzte.

Caspar stand nun so dicht bei ihnen, dass sie ihn berühren konnten. Seine schwarzen Augen glitten von einem zum anderen und er lächelte gerührt. „Ich kann euch gar nicht sagen, wie dankbar ich bin, ihr habt es möglich gemacht, dass ich endlich mit meiner geliebten Christina vereint sein kann."

Er riss Oliver ungestüm an sich und drückte ihn an seine Brust. „Danke!" sagte er und blickte voller Emotionen in das Gesicht, das seinem so ähnlich sah. Dann ließ er Oliver los und wandte sich Angela zu. Er nahm sie ebenfalls in die Arme, sanfter diesmal und hauchte ihr einen Kuss auf die Stirn.

„Auch dir will ich nochmals danken. Schon als ich dich das erste Mal sah, wusste ich, du bist etwas Besonderes. Werde glücklich mit Oliver und schenkt gemeinsam Ruthardthaus noch viele Nachkommen. Es soll endlich wieder ein glückliches Haus sein."

Er ließ sie los und bückte sich zu Lara, tätschelte ihr den Kopf. „Du bist ein tapferer Hund, Lara. So tapfer wie meine Meta. Hoffentlich werden auch deine Nachfahren den Menschen in Ruthardthaus treu zur Seite stehen."

Lara wusste anscheinend nicht, was sie von den Liebkosungen des Fremden halten sollte. Hechelnd begann sie zu wedeln und rannte dann davon, ein Stöckchen suchen.

„Ich muss nun gehen", sagte Caspar leise. „Meine gesamte Energie ist aufgebraucht. Aber es war mir wichtig, euch einmal an mein Herz zu drücken, euer Leben zu spüren. Seht, da kommt meine Christina, mich zu holen..."

„Caspar!" rief Angela und brach in Schluchzen aus. Obwohl sie dem Geist so sehr gönnte, dass er endlich Frieden fand, erfasste sie doch eine große Traurigkeit.

„Weine nicht", hörte sie seine leise Stimme wie einen Hauch. „Wir werden uns wiedersehen, sobald es an der Zeit ist. Dann bin ich da um euch in die Ewigkeit zu geleiten."

Seine Stimme verebbte, wurde zu einem Raunen. Wo er eben noch körperlich war, schien er jetzt nur noch ein durch scheinendes Gespinst. Er wandte sich ab und schwebte auf eine Gestalt zu, die kaum sichtbar war. Doch als sie näher kam konnten Oliver und Angie erkennen, dass es Christina war. Sie schwebte mit ausgebreiteten Armen auf Caspar zu und als sie bei ihm war verschmolzen die beiden Geister zu einem nebligen Gespinst. Auch Metas durchsichtiger Körper vermischte sich mit ihren und nach kurzer Zeit lösten sich alle drei auf, als hätte es sie nie gegeben.

Zwei Tage später kam der Fotograf um ihnen die Abzüge der Hochzeitsbilder zu bringen. Er breitete sie vor ihnen aus.

„Hier habe ich noch einen Abzug, den ich eigentlich wegwerfen wollte", meinte er verlegen und schob ein letztes Bild dazu. „Aus irgendeinem Grunde wurde es doppelt belichtet. Obwohl so etwas bei den heutigen modernen Kameras eigentlich gar nicht mehr vorkommen kann."

Er schüttelte ratlos den Kopf, dann fuhr er fort: „Wie gesagt, ich wollte es eigentlich wegwerfen. Doch dann sagte ich mir, ich zeige es Ihnen wenigstens. Es sieht sehr ...ungewöhnlich aus."

Oliver nahm das Bild zur Hand und betrachtete es gründlich. Angie, die ihm über die Schulter schaute stieß einen überraschten Laut aus, fing sich aber schnell.

„Es ist wirklich sehr ungewöhnlich", meinte Oliver schließlich. „So ungewöhnlich, dass wir davon unbedingt einen Abzug haben wollen. Für die Familienchronik, die meine Frau weiterführt. Ich finde, da passt es gut hinein."

Der Fotograf grinste: „Wenn sie meinen. Aber es ist tatsächlich kurios und sollte der Nachwelt erhalten bleiben. Auf welchem Hochzeitsfoto ist schon der Ehemann gleich doppelt zu sehen. Eigentlich dachte ich zuerst, es wäre ein Geist, der sich dazwischen gemogelt hat..."

Er lachte so herzlich über seinen Scherz, dass Angie und Oliver einfielen. Vergnügt machten sie sich daran, die übrigen Bilder zu sichten und wählten aus, welche sie haben wollten. Als der Fotograf gegangen war, nahm Oliver noch mals das Foto zur Hand. „Dieser alte Schelm", lachte er leise und hielt das Bild Angie hin. Sie nahm es und blickte es an. Es zeigte sie und Oliver in der Bibliothek vor dem großen Fenster. Sie schaute zu Oliver auf, der eine Hand auf ihre Schulter gelegt hatte. Und zwischen ihnen stand die leicht neblige Gestalt Caspars. Er blickte ebenfalls zu Angie hernieder und grinste dabei wie ein Faun.

Ende

Weitere Romane des Genre Vampire und Hexer finden Sie unter www.gerdi-m-buettner.de

Fantasy-Literatur – geschrieben mit Herzblut